献给我的太太程舒扬女士

本书为国家社科基金青年项目"'犹太人流亡上海（1933—1950）'文学的记忆文化研究"(项目批准号：16CWW022）结项成果，受"浙江大学文科精品力作出版资助计划"和"浙江大学外国语学院精品学术著作出版计划"资助。

犹太人流亡上海

1933—1950

文学作品与记忆文化研究

庄　玮　著

ZHEJIANG UNIVERSITY PRESS
浙江大学出版社
·杭州·

图书在版编目（CIP）数据

犹太人流亡上海：1933—1950：文学作品与记忆文
化研究 / 庄玮著. —杭州:浙江大学出版社，2023.5
ISBN 978-7-308-21929-7

Ⅰ.①犹… Ⅱ.①庄… Ⅲ.①世界文学－现代文学－
文学研究 Ⅳ.①I106

中国国家版本馆 CIP 数据核字（2023）第 047047 号

犹太人流亡上海(1933—1950)：文学作品与记忆文化研究
庄　玮　著

责任编辑　包灵灵
文字编辑　黄　墨
责任校对　田　慧
封面设计　周　灵
出版发行　浙江大学出版社
　　　　　（杭州市天目山路 148 号　邮政编码 310007）
　　　　　（网址:http://www.zjupress.com）
排　　版　浙江时代出版服务有限公司
印　　刷　杭州宏雅印刷有限公司
开　　本　710mm×1000mm　1/16
印　　张　10.75
字　　数　200 千
版 印 次　2023 年 5 月第 1 版　2023 年 5 月第 1 次印刷
书　　号　ISBN 978-7-308-21929-7
定　　价　59.00 元

浙江大学出版社市场运营中心联系方式　（0571)88925591;http://zjdxcbs. tmall.com

目　录

引　言 ……………………………………………………………（1）

第一部分　记忆空间 ………………………………………（23）

第一章　历史和虚构之间的"河豚鱼计划" ………………（25）

第二章　从自传体记忆到文学再度媒介化 ………………（43）

第二部分　记忆人物 ………………………………………（55）

第三章　杉原千亩：跨国和多元媒介记忆文化语境中的回忆录
　　　　《生命签证》…………………………………………（57）

第四章　合屋叶：多元媒介化表征中的"犹太国王" ……（71）

第五章　人力车夫：多元媒介再现中无所不在的超级符号 ………（82）

第三部分　记忆叙事 ………………………………………（101）

第六章　爱情叙事：《最后的避难地：上海》《上海犹太城》和
　　　　《魔咒钢琴》中的文化邂逅 ………………………（103）

第七章　女性叙事：自传与小说中的女英雄和受害者 …………（123）

第八章　儿童和青少年叙事：《用筷子吃蛋糕》中的越界者 ………（136）

结　语　"犹太人流亡上海"作为世界主义式文学记忆文化
　　　　的对象 ……………………………………………（153）

参考文献 …………………………………………………………（155）

引　言

一、"犹太人流亡上海(1933—1950)"作为文学作品的记忆对象

　　1933 年至 1941 年,来自德国、奥地利以及部分东欧国家的近两万名犹太难民为躲避纳粹的迫害,在其他各国政府几乎拒绝收容难民的情况下流亡到上海。在当时,对犹太人来说,上海是世界上为数不多的不需要签证即可登陆的自由贸易港之一。绝大部分犹太难民虽然因为财产被纳粹政权剥夺,到达上海时几乎身无分文,但幸运的是他们获得了在沪两大犹太人群体的救援。这两大群体分别是在鸦片战争前后来沪经商的以沙逊和哈同家族为首的一千多名原籍伊拉克的塞法迪犹太人和以俄罗斯犹太人为主体的数千名阿什肯纳兹犹太人。前者先迁移至孟买管辖区等地经商,随后被东印度公司派遣至上海继续从事贸易活动,拥有英国护照,属于上海最为富有的外国人群体之一。后者在 20 世纪初为了逃避俄国沙皇迫害和反犹主义,移居至上海。除了犹太人群体的救援,美国犹太人联合分配委员会(American Jewish Joint Distribution Commitee)和上海欧洲犹太难民救济委员会(Commitee for Assistance of European Refugees in Shanghai)也给予了援助,再加上上海工信局提供的贷款,犹太难民们短短几年内就在淞沪会战中被严重破坏的虹口区提篮桥地带建立了聚居区。该区建筑因具有德奥风格而被戏称为"小维也纳"。聚居区里林立着欧式的咖啡馆、酒吧、餐厅、剧院、商店、医院、报社和私人诊所,并经常举办戏剧、舞会和音乐会等各类文娱活动。太平洋战争爆发后,侵华日军占领上海,并在 1943 年 5 月至 1945 年 8 月将提篮桥地带中面积仅两平方公里的区域划为"无国籍难民区",将 1937 年以后抵沪的欧洲犹太难民赶入该区,并实行严酷的集中管制,使得难民们丧失了在上海的

"第二家园"。二战结束至 1950 年,出于重归西方社会的期望,绝大部分难民离开暂时的栖息地上海,移民美国、澳大利亚、以色列、加拿大等国,或重返欧洲故国。

20 世纪七八十年代以来,这段二战后被淡忘的历史议题引发了国内外史学界、文学界和政治界人士的高度关注,其原因如下:1)国内外史学界对于"犹太人大屠杀""中国抗日战争史"和"二战时期太平洋战争史"的研究不断升温;2)上海在改革开放后发展成为中国乃至亚太地区的金融和经济中心,带动了有关"上海租界史"和"上海犹太人社团"的研究;3)由于流亡上海的犹太人中并没有诸如托马斯·曼(Thomas Mann)、斯蒂芬·茨威格(Stefan Zweig)这样知名的流亡人士,因此这段流亡史也被视为"小人物的流亡史"。近些年来,国际学术界不再局限于对名人流亡境遇和作品的探讨,由于绝大多数流亡者为"小人物",因此研究"小人物"的流亡史和日常经历恰恰成了国际"纳粹德国时期流亡研究"的最新趋势(参见 Benz,1991)。美国学者史蒂夫·霍赫施塔特(Steve Hochstadt)便指出:"比起一些知名流亡人士的生平,上海犹太难民在德国和中国的日常生活经历更能代表德语区三十五万被迫流亡者的生存困境。"(Hochstadt,2007:32)2007 年,位于虹口区的、由犹太摩西会堂旧址改建的上海犹太难民纪念馆对外开放,随后与全球各大机构合作开展了系列巡回展览,进一步促进了"上海犹太人社团""中犹交流史""中国抗日战争史"研究对接国际社会对二战史及犹太人大屠杀的研究。

在上述背景下,国外历史学者纷纷记录并整理出上海犹太难民的口述材料,以及其部分作品中的相关自传体叙述,同时结合各类历史地图、老照片和招贴画等记忆媒介,创作了十余部相关历史学著作,为该历史记忆系统化的保存和流传做出了贡献。国内外已有几十部历史学著作探讨了这段历史。例如美国历史学家大卫·克兰茨勒(David Kranzler)的《日本人、纳粹和犹太人:上海犹太难民社区,1938—1945》(1988,简称为《日本人、纳粹和犹太人》)作为关于该议题的第一部历史学著作,描绘了上海犹太难民社区的形成和发展过程,剖析了纳粹和日本帝国犹太政策对该社区的影响,为这一领域的史学研究奠定了基础,并成为后续各类历史和文学作品的参照文本;德国学者阿斯特里德·弗赖艾森(Astrid Freyeisen)的《上海和第三帝国的政治》(2000)和海因茨·埃伯哈特·茅尔(Heinz Eberhard Maul)的《日本为何没有迫害犹太人——国家社会主义时期(1933—1945)日本帝国的对犹政策》

（2007，简称为《日本为何没有迫害犹太人》）进一步探讨了纳粹犹太政策对于日本帝国犹太政策的影响，以及后者对于流亡上海犹太人命运的决定性作用。以色列学者艾琳·艾伯（Irene Eber）的《战时上海和来自中欧的犹太难民：幸存，共存和多民族城市内的身份认同》（2012）以及奥地利学者伊丽莎白·布克斯鲍姆（Elisabeth Buxbaum）的《过境上海：流亡中的生活》（2008）则从文化史的角度出发，再现了流亡者在上海艰辛的日常生活和与之形成鲜明反差的丰富的文化生活，充分展现了该群体与在沪其他族裔的跨文化交流。而美国学者霍赫施塔特在其口述史著作《上海故事——犹太人流亡中国》（2007）和《流亡上海：逃离第三帝国的故事》（2012）中，选取、整理、编辑了十余位见证者的口述记忆，并加入了自己的历史描述和评论。

　　在国内，上海社会科学院上海犹太研究中心学者潘光及其团队在该研究领域亦做出了突出的贡献。潘光主编的画册《犹太人在上海》（2005）成为向国内读者介绍相关历史的第一部著作。他主编的《来华犹太难民研究（1933—1945）：史述、理论与模式》（2017）探讨了在华犹太难民社区的形成、发展和结束、理论视阈中的来华犹太难民和中犹关系，以及犹太人避难史上的"中国模式"。潘光在其主编的口述史著作《艰苦岁月的难忘记忆：来华犹太难民回忆录》（2015）中使用了 38 位来华犹太难民的第一手口述和文字史料，着重展现了他们"在中国土地上闯荡和拼搏、在虹口隔离区度过最艰难的时刻、与中国人民同甘共苦等难忘经历，以及离开中国后始终难以割舍的中国记忆和上海情结"（潘光，2015：3）。该中心学者王健的著作《逃亡与拯救：二战中的犹太难民与上海》（2016）以"和平、友善、包容"为主题，以二战期间犹太难民和上海民众的回忆录或口述史为依据，讲述了二战期间犹太难民流亡上海的背景和原因，并着重再现了难民们在上海的日常和文化生活，描绘了战争期间犹太难民与中国普通百姓之间互伸援手和共同抗日的事迹。潘光主编的《来华犹太难民资料档案精编（四卷本）》（2017）各分卷的主题分别为文件报刊、亲历记忆、杰出人物和专家视点，从相关视角出发提供了丰富的研究史料。

　　与史学研究的蓬勃发展相呼应，有关犹太人流亡上海的文学创作亦生生不息。这一文学不仅指代犹太难民在上海期间创作的文本，也包括由难民及其后代或其他族群所撰写的各类相关文学作品。从流亡年代至今，已有数以百计的传记及小说等文学作品再现了这段上海流亡史，相关体裁包括上海犹太难民创作的信件、日记、散文、诗歌、自传和纪实体小说,以及他们后代或其他作家写就的回忆录、传记、报告文学和小说作品等,相关语言包括德语、意第绪语、英语、日语、法语、希伯来语、保加利亚语等 10 余种语言。流亡期间,犹太难民们便已撰写了大量信件、日记、诗歌、散文和小说。有 20 余篇德语或意第绪语写就的此类作品被以色列学者艾伯的文学选集《来自上海的声音:中国战争时期的犹太流亡》(2008,简称为《来自上海的声音》)收录、翻译成英文,并加以点评。其中,安妮·威汀(Annie Witting)的书信和休夏娜·卡函(Shoshana Kahan)的日记展现了在上海找工作的不易和生存的艰难;诗歌《我的上帝,我的上帝,你为什么放弃了我》(*My God*, *My God*, *Why Hast Thou Forsaken Me*)等作品展现了犹太习俗和宗教礼节;诗歌《更多光》(*More Light*)和随笔《如此开始》(*And So It Begins*)等作品则展现了犹太难民在异国他乡维护自身文化认同的艰难历程。维也纳医生阿尔弗雷德·W.科诺科尔(Alfred W. Kneucker)在流亡期间写就德语自传体小说《流亡在上海——一个维也纳医生的移民经历》,该小说在其离世后于 1984 年出版。奥地利医生雅各布·罗生特(Jakob Rosenfeld)的自传《我认识他们所有人——中国将领雅各布·罗生特的日记》记录了其加入新四军并作为高级军医投身于抗日战争和解放战争事业的经历,于 2001 年出版。约 30 部戏剧由犹太难民在上海本地创作并上演,其中较为有名的有汉斯·舒伯特(Hans Schubert)和马克·西格尔贝格(Mark Siegelberg)共同创作的《面具掉下》("Die Masken fallen")和《陌生的土地》("Fremde Erde")。[①]

尤其值得一提的是,数百位德国和奥地利犹太人在 1930—1933 年纳粹上台前,便来到上海继续从事此前的医学或者艺术类职业。和之后流亡上海的犹太同胞不同,他们不是难民,而是将上海选为离散目的地的移民。德国犹太医生兼作家马克斯·莫尔(Max Mohr)则于 1934 年流亡至上海,1937年病逝于沪。他在上海给留德妻子写了很多信,这些信件记录了他在上海的行医和生活经历。莫尔的信件和他在流亡期间开始创作但未能完成的德语小说《独角兽》("Einhorn")一起结集出版,书名亦为《独角兽》(1997),且于2007 年作为有声读物发行。

离开上海后,不少流亡者创作德语或英语自传,记录其逃离欧洲前往上

---

① 上述两部戏剧作品收录于 Philipp & Seywald(1996)。

海的自传体记忆。在 30 余部此类自传作品中,尤其值得一提的作品包括阿尔弗莱德·德莱福斯(Alfred Dreifuß)的《生命的戏剧表演》(1985)、弗朗齐斯卡·陶西奇(Franziska Tausig)的《上海通道——移民到隔都》(1987)①、埃内斯特·海皮内尔(Ernest Heppner)的《上海流亡:一本关于二战犹太隔都的回忆录》(1993)、西格蒙德·托比亚斯(Sigmund Tobias)的《陌生天堂:一个犹太人在战时上海的童年》(1999)、霍斯特·彼得·艾斯费尔德(Horst Peter Eisfelder)的《流亡中国——我在上海和南京的岁月》(2003)、乌尔苏拉·培根(Ursula Bacon)的《上海日记:一名少女从希特勒的仇恨到战时中国的旅程》(2004,简称为《上海日记》)。索尼娅·米尔贝格尔(Sonja Mühlberger)出生在上海,且父母均为犹太难民。她在回忆录《出生在上海:作为移民的孩子》(2006)中记录了其对上海流亡家庭生活的孩提回忆。

　　而同样出生在上海的犹太难民薇薇安·珍妮特·卡普兰(Vivian Jeanette Kaplan)则根据她母亲的口头叙述,在传记《十个绿瓶子——一个家庭从战时奥地利前往上海隔都旅途的真实故事》(2006)中讲述了奥地利被德国吞并后,她的母亲是如何跟着外祖母及姐妹们前往上海的。同属于流亡上海非虚构性叙述文本的还包括詹姆斯·罗斯(James Ross)的传记和施台凡·舒曼(Stephan Schomann)的双人传记。美国历史学家和文化学家罗斯通过和时代见证人的访谈和细致的档案研究工作,在他的传记《逃往上海——一个在中国的犹太社区》(1994)中展现了四名逃亡者(分别为男医生、男记者、女医生和男孩)具有代表性的个体经历,包括他们在欧洲受到的迫害,以及在上海的生存和情感体验。主人公们的流亡故事夹杂了历史背景信息,以及对其亲朋好友经历的叙述,从而使读者可以从多视角获取关于犹太人流亡上海的概况。德国作家舒曼在他的双人传记《最后的避难地:上海》(2008)中描绘了一名维也纳犹太流亡者和一名上海女子在沪的恋爱经历,以及这对情侣在战后移民美国后的生活。舒曼的叙述基于他和两位主人公的面谈和书信往来,书中还附上了个人照片和结婚证等材料,提高了这部传记的历史真实性。值得一提的是,几乎所有关于流亡的回忆录和传记都附带有各类图片材料,包括照片、城市老地图、证件、报刊、漫画以及广告材料等。

　　在虚构性叙述文本方面,奥地利作家维基·鲍姆(Vicki Baum)早在 20

① 本书参考的是 2007 年版。

世纪 30 年代创作的小说《上海旅馆》(1939)中，就设计了一位逗留在上海的犹太难民作为小说的九位主人公之一。战后，美国历史学家马文·托克耶(Marvin Tokayer)和美国作家玛丽·斯沃茨(Mary Swartz)也在其历史小说《河豚鱼计划：日本人和犹太人在二战中不为人知的故事》(1979，简称为《河豚鱼计划》)中，以虚实相间的手法讲述了二战时期日本的对犹政策对于在沪犹太流亡社团及其他远东犹太离散群体命运的影响。在过去几十年，有关犹太人流亡上海的小说作品大量涌现。法国作家米歇尔·卡恩(Michèle Kahn)①在她的小说《上海犹太城》(1997)中虚构了一名流亡上海的维也纳犹太男子。保加利亚作家安盖尔·瓦根斯坦(Angel Wagenstein)在小说《别了，上海》(2004)②中呈现了二战背景下不同流亡人物的生存境况，以及各国在上海的谍战故事。在美国作家马里恩·古巴(Marion Cuba)的小说《上海遗产》(2005)中，主人公通过翻阅已故母亲的日记，了解了母亲流亡上海期间的艰辛生活和坚强意志，从而受到鼓舞，度过了自己在现实生活中遭遇的危机。德国作家乌尔苏拉·克莱谢尔(Ursula Krechel)③的小说《上海，远在何方》(2008)讲述了四个历史上真实存在的德奥犹太难民及其家庭在上海的流亡经历。德国日耳曼和汉学学者苏珊·霍恩费克(Susanne Hornfeck，以下称"洪素珊")在其儿童小说《用筷子吃蛋糕——一段在上海的青少年时光》(2012，简称为《用筷子吃蛋糕》)中虚构了一个德国犹太女孩英格在上海的流亡故事。安妮·C. 沃霍夫(Anne C. Voorhoeve)的德语儿童小说《南京路》(2013)同样讲述了德籍犹太小女孩齐斯卡及其家人逃亡上海的经历。在国内，何宁的《米拉尼的小提琴》(2005)、徐永谦的《梦上海酒吧》(2005)、贝拉④的《魔咒钢琴》(2007)，以及严歌苓的《寄居者》(2009)亦再现了该段历史，重点描绘了上海民众和犹太难民在邻里、朋友、生意伙伴和婚姻等社会关系下

① 米歇尔·卡恩于 1940 年出生在尼斯，并在斯特拉斯堡长大，如今她仍定居斯市。她出版过众多青少年文学读物和小说。
② 本书参考的是 2010 年出版的德译本。
③ 乌尔苏拉·克莱谢尔，德国诗人、作家，出版了众多诗集、散文集、剧本、广播剧和小说。她于 2012 年出版的德文小说《地方法院》(„Landgericht")曾荣获德国图书奖。这部小说讲述了一位德国犹太法官在二战时期流亡哈瓦那，以及 1947 年返回故土之后的经历。
④ 贝拉出生于 20 世纪 60 年代中期的上海，现今定居多伦多。其小说《魔咒钢琴》的中文原版于 2007 年发行，英文版于 2009 年发行。有关小说的更多信息，参见本书第六章。

和谐共处,并共同抗击日本侵略者和法西斯主义的故事。由上海戏剧学院教授孙惠柱担任编剧的戏剧作品《苏州河北》作为中国首部展现二战时期犹太难民、日本军官和上海居民三者关系的原创音乐话剧,自 2012 年起在上海犹太难民纪念馆和上海马兰花剧院演出。

"犹太人流亡上海"文学已经引起了海内外的广泛关注。例如,在 2009 年法兰克福书展上,贝拉的爱情和抗战小说《魔咒钢琴》的英译本被主宾国中国作为重点书目展示和推广;《用筷子吃蛋糕》被德国法兰克福儿童文学研究所评为 2012 年 7 月德国"最佳儿童文学作品"。近年来,有数部德语学术专著对相关文学作品进行了讨论,例如张守慧(Chang Shoou-Huey)的《流亡中国途中的犹太文化:罗泽·休夏娜·卡函的意第绪语日记〈在火焰中〉研究》(Chang,2010)(附带部分翻译)、乌尔丽克·耶斯特拉贝克(Ulrike Jestrabek)的《德语犹太作家关于流亡国中国的讨论》(2013)、徐昉昉的《上海亦改变很多:上海图像在德语文学(1898—1949)中的嬗变》(Xu,2015),以及朱迪丝·魏斯巴赫(Judith Weißbach)的《德语犹太人对上海(1938—1949)的流亡回忆》(2017)。米夏埃尔·菲利浦(Michael Philipp)的《流动剧场都算不上:上海流亡戏剧(1939—1947)》(1996)介绍了流亡上海的犹太戏剧艺术家及其戏剧创作和表演情况,并重点分析了《面具掉下》和《陌生的土地》这两部作品。此外,国内学者高晓倩(2017;2018;2020)发表了多篇关于流亡戏剧或相关自传作品的论文。国内外学者也对相关题材小说作品发表了研究论文,例如关于《上海遗产》(Chen,2021)、《上海,远在何方》(Walter,2010;Liu,2012;陈民,任亚楠,2020)、《用筷子吃蛋糕》(Liu,2014)及《上海旅馆》(Zhang,2016)等作品的研究论文。

上述著述多聚焦于单部或者同一体裁作品,未探讨相关文学作品之间(例如小说和自传体作品之间)的关联。本书拟从文化史和文化学的视角出发,分析不同体裁的文学作品如何相互参照和指涉,再现这段上海流亡史,以及上海犹太难民对这一历史阶段的生存认知、情感体验和思想意识,并在此基础上探讨文学作品形成的各类记忆文化,并比较其异同之处。此外,本书的研究方法亦以历史学文本与文学文本的相互观照为基本原则,通过前者"客观性"叙事与后者"建构性"叙事的互鉴,探讨"流亡记忆"作为个体或集体经验在相关文学作品中呈现出来的社会文化价值和意义,力图在东西方文化的差异性背景下,揭示在中国文化、欧洲文化和犹太文化的混杂和交融中流亡个体和群体命运的存在体验。

二、流亡上海文学的记忆文化

如前文所述，笔者并不像历史学家那样致力于还原该段历史本身，而是从文化史和文化学视角出发，考察该段历史在文学作品中如何被记忆、再现或改编，旨在进一步挖掘相关文学创作背后的社会、历史因素，以及深刻的文化范式。本书旨在归纳并比较具有代表性的文学记忆文化和单个记忆文化内部不同作品间所体现的历史记忆话语、维度和诉求的异同，分析各类记忆文化间的关联。结合德国吉森大学教育部重点课题团队"记忆文化"（Erinnerungskulturen，2001—2006）的研究成果和其核心成员阿斯特里德·埃尔（Astrid Erll）对该成果的进一步发展（Erll，2011a），笔者将"记忆文化"定义为在一个国家、民族、语言和宗教共同体内围绕一项题材形成的，带有媒体体裁和机构特殊性的文化记忆形式和内容的总和。"记忆文化"这一概念的引入强调文学记忆过程的多样化和动态性特点，着重分析文学作品与促使其生成的社会、文化和时代背景的关系，从时间轴着眼，探讨各类文学的记忆文化动态形成和嬗变的过程。这一动态化记忆研究遵循从产品到过程、从关注文学记忆作品本身到影响周围记忆环境、从记忆场的"纪念碑性"到"可转换性"的视角转换原则（Rigney，2008）。

本书以该定义为基础，分析不同族裔、语种和体裁的文学作品如何从不同的回忆视角出发，演绎和塑造了这段历史的个人和集体记忆，并形成各类文学记忆文化。根据不同的文学体裁、国别、语种和创作群体，可列举出多类"犹太人流亡上海"文学记忆文化，例如上海犹太难民自传体文学的记忆文化、相关德语小说的记忆文化、相关中文小说的记忆文化和相关英语小说的记忆文化等。其中，上海犹太难民自传体文学的记忆文化和流亡上海中文小说的记忆文化最具代表性。

上海犹太难民自传体文学的记忆文化

该类记忆文化的主要文学表现形式为日记、自传和自传体小说。上海犹太难民自传体文学作品主要出版于20世纪80年代之后的美国、德国和奥地利，这是因为生活在上述国家的大部分难民陆续步入晚年，试图将亲身流亡经历以文字的方式传递给后代,以对抗代际更替造成的遗忘。因此,该段历史的自传体记忆逐渐通过书面媒介转变成为集体记忆。在近百部难民自传体作品中,绝大部分文本将流亡地上海描述为"世界尽头的最后避难地""最坏的选择"及"等待室和中转站",他们认为前往上海意味着开启一段未知的旅程,并表示完全没有预料到自己将面对的是一座战火纷飞的城市。对他们中的大多数人来说,在上海的流亡经历是痛苦的,巨大的文化差异和语言障碍,战时上海糟糕的经济、卫生和医疗条件,亚热带冬冷夏热的潮湿天气和肆虐的传染病给他们的生存带去了严峻的考验。例如,来自维也纳的难民陶西奇就写道:"在上海的岁月是苦涩的。它们就像是一个高脚杯,盛满了一种宿命,我想倒光它的最后一滴。"(Tausig,1987:99)当时的外国殖民者和中国上流社会的极端富裕、"租界"里宏伟的西式建筑和当地劳苦大众的极度贫困,以及乞丐和流浪者暴毙街头的场景形成鲜明对比,这也让难民们深感震惊。

　　但对大多数难民而言,旧上海并非只是苦难和"各类极端事物"的汇聚地,也是"自由和希望"的化身(Xu,2015:272)。在上海的奋斗经历、对于上海作为"最后避难地"的感激之情和对上海本土文化的感知构成了另一类较为正面的上海记忆话语。难民自传体作品中也记录了该群体在面对艰辛的流亡岁月和日军的残暴行径时所表现出的勇敢、坚定和强烈的求生意志。①即便在上海遭受了各种各样的磨难,但几乎所有的难民在自传体作品中均感谢了上海对他们的接纳:"上海拯救了我们的生命。而单单这点便意义非凡。"(179)毕竟在当时的上海居民中并不存在反犹主义,他们只是将这些犹太难民邻居视为落难的欧洲白人,并在日常生活中伸出了援助之手。德国犹太难民哈罗德·简克罗维奇(Harold Janklowicz)说道:"得知留在欧洲的犹太人的悲惨遭遇后,我这才意识到和二战期间欧洲的犹太人相比,生活在上海的我们就仿佛生活在天堂。感谢中国人!"(转引自邢佳闻,2013:48)德国难民汉斯·海因茨·亨泽尔曼(Hans Heinz Hinzelmann)在其自传体小说《中国人和洋鬼子》(1950)一书中,以其中国邻居家庭为例,赞扬了中国人乐

---

① 1979年,时任美国财政部长沃纳·迈克尔·布鲁门特尔(Werner Michael Blumenthal)回访其当年流亡上海时居住的虹口故居时谈到:"在上海,我看到人们如何在艰难困苦中仍能凭借爱、家庭、品行、勇气和坚忍不拔取得成就。在上海,我看到了人性光辉的一面,即使在最艰难的时刻依然闪光。在上海的经历还塑造了我后来的政治信仰,使我一生关心公共事务。"(转引自王健,2016:288)

于助人的优良品德,并表达了对中国文化的强烈兴趣。

而犹太流亡者中的左翼人士更是抓住了流亡上海这一契机,推动了自身事业的发展。跟其他大多数犹太难民相比,他们在形式多样的自传体和其他记忆体裁作品(例如新闻报道、短篇小说、诗歌、书信和日记)中较少将自己视为被迫流亡上海的受害者,对流亡过程中所经历的生活困顿和文化冲突,以及失去家园后的存在危机感虽有描述,但未将其作为主要追忆对象(参见Jestrabek,2013:189-191)。作为纳粹种族主义和法西斯主义暴政的受害者,他们摒弃了西方殖民者的种族优越感和欧洲中心主义视角,不过分强调自身的犹太身份,通常放弃了本民族的宗教信仰。他们作为有着坚定信仰的共产主义者,超越了种族、民族、文化、宗教和国家的界限,参与共产主义运动。他们积极评价中国共产党的斗争精神,将中国的无产阶级革命和抗日战争视为国际共产主义运动的重要组成部分,并投身其中。例如抗日战争期间,流亡到上海的奥地利犹太医生罗生特加入了新四军。作为第一个加入新四军的国际友人,他为挽救新四军将士的生命做出了巨大贡献。1943年,罗生特加入了中国共产党,并在党领导的军队里辛勤工作近十年,其所著的记载相关经历的日记作品流传于后世。德国犹太牙医玛格达莱娜·罗比彻-汉恩(Magdalena Robitscher-Hahn)则在其自传《置身于延安精神中》(1980)中,记录了她自1945年起在延安开设诊所以支持延安革命的经历。

耶斯特拉贝克在分析了有着共产主义和社会主义信仰的左翼犹太流亡者的部分自传作品(例如Dreifuß,1985;Weiss,1999)后指出,左翼犹太流亡者还批判了旅居上海西方人士的殖民主义视角,以及买办资产阶级对于中国底层劳工和童工的剥削和压榨,指责了日本帝国主义侵略者对中国居民的暴虐行径。他们对中国有着截然不同的认识,从不贬低中国和中国人形象,在文化接触中不蔑视中国人和中国文化,而是带有敬意地和中国人交往,努力探知当时中国社会所处的困境,并呼吁难民们积极体悟中国文化。他们将这一流亡经历视为实现自我解放、职业目标及个人信仰的契机,将和中国民众团结一致开展反法西斯斗争视为他们共产主义事业的终极意义所在,作为国际主义战士致力于与全人类共同战胜法西斯主义、帝国主义和种族主义的事业,从而共同构建一个和平、平等的国际社会(参见Jestrabek,2013:187-191)。

由此可见,上海犹太难民自传体文学记忆由于难民的职业和政治信仰不同而较为异质化。与之相比,流亡上海中文小说记忆文化则更为同质化。

流亡上海中文小说的记忆文化

数部中文小说再现了该段历史,例如贝拉的《魔咒钢琴》、何宁的《米拉尼的小提琴》和徐永谦的《梦上海酒吧》。这些小说重点展现了中国居民和犹太难民作为邻居、朋友、生意伙伴或者恋人,共同抵抗日本侵略者和法西斯主义的经历。作为其中最具代表性的中文小说,《魔咒钢琴》讲述了二战时期波兰犹太青年钢琴家亚当和中国共产党党员李梅在斯大林格勒和上海的爱情故事。作品通过塑造两位主人公和其所属族群的跨文化交往,歌颂了患难与共的犹太难民和中国人。音乐成为两位主人公跨越族群界限交流的媒介,并成为对抗日军暴虐行径的武器。当李梅跟犹太难民一同离开苏联,进入被日军控制的伪满洲国时,亚当让李梅伪装成犹太合唱团的成员,才助其蒙混过关。书中多次描绘了日军残暴对待中国居民和犹太难民,并屠戮两个族群中的抗日义士的场景。例如,上海犹太复国主义青年组织贝塔(Betar)①的成员曾在一次犹太难民集会上散发抗日传单,日军冲入会场,以当场杀害犹太儿童的血腥方式逼迫当事人自首,并将其杀害。姑且不论这一戏剧化文学场景的历史真实性,但诸多对类似场景的描写,可让对亚洲二战史知之甚少的西方读者了解日本军国主义给包括中国居民和犹太难民在内的占领地民众造成的深重灾难。除了对这两个族群联合抗日的刻画,小说亦描绘了上海民众的热情好客。他们遭受战乱之苦,自身生活捉襟见肘,却依然慷慨地为难民提供生活上的援助,这凸显了中国人民的人道主义精神。为了让中国读者对犹太族群有更全面的认知,并对犹太难民产生同理心,《魔咒钢琴》还提及了有着犹太血统的国际共产主义事业先驱卡尔·马克思(Karl Marx),以及另外两位著名犹太学者阿尔伯特·爱因斯坦(Albert Einstein)和西格蒙德·弗洛伊德(Sigmund Freud)。该作品被译成英语,并且在 2009 年中国任法兰克福书展主宾国时,被重点推介给国外读者,这有利于宣扬我国所倡导的以民族平等、包容、尊重为基础的价值观。

徐永谦的《梦上海酒吧》将上海形容为一个"诺亚方舟",描绘了提篮桥霍山路一带"梦上海"酒吧女老板欧阳如华及其周围的热血青年义无反顾救助一对犹太兄妹的曲折经历,既反映了上海民众对犹太难民的人道主义关怀,

---

① 贝塔是上海的一个犹太复国主义青年组织,主要由波兰裔犹太人组成。

也刻画了共同抗击日本当局暴虐统治的人物形象。何宁的《米拉尼的小提琴》讲述了欧洲著名犹太裔小提琴家莱隆德·维森多夫在妻子米拉尼死于纳粹之手后忍痛逃亡,带着由亡妻制作的"米拉尼小提琴"来到上海的故事。在上海,他与中国护士陆晓念产生恋情,并与日本军人合津康宏成为好友。但随着太平洋战争的爆发,他和军国主义者合津的友谊走向决裂,他和恋人的爱情也经历了战争带来的生与死的考验。历史上确有维森多夫其人,但小说故事情节带有很强的虚构性特点。

　　综上所述,相关中文小说的主体记忆话语在于渲染民族友谊,并讴歌友善好客等中华民族传统美德。中犹双方在战争苦难中选择共同抗日,增进了相互理解和沟通,使中犹友谊更加深厚。尤其值得注意的是,日军的残暴行径在西方的相关文学记忆文化中虽多有涉及,但中文小说对此的展现则更为密集。这和历史背景不无关联:日军并未大规模屠杀被关押在犹太隔都的难民们,后者最终得以逃脱滞留欧洲的同胞们所遭受的厄运;而日军在中国占领区采取的却是"三光政策",甚至制造了惨绝人寰的南京大屠杀。因此,中文小说更为有力地再现了日本侵略者的凶残和中犹联合抗日的场景。这有利于对外展示中国在二战中所做出的巨大努力,促使更多国家的民众了解日本的战争罪行,督促日本政府采取正确的态度反思二战史,并推动中国与西方国家在历史、文化和政治层面上的交流。

　　值得一提的是,"犹太人流亡上海"中国文学的记忆话语和国内相关史学作品的记忆话语高度吻合。潘光在历史画册《犹太人在上海》中谈及该流亡群体时,指出了上海作为"拯救者"的角色,赞扬了中犹友谊和共同抗战的经历。他在画册序言中写道:"回顾那一段历史,我们可以自豪地说,上海在这场善与恶的搏斗中做出了正确的抉择。"(潘光,2005:10)他认为该画册是中犹友好的一个佐证,上海犹太人与中国人民之间互相尊重、同情和支持。他还强调了部分犹太人作为国际主义战士对抗日战争给予的大力支持,例如,他在书中缅怀了罗生特、理查德·傅莱(Richard Frey)和汉斯·米勒(Hans Müller)等德奥犹太难民医生,他们投身于中共抗日背景下的医疗救援工作,从而唤起了人们对于左翼犹太难民在战时中国积极投身共产主义事业和抗日战争这一历史记忆的关注。潘光主编的《来华犹太难民研究(1933—1945):史论、理论与模式》重点探讨了来华犹太难民和中国居民的关系,阐述了这段避难史独有的"中国模式",认为"中国不存在原发性的反犹主义","中国人和犹太人均十分重视家庭伦理和教育、善于经商理财","中犹文化具有可融通性",提出"上海当时特殊的开放状况"等社会历史背景铸造了中犹人民在这一特殊历史时期下"友好互助、抗邪扶正的感人业绩",有利于"传承人类文化中的真善美价值观"(潘光,2017a:6)。

中国历史学者还指出了犹太难民对上海这一流亡空间的情感维系和为上海留下的记忆遗产。潘光主编的口述史著作《艰苦岁月的难忘记忆:来华犹太难民回忆录》结合 38 位来华犹太难民的第一手口述和文字史料,着重展现了其"在虹口隔离区度过最艰难的时刻,与中国人民同甘共苦等难忘经历,以及离开中国后始终难以割舍的中国记忆和上海情结"(潘光,2015:3)。张艳华和王健在《空间·故事·上海犹太人:提篮桥的过去与现在》(2011)一书中,结合难民及其后裔的口述史指出:"抛开所有政治、人为的因素,这种情感仍然是一种较为单纯的情感,类似于我们对'故乡',或是对某个特别纪念地的怀念。而上海,尤其是提篮桥,作为具体的物质空间载体,则成为这一切怀念的落脚点。……相当多的老居民对此地有一种源于熟悉而产生依赖的场所认同感和信任感。"(张艳华,王健,2011:146)书中亦考察了难民们的"隔都"(ghetto)记忆,指出"在上海登陆者心目中,对虹口隔都的感情是复杂的。迄今为止仍有许多人不愿意回忆起在这里所经历的苦痛和伤逝,还有一些人认为该地区所起到的'拯救'作用过于夸大"(136)。但书中亦指出"有更多的人对上海仍然怀有一种抹不去的感念和追忆"(136),毕竟上海作为一个具体的地理空间接纳了走投无路的难民,支撑起了他们的"生存信念"(3)。与上述历史记忆话语相呼应,"犹太人流亡上海"中文小说的文学记忆亦较少刻画犹太人对于在沪艰难生活的不满或是中犹民众跨文化交往中的问题,而着重书写中犹友好共处并共同抗击日本侵略者和法西斯主义的故事。

需要指出的是,一个记忆媒介在流亡记忆文化中的影响力只有通过观察它在"多元媒介网络"(Plurimediales Netzwerk)中的功能才可厘清。埃尔和斯蒂芬妮·沃迪扬卡(Stefanie Wodianka)在其编著的《电影和文化记忆:多元媒介化的情状》(2008)的引言中探讨了"记忆电影"(Erinnerungsfilm)和它的多元媒介化情状(Erll & Wodianka,2008)。二人观察到近些年文化学研究中的三重转向:从存储媒介到传播媒介、从符号系统到社会系统①、从文化

---

① 有关符号系统和社会系统之间的根本区别,参见 Schmidt(2000)。

记忆的产品到过程。"多元媒介性"（Plurimedialität）强调"带有媒体和机构特殊性的媒介文化"的概念，一方面考察文学、电影和历史著作等不同媒体体裁如何遵循自身的媒介和机构逻辑开展记忆的文化实践，另一方面从媒体间性和媒体的社会功能角度出发，分析媒介作品在不同的记忆文化框架下，如何相互引用、交叉生成、接受和行使其记忆功能。她们指出："文化记忆并不'自身'存在，而是交际、社会、文化和历史政治进程的结果。"（参见 5）例如，作为集体记忆传播媒介的"记忆电影"（例如一部虚构的剧情片、一部纪录片或是一部纪录电影）有着高度多元媒介的网络化特点。造就一个多元媒介化网络的关键首先在于记忆电影对于现成体裁惯例、媒介技术和美学的运用（参见 14），其次为它的媒介记忆和再现实践（作品自身维度），再次为作品被加工和接受的社会系统化进程（例如市场营销、获奖、电影批评和阐释、审查和进一步加工等）（参见 6）。

多元媒介性包含"再度媒介化"（Remediation）和"预置媒介化"（Prämediation）两类范式。再度媒介化分析媒体作品对其他媒介作品中已有特殊叙述、形象、母题、情节、圣像、内容、形式和媒体技术的借用、改编和嫁接（参见 Erll，2007：31）；而预置媒介化则分析媒体体裁特征、叙述模式、情节结构、文化范式、模式固见、价值观、历史图像或当今的记忆政策等固有元素对于文学记忆的生成施加的不可规避的前置化影响（参见 Erll，2007：32-33）。埃尔和沃迪扬卡以"记忆电影"为例所阐明的文化记忆的多元媒介性和"过程性"（Prozessualität）同样适用于研究犹太人流亡上海的文学记忆文本（Erll & Wodianka，2008）。

文学作为历史记忆、集体记忆和个体记忆之间交流的媒介，拥有三大记忆功能：记忆储存、记忆传播和记忆暗示。这些功能体现在文学作为象征性符号系统在叙述时，对于史学或文学等现有媒介作品中文化系统符号的解码和重新编码过程中。在预置媒介化层面，所有的文学文本均符合自身叙述技巧和体裁模板的特殊逻辑和美学特征。回忆录、书信和日记为自传体情景式记忆的叙述体裁，虚构文本则可构建想象式的过往版本。而在另一层面，文学文本在跨媒介层面上多引用其他媒介文本，对其进行再度媒介化。例如，小说作品不仅采纳了史学著作的史料框架，重构了上海流亡史相关史料、史学叙述及难民的自传体叙述，还建构了自身的虚构记忆版本，经常发掘被历史叙述遗忘的过往，照亮被排挤的记忆，塑造"反记忆"。它们关联时代见证者的自传体记忆，并借助文学的现实建构和改编能力创造虚构的可能世界，艺术化地构建和升华了过往事件。在社会系统和接受层面，贝拉的《魔咒钢琴》在 2009 年法兰克福书展期间被重点展示，突出了主宾国中国对于这段历史记忆的重视；保加利亚小说《别了，上海》获得 2004 年法国让·莫内欧洲文学奖。上述事件成为围绕文学作品的社会系统层面上的"记忆放大器"（Erinnerungsbooster），增强了它们的记忆文化地位，并使其成为真正意义上的记忆媒介。

　　同时，本书借助"交融文化性"（Transkulturalität）概念，分析文学记忆文本在不同社会文化框架、预置媒介化和再度媒介化动态环境下的交叉生成和接受，研究文学媒介对来自不同民族的个体和集体记忆邂逅、碰撞、交融和杂糅的再现，以及对交融文化性"混杂个体身份认同"形成和嬗变的刻画。作为后殖民研究核心理念的交融文化性与传统的"跨文化性"（Interkulturalität）理论和"多元文化性"（Multikulturalität）理论有着本质区别。交融文化性理论的创建者是德国学者沃尔夫冈·韦尔施（Wolfgang Welsch），他认为当代文化呈现出一种与传统文化完全不同的特性。当代文化不是纯粹自我生成的、与外界割裂的、自主封闭的产物，各种文化之间的界限开始消融，它们不断受到外来文化的影响和渗透（Welsch，1997）。在具体某一种文化内部，不同的族群和团体之间不断地分裂和产生出相互迥异的亚文化。当代文化错综复杂，显现出极强的异质性。当代文化特性的改变也促进了不同（亚）文化形式之间日益深入的对话、转化和融合，以及个体身份认同的多元化和混杂化。这一文化特征对"自我文化""他者文化"二元对立模式的消融起到了推动作用。"我们当中的绝大部分人都在其文化身份的构建过程中受到了许多不同的文化渊源和关系的影响。我们是'文化的混血儿'。"（Welsch，1997：72）正是这种以交流和融合为特征的交融文化性形成了个体对多种文化的复合归属感，并造就了"个体混杂文化身份认同"（Individuell-hybride kulturelle Identität）。结合韦尔施的交融文化性理论，本书将分析各类文学记忆文化对这段流亡史中的中欧文化和中犹文化交融现象的书写。

三、记忆空间、记忆人物和记忆叙事

　　法国历史学家皮埃尔·诺拉（Pierre Nora）在其论文集《法国的记忆场

15

所》(2005)德译本的导论中指出,"记忆"对场所的附着就像是历史基于事件一样。记忆文化通过它"记忆场"(lieu de mémoire)的景观得以呈现。犹太人流亡上海的文化记忆同样基于记忆场,流亡的记忆文化通过记忆场的再现被构建。在这一节中,我们首先厘清记忆文化中记忆场的概念和意义,随后介绍"犹太人流亡上海"文学记忆文化中有待研究的记忆场。

诺拉在他的《记忆场所》(三卷本)(1984;1986;1992)中提出了"记忆场"的概念,用以描述法国集体记忆中的"结晶点",例如巴黎、凡尔赛宫、法国国旗及7月14日法国国庆日等。"法国国家记忆在记忆场中以特殊的程度浓缩、体现或结晶。"(Nora,2005:7)诺拉的这一概念较为宽泛,广义上包括了所有可唤起法国国家记忆的事物,除了例如地理区域、博物馆和纪念碑等熟悉的、"可触摸"的地点外,还包括事件、纪念庆典、历史人物、书籍以及研究性论文等。对诺拉而言,记忆场的总和构建了法国国家的记忆体验空间。在该空间里,法国人塑造他们的历史图像,构建对于过往的集体想象,并借此促进国家认同的形成和发展。

在诺拉看来,当一件物体、一种现象或者一起事件同时拥有物质性、功能性和象征力,且能在集体层面构建过去和现在的关联时,便可成为记忆场。诺拉以"一分钟悼念"为例,阐述了一个记忆场的物质性、功能性和象征力:"'一分钟悼念'看起来像是一个象征意涵最极端的例子,但作为一个时间段内的物质片段,同时也周期性地唤醒了一段记忆。"(32)

诺拉写道:"记忆场的存在是因为记忆环境的缺席。"(11)对他而言,"记忆场是针对不复存在的自然的集体记忆的人工占位"(Erll,2011a:26)。延斯·克罗(Jens Kroh)和安妮·朗(Anne Lang)认为"相比记忆场产生的时间点的意义",诺拉更在意"它随着时间推移的蜕变和改编"(转引自 Kroh & Lang,2010:184)。通过后续象征性的意义赋予,记忆场的"转换能力"和"双重特征"得以形成(184)。在此意义上,埃尔也评论道:"无论是在客观物质的产生之初还是后续时日,只有通过有目的的、象征性的'提升',一件文化事物才能成为记忆场。"(Erll,2003:28)考虑到记忆场的可变性,埃尔也批评了诺拉记忆场概念的国家范式①,并强调记忆场只有通过"交融文化式的再度媒介

---

① 谭可泰(Hue-Tam Ho Tai)同样批评了诺拉在建构法国国家记忆时,未对法国殖民地及在法移民的记忆文化予以关注(Hue-Tam Ho,2001)。

化"（transkulturelle Remediation），才能留存且不断被更新（Erll，2011b）。埃尔对再度媒介化过程中记忆场的"建构、稳定化和变迁"论述道：

> 记忆场的产生和"生命"基于反复的媒介再现，正如瑞格尼指出，基于过往特定事件的多重再度媒介化汇聚成一个"记忆场"。……每一个记忆场都显露出它自身再度媒介化的谱系，且该谱系同时和媒体发展的历史相关联。特洛伊战争、法国大革命、第二次世界大战及犹太人大屠杀——这些记忆场通过口述史、手抄本、印刷书、石版画、照片、电影和网络曾经或正在被再现。……通过再度媒介化，特定的再现实践被迅速固定化，一起事件被凝练成一个记忆场。（132）

关于通过交融文化性再度媒介化而形成的记忆场案例，埃尔（Erll，2011b）提到了《荷马史诗》：《荷马史诗》再度媒介化的多样性体现在古罗马（维吉尔）、意大利中世纪（但丁）、英国近代早期（弥尔顿）等时期的欧洲史诗，以及爱尔兰作家乔伊斯的《尤利西斯》和圣卢西亚作家沃尔科特的长诗《奥麦罗斯》中。漫游于不同记忆文化风景带的旅途中，该记忆场获得了带有文化特殊性的不同形态。借此，《荷马史诗》才"成为古希腊或欧洲近代早期的记忆场之一，同时也成为爱尔兰现代主义和后殖民时期加勒比海的记忆场之一"（139）。"'奥德赛'只有通过它的旅行才得以存活——该记忆场通过媒介的再现穿梭于时空、文化和历史之间。"（143）一个荷马史诗式的记忆场在它的记忆媒介中脱离了原有的文化意义框架，在跨越文化和历史界限的旅行式迁徙和嬗变中，被赋予了新的含义和活力。

埃尔认为，交融文化性的回忆也依赖于对记忆场的再度媒介化（143）。在媒介再现的道路上，对于记忆文化建构起决定性作用的并非文化记忆的"根"（roots）（137）。保尔·吉尔罗伊（Paul Gilroy）指出，在交融文化性记忆行为中，这些记忆场的迁徙更多地通过"路径"（routes）被描述（Gilroy，1993）。不停被改造和更新的记忆场在交融文化性和多元媒介化的记忆文化中，履行了作为媒介黏合剂、结合面和枢纽的功能。不同记忆文化和记忆媒介之间的关联因为记忆场而建立。

诺拉的记忆场概念也招致了学界的批评。除了其国家范式被诟病外，由于诺拉认为所有事物均可成为记忆场，而使该概念显得模糊。阿莱达·阿斯曼（Aleida Assmann）用两个概念描述记忆场，即"记忆对象"和"记忆媒介"

(Assmann,1996:19-27)。借助阿斯曼的分类,西格弗里德·J.施密特(Sigfried J. Schmidt)对诺拉记忆场概念"未细分记忆媒介,以及机构、地理场域和对象"(Schmidt,2000:36)这一问题进行了批判,并指出该概念的一个核心问题在于"诺拉未在其定义或是作品中区分记忆的内容、方式和介质。"(42)

埃尔对记忆场的解读强调了再度媒介化和交融文化性过程的意义,阿斯曼和施密特区分了记忆对象和记忆媒介。基于上述两种理论,对本书所要探讨的文学文本进行观察后便可发现,"犹太人流亡上海"文学作品中的交融文化性记忆形成于对某些特定对象的再度媒介化。在有关犹太人流亡上海的记忆媒介中,一定数量的记忆对象通过持续的建构和再度媒介化被生成、沉淀、加固和锻造成为流亡的记忆场。属于上述记忆场的有上海的难民收容所、"小维也纳"和"上海隔都"等记忆空间,杉原千亩(Sugihara Chiune)、合屋叶(Ghoya Kano)和人力车夫等记忆人物,以及爱情叙事、女性叙事、儿童和青少年叙事等记忆叙事。"记忆空间"在此涉及狭义的记忆场概念,即物理场域[①],"记忆人物"在此指历史人物,而"记忆叙事"指叙述过程的结果。在该过程中,有记忆价值的主题从原本并非一目了然的历史事件中被挑选出来,以时间和因果的顺序在视角化重构中被赋予意义,且复杂性降低,从而形成了记忆场。[②] 这类记忆场穿过不同的文化"领地"和媒体形式,总是不断在"中途逗留地"被重构、放大和相对化,并被赋予记忆文化层面的不同意涵。记忆场的"路线化"媒体再现和再度媒介化建构和发展了犹太人流亡上海的记忆文化。

鉴于记忆场的丰富性和相关记忆素材的数量之巨,本书将挑选出部分具有代表性的记忆场,对其在相关文学和其他记忆媒介中的再现进行解读。本书的主体部分将通过对这些关键记忆场的案例式研究,管窥各类"犹太人流亡上海"文学记忆文化的内涵、内在逻辑和活力。

第一部分分析"上海隔都"的记忆文化式重构,包括第一章和第二章。该记忆空间见证了为数众多的犹太难民艰难的命运和苦涩的经历。1943年5月,所有于1937年以后抵达上海的"无国籍难民"均被日本当局拘留在虹口

---

① 关于在文学和文化学记忆研究中的空间概念参见 Assmann(2010)。

② 关于历史事件的叙述参见 White(1973;1987)及 Erll(2007:27);关于叙述学和文化学记忆研究之间的关联参见 Erll(2009:212-227)。

区提篮桥地带一个狭小的"指定区域",后人称其为"上海隔都"。想离开隔都的难民必须向日本当局申请通行证。"上海隔都"在文学再现中,被语义化和象征化为一个封闭的、体验苦难的行动空间。它提喻式地象征了整个犹太人流亡上海的历史事件,以及在沪犹太难民作为纳粹和日本法西斯主义的双重受害者身份。对该记忆空间的文学记忆以浓缩和升华的方式,展现了在沪犹太流亡群体的贫穷、困苦和身处的尴尬政治局面。在隔都的苦难经历使得隔都作为文学记忆空间,成为犹太难民的流亡上海创伤记忆的中心意象,象征了日德法西斯主义给上海犹太难民和本地居民带去的深重灾难。"上海隔都"的设立起源于二战时期日本复杂的对犹政策,其不同发展阶段在史学和文学记忆媒介中被再现。隔都的设立充满故事色彩和传奇色彩,在历史和文学作品中被频繁提及。在相关文学和历史再现的两类符号系统中,史实和虚构文本之间的界限也不甚清晰。第一章探讨史学和文学记忆中的日本犹太政策"河豚鱼计划"和"上海隔都"的设立,分析日本对犹政策及其影响在历史学和文学著作中再现的体裁特征和交互关系,剖析历史记忆和文学记忆之间的异同。数以千计的犹太难民因隔都中拥挤的居住环境、糟糕的卫生状况和落后的医疗条件所导致的瘟疫而丧生。对此,第二章考察克莱谢尔德语小说《上海,远在何方》对陶西奇德语自传《上海通道——移民到隔都》的再度媒介化,重点探讨前者对后者中有关家人在隔都去世、哀悼和葬礼场景的自传体记忆进行的虚构性和述行式改编。

第二部分探讨三位记忆人物的文学再现,包括第三章、第四章和第五章。第三章探讨文学记忆中的杉原千亩形象。1940 年 7 月至 8 月,杉原千亩作为驻立陶宛科夫诺(Kovno,今考纳斯)领事馆的日本领事,在违背日本外务省授意的情况下,向数以千计的犹太难民发放了日本过境签证,并和苏维埃当局沟通,协助他们搭乘横跨西伯利亚的铁路,并在日本中转后前往上海。在文学和机构记忆层面上,杉原千亩在全球范围内(尤其在以色列、日本和美国)象征着人性、正义和勇气。本章将从记忆政治的角度探讨围绕该记忆人物的文学记忆网络,并剖析该网络多元媒介化的内生动力。本章首先研究在该记忆网络中占有关键性地位的回忆录《6000 人的生命签证:一位日本外交官解救犹太人》(1990,简称为《生命签证》)。该回忆录由杉原千亩的遗孀杉原幸子(Sugihara Yukiko)撰写,讲述了杉原千亩的救援行动、生活和家庭故事,以及全球范围内对其义举的纪念活动。1990 年出版的日语原版回忆录和1995年出版的英译本引起了轰动,成为杉原国际文化记忆的核心参照点,因此本章主要探讨该回忆录超越文化界限的记忆效力。其次,本章分析美国作家托克耶和斯沃茨如何在其历史小说《河豚鱼计划》中运用虚构化和内视角的文学记忆手法,展示小说人物杉原千亩的集合记忆对其在二战时救助欧洲犹太难民的影响。再次,本章还探讨该文学媒介如何生成对"杉原救犹"这一历史事件动态化、矛盾化和多维度的集体记忆,从而对该记忆人物文化记忆的构成和动态化发展产生重要影响。第四章探讨日本长官合屋叶为何在文学表征中成为邪恶的象征。合屋叶负责为隔都中的难民发放通行证,时常轻率甚至粗暴地对待犹太申请者。这一被类型化的记忆人物成为日本军国主义侵略势力残暴独裁的缩影。第五章探讨人力车夫作为无处不在的超级符号在多元媒介中的再现。中国人力车夫在犹太人流亡上海的文化记忆中成为流动的城市标志。该记忆人物在西方文学媒体中无处不在,作为原始和非人性化的东方主义象征符号被呈现。在上海居民看来司空见惯的人力车夫,却在西方媒体中普遍象征着野蛮、非人性化的"东方异国情调",体现了难民们对欧洲和上海的二元对立式认知模式(文明/野蛮、人性化/非人性化、工业化/原始性)。然而,在中国的记忆文化中,该记忆人物则主要被演示为中犹居民和谐共处的象征符号。

　　第三部分探讨犹太人流亡上海的自传、传记和小说中三类重要记忆叙事:爱情叙事、女性叙事、儿童和青少年叙事,包括第六章、第七章和第八章。犹太难民和中国人之间的爱情故事在较多犹太人流亡上海的文学文本(例如《最后的避难地:上海》《上海犹太城》和《魔咒钢琴》)中被演示。交融文化式的爱情叙事一方面象征着中西文化的交流和相互的哺育,另一方面展现了两者间的冲突。同时,爱情叙事的多种记忆诉求在很多方面有着较大程度的区别。第六章例证式地分析爱情叙事如何与不同的意义视野、文化特殊性模板和叙述模式相关联,并借此设计出跟流亡相关的不同过往版本、历史图像和身份概念。第七章致力于研究女性叙事。和男性流亡者相比,很多女性具有更强的适应力和执行力。除了要干家务活外,她们往往还需挣钱养家。同时,亦有部分女性无法忍受流亡中糟糕的生活条件而自暴自弃。本章分析小说如何改编自自传体记忆叙述,呈现女性流亡体验的多样性,阐明流亡女性在小说中作为女英雄和殉难者的双重角色。第八章分析德国作家洪素珊的德语儿童小说《用筷子吃蛋糕》中的儿童叙事,考察该小说如何进一步发展多部难民自传体作品中有关上海孩提时代的记忆,从而刻画犹太难民儿童"混杂个体身份认同"的形成和嬗变。此类交融文化性的个体身份认同与其父辈对于故土的文化认同有着较大区别。培根自传《上海日记》中的自传体式孩提记忆显示,来自上海难民家庭的孩子与成年人相比,对周围的新环境不带成见,充满好奇心,往往抱有一种冒险心理,且不排斥和当地居民接触。《用筷子吃蛋糕》对培根的自传体叙述进行了再度媒介化,演示了犹太少女英格·芬克尔施泰因如何与周围的中式环境进行互动,习得中国语言和文化,融入当地社会,并且建立一种交融文化性的"混杂个体身份认同"。而该小说中的儿童叙事亦为流亡记忆文化增加了儿童视角和交融文化性的维度。

除了关注文学文本和史学的密切联系外,本书还把文学文本跟与流亡相关的报纸、漫画、老照片、史学著作和电影作品放置在多元媒介的框架下一并讨论,从而在媒体间性视角下揭示各类文学记忆文化的丰富内涵。

四、本书撰写说明

本书较为重要的外文文献在首次出现时,仅写出文献作者原名和中译名、文献的中译名及其出版年份,部分文献中译名后括注其简称,例如乌尔苏拉·培根(Ursula Bacon)的《上海日记:一名少女从希特勒的仇恨到战时中国的旅程》(2004,简称为《上海日记》);其他文献在出现时,仅写出文献作者原名及文献出版年份,例如 Schmidt(2000)。读者如需了解该条文献的原始信息,可在参考文献处凭该条文献的作者原名及出版年份查询。

当同一参考文献连续地再次出现时,仅括注其页码。

正文中部分无中译文的外文文献内容由本书作者自译。如有不妥之处,欢迎读者批评指正。

本书中提到的虚拟人物不括注原名,例如历史小说《河豚鱼计划》中的格泽尔·锡尔金;真实人物(如传记中的人物、虚拟人物的原型)括注原名,例如自传《上海通道——移民到隔都》中的阿拉达·陶西奇(Aladar Tausig),以及小说《别了,上海》中特奥多尔·魏斯贝格的原型人物阿尔弗雷德·维滕贝格(Alfred Wittenberg)。

此外,本书探讨的"犹太人流亡上海"这一历史发生在 1933 年至 1950年,除首次出现外,后续不再括注。

第一部分 记忆空间

　　1943 年 5 月到 1945 年 8 月,日军在虹口区苏州河以北区域设立了覆盖约 40 个街区的"指定区域",并勒令在沪犹太难民迁入。虹口区属于当时上海最贫穷的区域之一,1932 年年初在日军的炸弹袭击中损毁严重,随后在 1937 年的淞沪会战中又被部分夷为平地。该区域的主要居民为处于社会底层的贫困的本地人。

　　此前,很多身无分文的犹太难民在抵沪后被安置在虹口区内的"难民所"(Flüchtlingsheim)。短短几年内,他们在那里建造了一个遍布西式商店、咖啡馆和剧院等文化场所的欣欣向荣的犹太区。该区被戏称为"小维也纳",同时,该区的部分街区后来被划为"指定区域"。而住在"小维也纳"其他区域、"公共租界"或者"法租界"里的犹太难民,则必须搬进已有 10 万名上海本地居民和 8000 名犹太难民居住的"指定区域"。这一"指定区域"没有被围墙、路障或铁丝网围住,或被士兵哨所监视。但该区设有警示牌和检查难民通行证的哨所,禁止未携带通行证的"无国籍难民"离开。而生活在该区内的中国居民无需通行证便可自由出入该区。这一"指定区域"被犹太难民称为隔都。数名犹太难民在他们关于流亡上海岁月自传的标题中使用了该称谓,例如陶西奇的《上海通道——移民到隔都》、海皮内尔的《上海流亡:一本关于二战犹太隔都的回忆录》和艾芙琳·派克·鲁宾(Evelyn Pike Rubin)的《上海隔都》(1993)。我们不禁要问,为何"上海隔都"拥有这种特殊的象征性表达力,可以作为该流亡史的局部事物,提喻式地指称整段流亡史? 为了解释这一现象,我们需要了解隔都的生活条件。由于日军施加的行动限制,很多隔都的犹太居民失去了工作。在日常生活中,他们还饱受拥挤的居住环境①、糟糕的卫生状况以及匮乏的食物和药品所带来的煎熬。正是因为和外界的隔离以及在隔都的困窘,隔都才会出现在上述自传的标题中,象征着上海犹太难民艰辛的流亡经历。

在众多的记忆文学作品中,"上海隔都"均被刻画和再度媒介化为犹太人流亡上海的中心记忆场。在接下来的各章中,本书将探讨史学、自传和小说媒介对该记忆空间的再现,同时研究这些记忆媒介带有各自体裁和文化特殊性的叙述方式和书写模式,剖析它们之间的多元媒介性关联。

---

① 玛西娅·R.里斯泰诺(Marcia R. Ristaino,以下称"阮玛霞")在《流亡的最后泊湾:上海的离散社区》(2001)如下描述了隔都的面积:"整个区域经测量大约半英里长、四分之三英里宽,考虑到除了2万名犹太人、还有不愿搬离该区的中国居民和日本人,这是一块很小的区域。"(Ristaino,2001:192)

第一章 历史和虚构之间的"河豚鱼计划"

　　史学媒介已深入探讨过日本对犹政策与"上海隔都"设立之间的关联,例如《日本人、纳粹和犹太人》《上海和第三帝国的政治》《流亡的最后泊湾:上海的离散社区》和《日本为何没有迫害犹太人》等。这些史学著作同时探讨了 20 世纪 30 年代和 40 年代日本对犹政策的发展阶段及其对在远东的犹太离散和流亡团体产生的影响。由于在纳粹时期,逃往上海的流亡者只是逃往日本帝国统治范围的全部犹太难民中的一部分[①],因此这一政策在很大程度上也影响了位于日本势力范围和占领区的其他犹太离散团体,例如哈尔滨[②]市内的阿什肯纳兹犹太人团体等。

　　这些史学著作援引大量的档案、官方通告和亲历者报道等资料,部分描述也源自传言,这些传言通过"情节化"(emplotment)[③]被穿插进情节和意义关联中,并融入史学全貌。在其第一部系统讲述犹太人流亡上海的历史著作《日本人、纳粹和犹太人》中,克兰茨勒阐述了三个对日本对犹政策产生至关重要影响的因素:自纳粹德国等西方国家传入日本的反犹主义、日本极端民族主义和军事扩张主义,以及战时日本对美政策(Kranzler,1988)。克兰茨勒的开创性研究详尽地介绍了对该历史事件的认识,构建了围绕这一主题的基本记忆话语,不仅为该流亡的史学再现,也为它的整个媒介记忆文化建立了记忆框架。克兰茨勒的奠基作品为弗赖艾森、阮玛霞、茅尔等史学家随后的

---

① 有关 1933 年至 1945 年日本统治区内的犹太人流亡情况参见 Pekar(2011)。

② 自 19 世纪末起,阿什肯纳兹犹太人就从俄罗斯和后来的苏联迁入哈尔滨和其他中国城市(例如天津和上海)。一部分在十月革命之前逃往中国,另一部分则由于经济困难离开故土。20 世纪 20 年代,哈尔滨的犹太居民人数最高达到 2.5 万人。

③ 情节化在怀特(White,1973)看来是一种叙述策略,在该策略中历史学家将历史事实按照时间、空间和因果顺序编排,并借助预先规定的叙述模式或叙事框架将历史事件编入叙述关联中。

研究工作提供了高度支持。茅尔的《日本为何没有迫害犹太人》是目前为止唯一一部专门阐述纳粹时期日本对犹政策的史学著作。茅尔分四部分——"反犹幻影""从哈尔滨到上海""过境日本""远东的盖世太保和隔都"——阐述了日本对犹政策在不同历史时期及在其各占领区的发展和体现。茅尔通过阐明日本的思维模式、宗教传统和文化传承对其对犹政策发展的影响,重点考虑了日本文化史和政治史之间的互动。弗赖艾森在《上海和第三帝国的政治》一书中,重点关注国家社会主义中种族意识形态对于日本对犹政策的意义。阮玛霞在《流亡的最后泊湾:上海的离散社区》中,着重探讨了日本侵略者对生活在上海的塞法迪犹太人、阿什肯纳兹犹太人和中欧犹太人离散和流亡社区的不同反应。

虽然在西方已有大量史学著作研究过日本对犹政策及其对犹太人流亡上海的影响[①],然而日本的相关研究则相对匮乏。日本日耳曼学家西冈明音(Nishioka Akane)认为,作为过境站点的日本在犹太人流亡上海途中扮演的作用,直到20世纪90年代杉原幸子的回忆录《生命签证》出版后,才为世人所知(参见 Nishioka,2011:132)。在回忆录中,杉原幸子回忆了她的丈夫杉原千亩在任日本驻立陶宛科夫诺领事期间,如何违抗日本政府的指令,向数千名来自波兰的犹太难民发放过境签证,使他们能经由苏联逃往日本(更多关于杉原千亩这一记忆人物的分析参见本书第三章)。然而在1941年11月,日本政府对所有通过杉原千亩签发的签证抵达神户并在该处逗留了将近一年的难民发出了驱逐令。日本政府违背难民的意愿,将他们驱逐至上海(参见 Pekar,2011:15)。西冈明音在她的文章《从日本视角审视犹太人的流亡——以同时代的报刊报道和系列照片〈被驱逐的犹太人〉为例》[②]中,描述了对犹太人流亡日本和日本境内实施的对犹政策的研究状况:"此后(即在杉原幸子的回忆录出版后,本书作者注),时代见证者的一些回忆被翻译成了日语,此外还有一些历史学著作面世。这些学者借助日本外务省档案中的记录,结合日本20

---

① 还有以下三本著作论述了日本的对犹政策和"上海隔都"的设立:以色列历史学家艾伯的《战时上海和来自中欧的犹太难民:幸存,共存和多民族城市内的身份认同》(2012),客居日本的德国历史学家马丁·金子(Martin Kaneko)的《日本战时政府采取的对犹政策》(2008),以及奥地利历史学家布克斯鲍姆的《过境上海:流亡中的生活》。

② 在该篇文章中,西冈明音以同时期的日文报刊报道和照片系列《被驱逐的犹太人》为例,研究了日本媒体对犹太人流亡神户这一历史事件的再现。

世纪 30 年代至 40 年代实行的对犹政策,研究了犹太人流亡日本史。"
(Nishioka,2011:132)这一研究现状也在日本历史学家山本武(Yamanoto Takashi)的文章《1933 年至 1938 年日本对犹政策》(2011)[1]中得到证实。

> 截至目前,日本的研究重点着眼于驻立陶宛科夫诺杉原领事的签证发放情况,或聚焦于日本对以其他方式到达日本或东亚的犹太人采取的措施。尽管已有一些细节方面的研究,但对在日本境内、伪满洲国和其余日本占领和统治区内采取的对犹政策的研究仍然存在着巨大的漏洞。(Yamamoto,2011:91)

存在漏洞的原因在于,对第二次世界大战的记忆在当今日本集体记忆中被边缘化,战后日本尚未在全社会范围内系统性地展开有关日本战争罪行的讨论和反思。不同于史学以客观的可证实性和历史叙述的科学性为目的,美国历史小说《河豚鱼计划》以文学想象的手法,将历史事实与文学虚构融合,重构了日本二战时期的对犹政策。[2] 本章将从文化历史学视角展开分析,将史学和文学不同的文体特点、叙述方式和记忆关切点考虑在内,研究上述德国和美国史学作品及小说《河豚鱼计划》如何再现日本对犹政策和"上海隔都"的设立,并将讨论史学记忆与文学记忆之间的交互关系。

日本对犹政策

根据茅尔的研究,日本对犹政策大致如下:犹太人整体而言被日本人当作外国人和过境者。当时的日本人还不了解反犹主义,至少在日本帝国,不存在类似基督徒和犹太人之间的冲突。然而在 20 世纪初,诸如《锡安长老会纪要》等反犹出版物被翻译成日文后,日本人的犹太恐惧症开始蔓延。一方面,犹太世界阴谋论在日本广为流传,并与"日本军国主义和扩张主义等过激的传教思想相冲突,其'世界同一屋檐下'的口号为日本指明了新方向"(Maul,2007:15)。另一方面,在日俄战争(1904—1905)期间,日本政府从德裔美籍犹太人雅各布·希夫(Jakob Schiff)处获得了 5000 万美元的贷款。希

---

[1] 山本武在该篇文章中研究了日本在哈尔滨实施的对犹政策,并展现了一位犹太音乐家在日本的命运。

[2] 有关史学和文学作品展现历史的区别参见 Nünning(1995:129-205)。

夫是纽约一家著名投资银行的主要成员,他将此次借贷视为对付沙俄反犹政策的手段,因此在日本人眼中,希夫成为犹太人在全球资本市场上无所不能的缩影。鉴于日俄战争中日本大败带来的巨大影响,日方产生了利用犹太力量支持日本的亚洲扩张政策的想法。因此,日本帝国内出现了茅尔所定义的"克制的犹太恐惧症和政治战略机会主义的混合形式"(15)。他将这种混合形式描述为"双犹太主义"(Bi-Semitismus)。在战争中,日本对犹政策在反对犹太主义和支持犹太主义之间摇摆,经历了生成、发展和修正的过程,该过程取决于日本军国主义政府在战争各个阶段对不同政治和经济利益的考量。

茅尔将日本对犹政策划分为三个阶段:不确定时期(1933—1937)、利用和支持犹太主义时期(1938—1941),以及中立和反犹主义时期(1942—1945)(16)。1933 年至 1937 年,日本一直在寻求"一种合适的对犹政策"。1932 年日本宣布建立伪满洲国后,强迫位于伪满洲国主要城市的犹太人只与日本人做生意。^① 在日本的统治下,富有的犹太商人经常成为哈尔滨反犹白俄团伙"抢劫、谋杀或劫持的受害者"(51)。由于犹太人没有受到日本侵略者的法律保护,不得不大批从伪满洲国移民。日本在伪满洲国首次面对犹太人此番境况时,还没有制定统一的官方对犹政策。直到 1938 年至 1939 年,犹太难民从欧洲大规模逃亡到远东,并给日本带来意想不到的巨大挑战时,日本才逐渐制定出较为完备的对犹政策。1937 年至 1939 年共召开了三届远东犹太社团代表大会,在日本人的参与下,大会达成共识:犹太人和日本人应更为紧密地合作,建立新的亚洲秩序,即臭名昭著的"大东亚共荣圈"计划。1938 年 12 月 6 日,日本二战时期的核心内阁会议——五相会议宣布了该国的官方对犹政策。根据这项政策,不得歧视或刁难已在远东的犹太人,只鼓励可以给日本帝国带来收益的来自欧美的犹太企业家和技术专家移民日本。日本人认为,犹太人控制着美国的金融界和新闻界,能够影响美国的外交政策。因此,日本政府设想美国会"鉴于日方温和的对犹政策而关照日本的利益"(18),希望借此赢得更有利的国际环境,并筹集更多的美国资本。^②

---

① 20 世纪 20 年代中期,中国东北地区的犹太人社区人口约有 13 万,参见 Maul (2007:50)。

② 克兰茨勒写道:"有确凿的文件证明日本人利用犹太人是为了鼓励美国犹太资本投资远东,在美国创造一种对日本更有利的氛围。"(Kranzler,1988:210)然而,这一策略被证实是一个误判。

1940 年 9 月,日本与纳粹德国和意大利缔结了《德意日三国同盟条约》,随着 1942 年 12 月日军入侵珍珠港,日本对犹政策的第二阶段戛然而止。日本断绝与世界上大部分地区的联系,并加强了与盟国纳粹德国的联系。日本对犹政策第三阶段的重点转移到对流亡上海的犹太人的监视和财产侵占上。在此阶段,日本对犹太人的政治态度介于中立和反犹主义之间。日军没收了富有的塞法迪犹太人及阿什肯纳兹犹太人在上海的财产。1942 年 5 月至 1945 年 8 月,欧洲犹太难民被拘留在虹口区的"指定区域"中。作为史学媒介,上述茅尔对日本对犹政策的重构遵守了真实性这一原则,在绝大多数情况下给出了时间、地点和人物的准确信息,使其历史表述具有可参照性。相比之下,历史小说《河豚鱼计划》将写实和虚构同时融入了历史叙述中。一方面,托克耶在该作品的前言中指出,小说的情节要素主要建立在克兰茨勒的历史叙述框架内[①](Tokayer & Swartz,1979:13)。另一方面,小说引入 9 个虚构的难民角色。除此之外,小说中的其他所有角色均有历史记载(13)。托克耶宣称,"在讲述历史的合理范围内,如下展示他们(有历史记载的角色,本书作者注)的言语和行动"(13)。

在小说中,"河豚鱼计划"作为日本对犹政策文学记忆的中心线索,被认为是"日本政府在建立 20 世纪日本帝国和'大东亚共荣圈'的过程中,吸收欧洲犹太人的天赋和技能及美国犹太人资本、影响力和同情的手段"(9)。小说中写道,日本政府按照其亲犹的"河豚鱼计划",意在让来自欧洲和美国的犹太企业家和技术专家迁居到伪满洲国或上海,并在日本统治下建立所谓的"犹太自治区"。日本政府的目的在于促进当地经济发展和日本帝国主义的扩张。此外,美国资本也被吸引到日本,以换取对远东犹太人的保护。通过"河豚鱼计划",日本政府旨在建立一个战略性的"日本—犹太人—美国"三角关系。

这部小说中首次使用"河豚鱼计划"一词,并以"日本人和犹太人在二战

① 托克耶认为该书很大程度上参照了克兰茨勒的研究成果,并在小说的致谢词中写道:"此刻特别感谢大卫·克兰茨勒博士,他花费了许多宝贵的时间,致力于学习和传播上海犹太难民社区的历史和日本对犹政策。我非常看重他对这一时期的全面描述和分析,他殷勤地给出了他的经验、数据和建议。"(Tokayer & Swartz,1979:8)

中不为人知的故事"为副标题,意在填补该当代史的记忆空白。① 该词可能源于日本海军上尉犬塚惟重(Inuzuka Koreshige)②的历史名言,最初由日本历史学家加濑英明(Kase Hideaki)记录,并被引用在克兰茨勒的历史著作中:"(犹太人)就像河豚鱼一样。它非常美味,但除非有人清楚知道该怎么烹调,否则可能会致命。"(Kranzler,1988:169)"河豚鱼"这一隐喻在犬塚惟重的言论中明确指代犹太人,他们在一个日本帝国主义者眼中非常具有利用价值,但也很危险。

该小说中事实描写与虚构文本之间的关系可在其引言中看出端倪,引言通常被认为是非虚构副文本的组成部分。作者在引言中透露"河豚鱼计划"基于"科根文件"(Tokayer & Swartz,1979:10-12)。据作者所称,有关"河豚鱼计划"的信息已归档在日本外务省一些高度机密的战争文件中,战后盟军没收了这些文件,并将其转移到华盛顿的国会图书馆。这些文件的大部分副本都保存在迈克尔·科根(Michael Kogan)的私人收藏中,因此以他的名字命名。克兰茨勒的史学著作中曾简要提及这些"科根文件",并在脚注中记录了日本外务省的历史档案编号(Kranzler,1988:242)。然而,克兰茨勒只提到了"安置计划"和"犹太自治区"(242),并未提及"河豚鱼计划"。因此,尽管托克耶在引言中声称自己看到了"科根文件",并与当时参与起草"河豚鱼计划"的多名日本军官及其家人进行了交谈,"河豚鱼计划"仍很有可能是作者杜撰出来的隐喻。

因此,小说中的"科根文件"不应被理解为历史上可核实的事实,而应被视为一种文学策略,以及在副文本层面上的虚构性事实指示。该策略旨在使读者相信"河豚鱼计划"的真实性,并向他们传递作者对二战期间日犹关系的新见解。当然,该历史小说并没有承诺其内容的真实性,在文学化的过程中,对历史事件的引用也被虚构化了。甚至,小说副文本中的真实性表达也并不意味着要遵守以下义务,即基于原始资料,指明其出处,关联真实的人或可证实的事件。

---

① 叙述者承认:"五相会议并未使用'河豚鱼'这个词,在任何哪怕是最不正式的交谈中都没有使用过该词。但对于人们来说,五相们会认可这个计划名称的恰当性。"(Tokayer & Swartz,1979:59)
② 犬塚惟重于1939年3月至1942年4月担任上海"犹太事务局"局长。

尽管宣称具有事实导向，但小说仍利用文学的虚构特权①，将史学记忆纳入其文学记忆中。例如在小说中，上文提及的历史人物犬塚惟重的话语被虚构成了文学人物犬塚惟重在 1934 年一个日本"犹太专家"非正式会议上的一段评论：

> 犹太人非常像河豚鱼（日本河豚鱼，其致命的毒物必须先去除才能食用）。如果我们确能熟练地准备这道菜，如果我们能够对犹太人的狡猾天性始终保持警惕，如果我们坚持不懈地致力于这一事业，防止犹太人以他们天生的聪明才智改变局面，而利用他们为我们的目的服务——如果成功的话，我们将为我们的国家和敬爱的天皇创造一顿想象得到的最美味和最营养的菜肴。但是，哪怕我们犯了最轻微的错误，这道菜将以最可怕的方式摧毁我们。（Tokayer & Swartz,1979:52-53）

通过此类虚构的人物话语，小说想象式地窥探了人物复杂的内心世界。该文学人物使用"我们"一词，唤起了日本人的集体认同和价值观，日本战争官员的权力幻想和对天皇的忠诚都得以展现。最高级的表述（例如"想象得到的最美味和最营养的菜肴"）可让读者了解日本军国主义者以犹太人为工具来实现帝国军事目的的意图。

除此之外，犬塚惟重的评论中也含有众所周知的反犹模式固见，例如犹太人具有"固有的聪明方式"或者"狡猾天性"。通过演绎日本高级军官的典型反犹观念、种族主义和民族主义思想，该小说展现了纳粹反犹宣传对日本的影响以及日本对犹政策的矛盾立场（介于对犹太人的利用和对"犹太阴谋家和世界阴谋论"的恐惧之间）。文中犬塚惟重"坚持不懈地致力这一事业"和"始终保持警惕"的双重想法也展现了其控制和监视犹太人的妄念。该妄念在史学著作对"上海隔都"设立原因的阐述中被提及，下一小节中将更为详细地对此展开论述。

"河豚鱼计划"这一文学隐喻后来进入了弗赖艾森和茅尔关于日本对犹政策的史学讨论，从而成为在符号系统间展开的记忆文化动态变化的生动案例。弗赖艾森写道，"通过在日本大东亚共荣圈建立无冲突的日犹关系，日本对犹政策更容易实现"（Freyeisen,2000:423），"上海移民研究学者根据犬塚

---

① 文学展现历史时的虚构特权参见 Nünning(1995:173-199)。

惟重的陈述,将其描述为河豚鱼计划"(423)。弗赖艾森虽然在脚注中引用了由克兰茨勒记录的犬塚惟重的说法,即犹太人就像河豚鱼,但并未确切说明如何追溯"河豚鱼计划"一词的来源。原因可能在于,弗赖艾森虽然认为"河豚鱼计划"在她的著作中值得一提,但对于与事实密切相关的史学写作而言,引用《河豚鱼计划》这样的虚构性作品并不合适。与弗赖艾森不同,当茅尔使用术语"河豚鱼计划"时,他明确地指出其源自托克耶的"著作",并未使用"小说"一词:"美国作家马文·托克耶对犬塚惟重的犹太人移居计划着迷,将其特别为此编写的书籍命名为《河豚鱼计划》。"(Maul,2007:92)茅尔将"河豚鱼计划"解释为"一种小型的日本—犹太利维坦"(16)。根据霍布斯的政治隐喻,《圣经》中的"利维坦"代表对国家权力无限制的妄想,茅尔借此隐喻了日本帝国主义的狂妄自大和对权力的沉迷,同时日方也担心犹太人篡权。①

在上述两个例子中,尽管"河豚鱼计划"的文学记忆隐喻在文学表现形式中混合了写实性和虚构性,但也被遵循真实性和客观性理念的史学作品所引用。一方面,这证明了文学在面对一个历史议题时,通过使用主题隐喻降低复杂性的可能。另一方面,这也说明了隐喻具有超越文学领域塑造记忆的能力。此外,小说《河豚鱼计划》中的其他情节元素也在弗赖艾森和茅尔处引发了反响,下一节将对此进行讨论。

纳粹的影响和犹太隔都的设立

时至今日,人们仍在猜测日本设立"上海隔都"的动机。在史学和文学对隔都设立的记忆中,纳粹德国对犹太人的种族灭绝政策对其战争盟友日本的影响占据了首要地位。克兰茨勒在其著作的题为"盖世太保的长臂——上海隔都"这一章中,解释了这一因果关系。在该章中,克兰茨勒认为,1941年年底美国加入二战后,纳粹德国对日本盟友不断施压,要求其实施反犹政策,最终导致了犹太难民居住区的设立(Kranzler,1988:477-520)。为了提供相关论据,克兰茨勒给出了当时对犹太人较为友好的日本驻上海总领事馆副总领

---

① 这个例子同时展示了一个隐喻是如何从西方传播到东方并回到西方的,跨文化式地阐明和解释了其中复杂的概念和理论。在这里,虚构的事物也具有事实性的一面,且具有促进知识生产的作用。

事柴田贡(Shibata Mitsugi)的警告,他在一场紧急会议上,给上海各个犹太社区的代表们透露了以下信息:

> 他(柴田贡)告知我们,德国领事馆(特别是其商务随员普特卡默男爵)要求日本将犹太人尤其是难民从上海的自由生活中隔离出来。在这一巨大压力下,日本当局正在考虑此事。德国人认为,大多数难民是犹太人,因此是希特勒(德国)的敌人,除了击败德国外别无他求,因此应将其视为破坏行动的可能来源。(478)

克兰茨勒(参见 479-480)进一步写道,犹太代表在紧急会议结束后立即采取了措施,与日本高级军官取得联系,希望能扭转危机局势。但是这一干预行动带来的后果是,包括柴田贡在内的所有参会人员都被关押在臭名昭著的上海提篮桥监狱①数周之久。柴田贡副总领事被解职,不得不返回日本。上海所有的犹太社区都被告知了紧急会议的内容,为柴田贡关于日本可能采取的隔离措施所震惊。为避免进一步的骚动,日本上海军机处声称,所有关于上海犹太难民的反犹迫害计划都只是谣传,并不会实行。

为了证实纳粹德国对日本对犹政策的影响,克兰茨勒还谈及纳粹德国在日本的反犹宣传,纳粹德国通过小册子、文章、书籍和日本亲纳粹政客②的反犹言论传播反犹情绪(参见 485-486)。克兰茨勒还附上了见证人弗里茨·维德曼(Fritz Wiedermann)的证词。曾在 1941 年至 1945 年担任德国驻天津总

① 二战时期,"政治犯"经常被囚禁在"桥屋监狱"(Bridge House,中文为"提篮桥监狱")。日本士兵对囚犯施加了众多残酷的刑讯手段,不少人被折磨和虐待致死。由于上述暴行,提篮桥监狱成为日本军国主义和帝国主义在上海恐怖统治的象征。曾旅居上海的英国人亨利·F.普林格尔(Henry F. Pringle)被日本侵略者归为"敌国间谍",并被囚禁在提篮桥监狱一段时间。他曾在自传中详细记录了自己遭受酷刑的创伤性经历。

② 同样,茅尔也指出了日本反犹分子和其纳粹友人在制定日本对犹政策中的作用。例如,他举例式地引用了日本外相东乡茂德(Shigenori Togo)于 1942 年 5 月 7 日发给日本驻柏林大使大岛浩(Hiroshi Oshima)(希特勒和德国狂热分子的崇拜者)的题为"犹太问题"的电报:"在该月六号我访问东部领土部长罗森博格期间,他的主要议题是犹太人问题。罗森博格提到,相当大数量的犹太人居住在上海,这是一件必须处理的事情。这些犹太人即将扩散到南方的不同地区,这将给日本带来一个棘手的问题。为了我们的利益,必须尽快地隔离犹太人;必须以断然的决心,防止其在远东各地区扩散。我提请注意此事。"(Maul,2007:146)

领事馆总领事的维德曼于 1951 年 1 月 22 日签字作证：

> 我……确认,从德国和奥地利移民到中国的中欧真正意义上的犹太人[1]被拘留,是在当时德国政府的煽动下发生的。日本人本身并不反犹,我们奉命向日本当局告知德国的种族主义政策,并提出了适当的措施。毫无疑问,在我看来,犹太人被拘留进上海隔都是德国当局所煽动的……(488)

纳粹德国的党卫军上校约瑟夫·艾伯特·梅辛格(Josef Albert Meisinger)[2]是臭名昭著的"华沙屠夫"。虽然克兰茨勒当时未提及此人,但后来托克耶在《河豚鱼计划》中对其有所描述。梅辛格于 1942 年 7 月前往上海,向当地的日本当局施压,要求灭绝上海的犹太人。在该小说的引言中,托克耶介绍了柴田贡在接受作者采访时回忆的在上海与梅辛格及其他一些日本代表和纳粹军官会面的场景(Tokayer & Swartz,1979:13)。这部小说以柴田贡的回忆为基础,虚构了梅辛格和其他参会者的人物对话。对话展现了梅辛格如何呼吁日本人用三种方法"解决"上海的犹太人问题:1)将其留在海面上无法行驶的船上,不提供衣物和食物;2)让其在上游盐矿作业直至(因饥饿和精疲力竭)而死亡;3)在附近的崇明岛按照欧洲模式建造一个集中营,对其进行医学实验。(224)为了证实这些灭绝计划,小说中还写到一位名叫维拉的白俄罗斯女服务员,在上海阿什肯纳兹社区领袖科恩造访她的酒吧时,告诉他德国士兵在桌前谈论"针对当地犹太人最可怕的计划"(228)。震惊的科恩让维拉灌醉士兵并分散他们的注意力,以便他能潜入德国人的酒店房间。在那里,他找到了日军绘制的上海集中拘留所的平面图和地图(参见228)。然而,在小说的引言中,托克耶并未提及历史人物科恩。据此,小说中关于科恩的故事极有可能是虚构的。

后来,历史学家茅尔和弗赖艾森注意到小说中虚构的"最终解决方案"。茅尔在"上海特别措施"这一章中介绍了梅辛格的计划,并在该章伊始谨慎表示:"以下对梅辛格清除上海犹太人计划的描述,目前还未能被科学地证明。尽管如此,我们仍尝试对盖世太保在上海的所谓意图作出假设。"(Maul,

---

① 在日本军事当局的一份额外声明发布之后,每位嫁给"无国籍难民"的非犹太妇女也必须和丈夫一起搬进难民区。

② 1941 年至 1945 年,作为党卫军和盖世太保联络官的梅辛格担任德国驻日本大使馆大使。

2007:148)茅尔认为,尽管这些计划没有被日方接受,但并非未产生后果。日本设立隔都似乎是一种政治妥协的结果:"有了这项措施,日本人一方面想避免纳粹的不断施压,另一方面也想履行他们作为盟约伙伴的角色。"(150)弗赖艾森研究了更多的目击者证词,得出的结论是,一些人称自己看到过日军建立的上海集中拘留所。弗赖艾森引用了一份目击者报告作为证据之一,但没有给出任何历史出处:"后来的 SACRA① 主席亚伯拉罕·科恩博士声称,自己在三名德国士兵居住的旅馆房间里见过有关上海集中拘留所的计划,他们曾在附近的酒吧里喝醉,并在那里大声谈论这个项目。"(Freyeisen,2000:471)这与小说中对科恩的描述高度一致。不过,弗赖艾森也承认,梅辛格是否真的与日本人会面、梅辛格的灭绝计划、普特卡默将犹太人拘留在上海附近岛屿或者虹口区的计划是否在紧急会议中被柴田贡泄露,都是有争议的。无论如何,柴田贡警告的预期后果已经发生(参见 471-472)。茅尔和弗赖艾森对这些计划的真实性缺乏历史证据,这表明两者的相关讨论更多地受到了小说而非自身学术调查性研究的启发。

托克耶小说中的"河豚鱼计划"和梅辛格的灭绝计划在茅尔和弗赖艾森作品中的反响说明,"河豚鱼计划"是一种集体记忆的"催化剂"。② 文学作品可以作为文化记忆"催化剂"的概念来自安·瑞格尼(Ann Rigney)③:

> 多亏了小说创作者的想象力,小说似乎在吸引人们注意文化记忆中的"新"话题或迄今被忽视的话题方面发挥着特殊的作用。在这种情况下,小说不仅是接力站,实际上还有可能将一个主题确立为一个与社会相关的主题,并引发与之相关联的多重回忆行为。(Rigney,2008:351)

就该意义而言,《河豚鱼计划》不仅通过引用克兰茨勒的历史作品催生了

---

① "上海阿什肯纳兹联合救济协会"(Shanghai Ashkenazi Collaborating Relief Association)由阿什肯纳兹犹太人组成,受日本"上海无国籍难民事务办公室"领导,与之共同管理"上海隔都"。

② 《河豚鱼计划》于 1981 年 3 月由利特尔汉普顿图书服务有限公司(Littlehampton)出版,并于 1996 年 4 月由韦瑟希尔出版社(Weatherhill)出版,又于 2004 年 5 月由杰芬出版社(Gefen)出版。1992 年,《河豚鱼计划》被翻译成中文,由上海三联书店出版。《河豚鱼计划》在各出版社的众多版本也表明了它的受欢迎程度和记忆效力。

③ 瑞格尼认为,在文学作品展开文化记忆的过程中,其至少扮演了五个角色,即"接力站""稳定器""催化剂""记忆的对象"和"校准器"(参见 Rigney,2008:350-352)。

对日本对犹政策较早期的回忆形式,而且也催生了新的记忆图像。该小说在随后的史学叙述中激发了关于二战期间"河豚鱼计划"和日犹关系的新讨论。由于小说的催化作用,"上海隔都"被虚构的故事所包围,这些故事在史学和文学中均被再现,并在两个象征系统中模糊了事实和虚构文本的界限。日本对犹政策的复杂性和犹豫不决集中体现在"上海隔都"的设立上。

二战在欧洲的文化记忆主要集中在欧洲战场上,亚太地区的战事迄今为止很少在欧洲受到关注。西方史学和文学关于纳粹对犹政策对犹太人命运的影响的描写,将"犹太人流亡上海"视为欧洲和亚太地区二战记忆的纽带,从而为西方读者了解二战期间日本和纳粹的勾结,以及欧洲和亚太地区战争进程之间的关联开辟了新的记忆视角。

《关于无国籍难民之居住及营业之布告》

在史学和文学关于隔都产生历史的再现中,由日军当局颁布的通告成了中心记忆文本。1943 年 2 月 18 日,与将英国、美国、荷兰等国敌侨赶入集中营同步,上海地区日本陆海军最高指挥官在上海报纸和电台发布了《关于无国籍难民之居住及营业之布告》。通告规定:

1. 依据军事上之必要,自本日起,凡居住于上海地区内之无国籍难民,其居住及营业地区,以下列地区为限:公共租界内兆丰路(今高阳路)、茂海路(今海门路)及邓脱路(今丹徒路)一线以东,杨树浦河(今杨树浦港)以西,东熙华德路(今东长治路)、茂海路及汇山路(今霍山路)一线以北,公共租界分界线之南。

2. 目前在前项所指定区域以外居住或营业中之无国籍难民,应自本布告公布之日起至昭和 18 年(中华民国 32 年)5 月 18 日止,将其住所或营业所迁移至前项所指定地域内。目前在前项所指定地区以外之无国籍难民,其居住或营业上所需要之房屋、商铺及其他设备,如拟买卖、转让或租借者,应先得当局之许可。

3. 除无国籍难民外,其他人等非得许可,概不准迁移至第 1 项所列地域内。

4. 凡违反本布告或有妨碍本布告之实施者,决予严惩不贷。

上海方面大日本陆军最高指挥官

上海方面大日本海军最高指挥官

昭和18年(中华民国32年)2月18日①

通告没有使用"隔都""隔离区""犹太人"或"集中营"等字眼,而是在法律意义上委婉地使用了"指定区域"和"无国籍难民"等术语。与通告同时发表的一篇文章将"无国籍难民"一词定义为"1937年以来由德意志帝国(包括奥地利和捷克斯洛伐克)、匈牙利、波兰、立陶宛、拉脱维亚和爱沙尼亚等国来上海避难且至今无国籍者",实际上指的就是欧洲犹太难民(参见王健,2016:179-180)。"隔都"与"指定区域",以及"犹太人"与"无国籍难民"间的区别在各类史学著作和小说《河豚鱼计划》中均有讨论。我们首先考察历史学表述中"隔都"与"指定区域"的差异。历史著作力求客观和真实,一方面使时代见证人记忆中的"隔都"一词合法化,另一方面又强调了"上海隔都"与纳粹欧洲隔都之间的区别。例如,弗赖艾森发表了以下评论:

> 如果以胁迫为准绳,日本在1943年2月至5月这三个月内,将1937年后抵达上海的无国籍难民(准确地说,那些从希特勒统治下逃出来的人大多是犹太人)关进本已人满为患的虹口,在多数情况下破坏了他们新建的商业区域,故该划定的区域当然可被称为隔都。日本人决定谁可以在何时离开"指定区域",以及离开多长时间,这进一步证明了"隔都"一词的正确性。然而,并不只有犹太人生活在虹口隔都,数十万中国居民在此共享生活空间。因此,上海的情况无法与例如华沙隔都这样的欧洲隔都相比,但这绝不意味着,在上海隔都生存是容易的。(Freyeisen,2000:409)

弗赖艾森进一步指出,上海的这一"指定区域"不同于有军事警卫队监视系统的纳粹隔都。在那里,边境管制是通过犹太人的"外人保甲制度"②在日

---

① 参见1943年2月18日《新闻报》。

② 阮玛霞介绍了保甲制度:"保甲制度成为日本战时一项有效的控制措施,基于居民和警察之间的密切合作,旨在防止或遏制任何反日情绪的表达和反日活动。家庭被组织成一个叫作"甲"的单位,甲组成一个更大的单位"保"。保联络一个警区,并被要求始终与之保持联络。保甲负责人对辖区进行普查,掌握个人和家庭的完整信息,甲长领导甲内部的法律维护和治安工作。"(Ristaino,2001:186)

本军方的监控下进行的。这种差异也引起了美国历史学家阮玛霞的注意。她指出,"上海隔都"无法在真正意义上与华沙隔都相比,因为"没有人会饿死或覆灭"(Ristaino,2001:196)。茅尔也赞同这一点:"尽管将犹太人迁入新的居住区类似于一种'隔都化',但与欧洲犹太死亡营中惨无人道的折磨相比,前者的手段尚为温和。就日常生活而言,日本人也总是可以'协商'的。"(Maul,2007:154)

这就清楚地表明,在史学再现中,"上海隔都"不是一个类似纳粹欧洲隔都那样充斥着迫害和灭绝的回忆空间,而是一个被孤立和压迫、受军事监视的记忆场。除了自己的阐释外,历史学家还呈现了日方施害者的声音,此类声音也解释了"上海隔都"设立的原因。阮玛霞引用了当时日本"上海无国籍难民事务办公室"主任久保田勉在犹太流亡报刊《上海犹太纪事报》(*Shanghai Jewish Chronicle*)上的声明,即此"指定区域""既不是隔都也不是监狱,而是一个对难民来说充满希望的地区,在这里他们可以为自己建造一个避难所,继续和平地生活,享受诸多益处"(转引自 Ristaino,2001:199)。弗赖艾森参考 1937 年 2 月 18 日刊登在《上海时报》(*Shanghai Times*)上的一篇日本帝国海军和陆军的声明,将日本对于隔都的官方立场总结如下:

> 日本人一再强调,这项措施针对的群体已扩大到自 1937 年以来从德意志帝国(包括奥地利和捷克斯洛伐克)、匈牙利、波兰、立陶宛、拉脱维亚和爱沙尼亚等国移民至上海的欧洲无国籍难民,"出于军事需要,因而并非压制难民合法职业活动的武断行为"。相反,这项措施更出于"保障他们在指定区域内居住和生活"的目的。直到战争结束,"指定区域"一词一直为日本人严格保留。(Freyeisen,2000:458)

由此可见,该记忆空间在史学对其生成史的探讨中,成为国家/民族记忆共同体争夺阐释权的记忆场。上述历史学家提示了施害者委婉的掩饰性声明,声明中日本帝国主义者试图辩护"指定区域",认为其设立是为军事安全需要,并且避免将隔都描述为一个封闭和痛苦的地方。从上述历史学家的观点来看,该区域的战争属性和反犹主义性质无法掩盖,即便日本人颂扬"该区对犹太人有利"。为了揭示犹太隔都设立背后的真正动机,阮玛霞引用了一份日军战争文件中的内容:"据观察,由于犹太人的'民族特性',他们需要被小心监视,以避免在日军管辖地区发生动乱。"(转引自 Ristaino,2001:191)阮玛霞解释道:"稳定和秩序是日本人巩固其控制的首要考虑。"(186)因此,她认为稳定和秩序作为军国主义控制妄念的一种体现形式,是日本侵略者设立隔都的真正原因。这呼应了小说《河豚鱼计划》中对日本军国主义分子犬塚惟重种族主义和军国主义言论的虚拟化描绘。

美国在 1945 年 7 月 17 日对"上海隔都"的轰炸被历史学家(参见Kranzler,1988:553-555;Maul,2007:157)视为流亡的一个中心母题,它浓缩化地象征了上海犹太难民所经历的苦难和悲惨的命运。在弗赖艾森的史学讨论中,隔都的选址是"日本人背信弃义的招数":

> 由于日军推测这样一个人口稠密的地区基本不会被轰炸,便通过在隔都建立弹药库和战争电台,令这些难民成为日本战争行径的人质。很明显,美国人掌握着隔都的情况。1945 年 7 月 17 日,美国对日本广播电台发动袭击:约 4000 人死亡,包括 300 名日本人和 31 名难民,700 名难民无家可归。尽管历史上未能证明隔都设立地点和上述人质计划的关系[①],但可以确定,如果没有隔都,就不会有那么多犹太难民受到空袭的影响。(Freyeisen,2000:412)

这一记忆母题提醒读者,上海难民不仅是纳粹迫害和驱逐的受害者,也是日本军国主义的受害者。这种双重牺牲是上海犹太流亡者不同于流亡至美洲国家犹太难民的一个特点。

通告中的另一个关键词"无国籍难民"[②]也引起了历史学家们的研究兴趣。为了解释通告中对"犹太人"一词的回避,克兰茨勒引用了一条由日本外相东乡茂德转发给日本驻华大使川越茂(Kawagoe Shigeru)的关于设立难民区的信息:"你要注意,这项措施的执行需避免不必要的挑衅,不能有助于敌方的反向宣传,让我们处于不利局势。"(Kranzler,1988:481)茅尔认为,如果在通告中直接挑衅性地指明"犹太人",会成为引起英国和美国反日宣传的动因(参见 Maul,2007:153)。他还解释了日本外交考量中的"深层结构",并在

---

① 茅尔也对此进行了谨慎的推测:"后来有传言说,这一块虹口区域被选为空袭目标,是因为紧挨着日军的物流设施,日军认为'隔都'会免受敌人的空袭。"(Maul,2007:152)

② 自 1941 年 11 月 25 日起,德国和奥地利犹太人如越过德意志帝国边界,便会被剥夺国籍。因此,纳粹德国占领波兰以后,在沪的波兰犹太难民也被日本当局视为"无国籍难民"。

日本帝国的文化价值体系中锚定了对犹政策的思考。茅尔写道,日本帝国的指令对"普世博爱"和"一切都在日本屋檐下"(32)给予了高度重视和关注,完全抛弃犹太人将违背该帝国主义原则(153)。茅尔还试图解释日本文化中的他者形象与日本对犹政策和外交政策中对待上海犹太难民的行为准则间的关系:"日本的态度很矛盾,既对其他民族和种族怀有恐惧和防卫感,又对能者和捐助者充满尊敬的矛盾态度,总是着眼于和解与和谐。"(161)

上述史学家以一种高屋建瓴和置身事外的外部视角,对通告中"指定区域"和"无国籍难民"的概念进行了回顾式探讨。他们的史学表述往往从文化史角度出发,基本上采取了话语化和事实化的叙事风格,即便偶尔会有类似关于隔都位置选择的推测。相比之下,历史小说《河豚鱼计划》则以"指定区域"和"无国籍难民"两个关键词为主题,通过虚构的手法演示波兰年轻难民格泽尔·锡尔金的内心世界,示范性地展现了相关人士对该通告的反应。通告给锡尔金带去的恐惧表现在一段自由间接引语中:

> 他听说一些领导人抗议道,波兰犹太人根本不是"无国籍难民",因为被认可的波兰流亡政府百分之百支持他们的公民身份。但是犹太隔都就是犹太隔都,即便日本人经常把它称为"无国籍难民指定区域"。这是走向灭绝的又一步。……为什么是"无国籍难民",而不是"犹太人"?每当纳粹骄傲地宣布将人们关进华沙、维尔纽斯、里加、沙乌利亚伊、别尔基切夫、比亚韦斯托克和明斯克的隔都时,他们均自由地使用"犹太人"这三个字眼。……关于难民区,格泽尔认为:那只是一座监狱,只不过围墙之间有些许间距。(Tokayer & Swartz,1979:236-237)

锡尔金也认为,通告中"指定区域"和"无国籍难民"这两个关键指称委婉且富有遮蔽性,但其同胞的抗议是徒劳的。在他看来,这个"指定区域"与纳粹在欧洲设立的监狱般危及生命的犹太隔都可以相提并论。在一部历史小说中,人物的思想和情感世界可通过内聚焦被体现,而客观化的史学表述往往局限于外部视角。例如克兰茨勒也记录了不同犹太社区(以波兰犹太流亡社区[①]为重点)及个体为拒绝迁入隔都所做的斗争,通过直接引用他们针对通

---

① 在上海的波兰犹太流亡社区坚信,在伦敦的波兰流亡政府仍然为波兰公民背书。因此,波兰难民否认自己为"无国籍难民",并因此无需搬进隔都。尽管他们的抵抗没有成功,但引起了德语流亡社区的关注。更多信息参见 Ristaino(2007:195-199)。

告的批判,使读者透视波兰犹太反抗者的内心世界(参见Kranzler,1988:527-535)。这些引用表达了他们被日本人列为"无国籍难民"后的愤怒之情。

小说还将"上海隔都"描绘成一个跨国的回忆空间。据描述,锡尔金和其他难民在迁入"上海隔都"后通过广播了解到,"华沙隔都起义"遭到血腥镇压。华沙隔都的"意外事件"使锡尔金的未来愿景破灭,他认为上海的欧洲犹太流亡社区也将遭此厄运。"他知道,在他们建好大门,挂上铁丝网之后,他甚至会感觉更糟。更冷,更饿,更恶心。以及更加绝望。……他想:'我会死在这片陌生且未曾听说过的土地上,我比以往任何时候都更确信这一点。'"(Tokayer & Swartz,1979:237-238)在锡尔金绝望的预感中,"上海隔都"和德国纳粹隔都之间,以及日本和纳粹对犹政策之间没有本质区别。后来,人们发现锡尔金上吊自杀了。

小说通过对文学人物的预感和戏剧性命运的虚构演示,以内视角展示了一个难民对该通告的理解。历史著作以回顾性分析视角,强调了"上海隔都"与欧洲纳粹隔都的差异,而小说建构了锡尔金推测性视角中的主观经验世界。他认为,华沙隔都和"上海隔都"、犹太人大屠杀和日本驻上海军队的暴力行径之间存在着灾难性的联系。《河豚鱼计划》提喻式地展现了"上海隔都"的设立可能给上海犹太难民带去的巨大恐慌,部分难民在这一事件中看到了犹太人大屠杀正在向上海蔓延。然而,在史学表述中,这一内视角却无法更为立体地展现。

综上所述,在美国和德国的历史学记忆文化和小说《河豚鱼计划》的文学记忆中,"上海隔都"在很多层面均被再现为一个与世隔绝的苦难之地,它转喻式地代表了流亡者在上海的痛苦经历。对于日本对犹政策和"上海隔都"设立的史学和文学记忆使人们看到了二战期间上海犹太难民遭遇的双重磨难。它们将犹太人大屠杀历史和日本帝国主义历史相关联,将"犹太人流亡上海"定位在两者交叉之处。正由于这一受到政治和文化影响的复杂形势,日本对犹政策才成为一个在多元媒介中被再现的记忆母题,"上海隔都"成为犹太人流亡上海的一个重要记忆场。

《河豚鱼计划》的隐喻和锡尔金的内视角表明,该文学象征系统无论在内容还是形式上都与相关的史学象征系统密切相关。正如瑞格尼所指出的那样,文学象征系统中的"河豚鱼计划"隐喻起到了"催化剂"的作用。对波兰难民的心理世界进行内聚焦式的刻画表明,文学能开辟历史尚未触及的领域。

正如本章所示,史学是文学符号系统的一个重要素材来源和持续的参照点,同时也需要自传体或者回忆录等文学体裁的滋养。这两个象征体系之间的界限变得模糊,两者的相互依存也因此变得紧密和复杂。事实与虚构之间的转换,让有关日本对犹政策和"上海隔都"的记忆变得更为活跃。

第二章 从自传体记忆到文学再度媒介化

　　"上海隔都"里恶劣的卫生条件、蔓延的流行病,以及食物和药品的短缺令许多难民丧生。在 1943 年 1 月到 11 月,"上海隔都"的避难所里就有 102 人死于营养不良,为前一年同时期的两倍(参见 Kranzler,1988:546)。许多隔都居民感染了斑疹伤寒、黄疸、疟疾、阿米巴痢疾、细菌性痢疾和肺结核等疾病。据估计,隔都撤销前,去世的难民人数约为 1700 人(Freyeisen,2000:412)。

　　维也纳犹太人陶西奇在自传《上海通道——移民到隔都》中,回忆了丈夫因患结核病在"上海隔都"去世的经历。德国作家克莱谢尔的小说《上海,远在何方》述行性地对陶西奇的自传体记忆进行了再度媒介化。该书的中译本于 2013 年面世。本章主要探讨以下几个问题:该小说如何体现"文学述行性"(literarische Performativität)? 小说中的述行式再度媒介化履行了何种记忆文化功能?"上海隔都"这一记忆空间在自传体式和虚构性记忆中分别扮演何种角色? 这两个记忆文本分别具有哪些各自体裁所特有的形式和特点?

　　以下对这两个文本的简要介绍有助于重构作品的语境并把握其内容。自传《上海通道——移民到隔都》于 1987 年(即作者去世前两年)首次出版,并于 2007 年再版。在自传的第一章"无忧无虑的时代"中,陶西奇讲述了自己的家庭故事。弗朗齐斯卡·陶西奇与父母一起在维也纳长大,之后与从事律师职业的匈牙利丈夫阿拉达·陶西奇(Aladar Tausig)一起组建了家庭。这对夫妻育有一子,名为奥托·陶西奇(Otto Tausig)。在第二章"1938 年和它的后果"中,作家回忆了一家人在维也纳遭受纳粹迫害的经历。在奥托和其他一万多名纳粹占领区犹太儿童通过英国政府组织的"儿童运输"(Kindertransport)行动成功逃到英国后,作者和她的丈夫也于 1938 年逃亡到上海。第三章"上海岁月"伊始,陶西奇写道:

> 在上海的岁月是苦涩的。它们就像是一个高脚杯,盛满了一种宿命,我想倒光它的最后一滴。
>
> 不是因为我必须异常辛苦地工作。我的丈夫从第一天起就生病了。如果在这段时间里还有一丝幸运可言的话,那便是工作,它使我从真正意义上能够养活他。他所遭受的痛苦,无法用言语来表达。(Tausig, 2007:99)

显然,丈夫的病痛使得她在上海的流亡岁月变得更为沉重,并主宰了她的流亡记忆。作者在该章中提到,她在上海的大部分时间都是作为面包师为自己和丈夫谋生计。丈夫在隔都去世后,她做过保姆和帮厨,战争结束两年后才重返故乡。

陶西奇自传体记忆中的家庭悲剧被纳入克莱谢尔的小说《上海,远在何方》中。《上海,远在何方》从全知视角出发,描写了来自柏林和维也纳的一个犹太小群体在纳粹时期逃往上海,并在那里凭借智慧和事业心求生的故事。除了陶西奇的流亡故事,这部小说还编入了柏林书商路德维希·拉扎鲁斯在录音带①中口述的对于上海流亡岁月的回忆。同时,作为小说中的定位和反思中心,拉扎鲁斯与其他主人公均为朋友,即陶西奇夫妇、艺术史学家洛塔·布里格、经营小型手套工厂的罗森鲍姆一家、执业医生沃尔夫博士和他的表兄妹安妮特·班贝格尔、共产党人根尼娅和君特·诺贝尔,以及钟表匠海因茨·克隆海姆。德国学者亨里克·沃尔特(Henrike Walter)指出,拉扎鲁斯是“整部小说的组织中心”,并且“他为其他在流亡中无所适从的、有困难和忧虑且想要述说心灵重压的人提供了一个避难所,在此他们可以卸下重负”(Walter, 2010:23)。

小说中所有人物虽在历史上均有记载,但是书中将他们的现有生平材料和作者的编撰相交织,进行了文学化的加工。2010 年 4 月 20 日,克莱谢尔在上海犹太难民纪念馆举行的读书会开场仪式上表示,就像她在早期和部分现在的研究中提到的那样,移民上海并不是“小人物的移民”,因为移民群体中包括很多学者、医生、律师和艺术家。所以对她来说,“在边缘地的移民”(Emigration am Rande)这一描述更合理(参见 35)。从这一描述可以看出,克莱谢尔将当时的欧洲与旧上海的关系理解为中心与边缘的关系。与此观点相符,她的小

---

① 该录音带和其中的完整记录被保存在德国国家图书馆法兰克福馆的流亡档案中。

说《上海，远在何方》让欧洲的犹太难民作为主要发声者，在小说中首要展示他们在流亡中的经历与反思。她在小说中通过难民的眼睛，还原他们的流亡经历，"给他们中的几个人物一种声音"(34)。克莱谢尔致力于构建如下描述视角。她认为"离事物不能过近也不能过远"，"过于接近可能会显得认同感强"，相反，"距离太远会显得冷漠和历史化"，毕竟她"能与上海犹太难民幸存者产生共鸣"(36)。由此，克莱谢尔像一名"安装工"①，将人物生平和自传体记忆素材与文学化的想象拼接成一部小说。《上海，远在何方》对流亡记忆文化的贡献就在于通过描述"小型个人史"和个体命运来体现该流亡史的张力。

《上海通道——移民到隔都》：陶西奇丧夫的自传体记忆

在陶西奇的自传《上海通道——移民到隔都》中，她回忆了丈夫在隔都的恶劣环境中去世的经历(Tausig，2007：123-130)。在被关进隔都前，陶西奇在一家饭店当面包师养活自己和丈夫。然而残酷的命运还是降临了，"日本人命令所有欧洲商店撤离，并要求其所有者搬去虹口区"(113)，陶西奇写道，饭店"是我们用尽爱和努力经营的，……而现在我们所有人都成了站在街上的无业游民"(114)。之后这对夫妇想在"上海隔都"开一家咖啡甜点店，便将全部积蓄作为押金，交给了一位在上海从事餐饮业的亚美尼亚人，并签署了一份他们看不懂的上海洋泾浜英语和中文混杂的合同。然而根据合同，这对夫妇必须在咖啡店 24 小时轮轴工作，且只能分到盈利的百分之十。

尽管阿拉达·陶西奇当时已患肺结核，但是为了在失业阴影笼罩的隔都生存下来，他还是坚持在店里工作。他很高兴又能自食其力了。由于长期的辛苦劳作，阿拉达·陶西奇日渐消瘦，最终被送进了由修女经营的天主教"综合医院"②中。在那里，他的身体状况每况愈下，必须依赖氧气筒吸氧。然而该医院因经济拮据无法负担此类设备。弗朗齐斯卡·陶西奇变卖了包括她的婚戒在内的所有家当后，也只够丈夫使用两个半氧气筒并输血一次。那名与陶西奇夫妇签署合同的诡计多端的亚美尼亚商人，凭借自己会讲中文这一

---

① 有关小说《上海，远在何方》中的蒙太奇手法分析参见 Walter(2010)。

② 作者在自传中并没有提及"综合医院"的位置。历史上，这座医院在苏州河以北，位于四川北路 109 号，并不在"上海隔都"内。

优势,更为了解上海的经济走势。在他把店铺的所有押金退还给陶西奇之后
一天,上海就发生了严重的通货膨胀,这笔钱几乎变得分文不值,她用这笔钱
只买到了一个注射液瓶,而这个注射液瓶还被证实为国外产品的仿冒品。

她在自传中写道,阿拉达·陶西奇死前还想吃一次故乡的果酱馅蛋卷煎
饼(Palatschinken),于是她赶回家中为丈夫做煎饼。当她拿着煎饼回到医院
时,丈夫虽然还睁着眼睛,却已无法吞咽了。回忆起丈夫的死状,她写道:"我
不知道一个永远睡去的人不会闭上眼睛。"(128)当护士将丈夫的眼睛合上并
宣布其死亡时,她彻底崩溃了。

阿拉达·陶西奇的死亡一方面是因为他在"上海隔都"劳累过度,另一方
面是因为当时上海的医药资源不足,而货币贬值又使其处境雪上加霜。跟此
前遭受的骨肉分离和财产被剥夺等苦难相比,弗朗齐斯卡·陶西奇的悲痛在
丈夫去世时达到极值,造成了无法磨灭的心灵创伤。关于当时的创伤感受,
她描述道:"我像一只动物一样咆哮。我对着让我遭受了这一切的上帝咆哮,
我不愿停止咆哮,声音却越来越小,以至于只有我自己能够听到。我已经听
了三十年了。"(128)德国学者比吉特·诺伊曼(Birgit Neumann)对创伤性经
历①做出了如下描述:"创伤经历使个人的应对能力不堪重负,鉴于其情感强
度,个体无法进行有意义的处理并将其与现有记忆联系起来。创伤在记忆中
表现为持续性异物,作为'身体化记忆'无法被建设性处理。由于缺乏融入
性,它让个人经验的连续性和认同感的构建变得不稳定。"(Neumann,2005:
154)陶西奇的控诉清晰地展现了回忆中的自己与被回忆的创伤性经历之间
一种无法被时间所消融的认知障碍,以及这一创伤性记忆给她带去的长期且
持续性的伤害。直至今日,她仍无法接受丈夫的离世,此事给她留下了无法
愈合的精神伤疤。强烈的负面情绪导致她无法建设性地处理这种创伤,构成
了自身经历的断裂层。② 甚至连写作这一可以作为"自我证实工具"
(Öhlschläger,2010:244)在过往和现时之间建立意义的行为,也没有对陶西

---

① 阿莱达·阿斯曼亦指出创伤的破坏性后果:"精神创伤与危及生命和伤及灵魂的极端
暴力经历相关,它摧毁了感官在刺激下对人体的保护能力,并且由于它陌生化并破坏
身份认同的特点,使人无力应对。"(Assmann,2006:93)

② 阿莱达·阿斯曼指出,记忆和情感可以融合成一个"无法分离的复合体"(Assmann,
2010:252)。一方面,情感是"记忆的稳定剂""记忆的强化剂"和"记忆的坚硬内核"
(249-255);另一方面,个体记忆的情感部分不可控(252)。

奇起到心理治疗的作用，帮助其克服过往经历带来的伤痛体验。

至此，我们可以理解为何在《上海通道——移民到隔都》中，隔都象征了整段的流亡岁月。因为在陶西奇的叙述中，该回忆空间和隔都岁月相关联，这一灾难性的"时空体"①充满了丧亲和流亡的苦痛。她提及失业率居高不下、雇主的反复剥削、医药物资短缺和通货膨胀恶化的主要原因在于，上海在太平洋战争（1941—1945）期间被日军攻陷，与外界隔绝，得不到充足的物资供应。在彼时的上海，贫穷是普遍现象，以至于阿拉达·陶西奇刚刚去世，手上的婚戒就被一个护士偷走了（Tausig，2007：128）。丈夫的死讯传开后，越来越多的人找到陶西奇，"致哀的同时还问起他的衣物是否还在"（112），因为"在那时的中国，衣物十分短缺"（112）。

陶西奇在自传中也描述了为丈夫举行葬礼的过程。丈夫去世后的第一天，他的灵柩在他生前工作过的咖啡店门口稍作停留，一些朋友、顾客和一名犹太教牧师参与了悼念，随后陶西奇陪同灵柩步行数小时至城市边缘一座山丘上的墓地。对其丈夫优秀人品的集体回忆成为悼念的中心议题，而跟"上海隔都"和隔都时光相关的内容并未出现在对葬礼的描写中。但在克莱谢尔的小说《上海，远在何方》对该葬礼的再度媒介化中，"上海隔都"这一记忆空间被赋予了多重涵义。

《上海，远在何方》：克莱谢尔的文学述行性再度媒介化

在《上海，远在何方》中，陶西奇自传中丈夫去世及举办葬礼的场景在空间构建、人物关系、叙述角度和表现方式等方面被再度媒介化。这种再度媒介化具有明显的述行性特征。曼弗雷德·普菲斯特（Manfred Pfister）归纳了小说中述行性的以下文化学特征：

> ……（b）演示性和戏剧化（尤其也在戏剧外）；（c）与仪式和其他行动模式的相似性；（d）与讲述相反的展示或炫耀；（e）表演者和观众间关系的展演和过度表演；（f）在具体的行动关联而不是在其自身的关联中进

① 为了阐明文学文本中地点与时间的相互关系，米哈伊尔·M.巴赫金（Michael M. Bachtin）引入了"时空体"这一概念："时间的特点展现在空间中，而空间又被时间用意义填满和度量。"（Bachtin，1989：8）

行一个系统的更新;(g)身体而非语言,以及语言的身体层面(语音、手势)……(Pfister,2001:497-498)

总体而言,这部小说的特点在于强烈的戏剧化、仪式化和对身体性的强调。陶西奇的自传并不具备上述特点。克莱谢尔的表现模式涉及一种文学述行性的记忆术,凸显了"上海隔都"的戏剧化成分,使该记忆场具备更高的可记忆性。小说将死亡场景放置在陶西奇夫妇位于"上海隔都"内的房间里。这一新的空间设置也配备了新的人物关系。在小说中,丈夫去世时陪在陶西奇身边的不再是护士或其他病人这样的陌生人,而是在隔都艰难的环境中患难与共的好友拉扎鲁斯和布里格。他们在小说中分担了陶西奇的丧夫之痛,并起着推动情节发展的聚焦中心的作用。同时,他们还通过各自的视角,感知了陶西奇的悲痛在表情和声音中的身体性表达。

小说中这样刻画了夫妻二人及其邻居之间的戏剧化互动:陶西奇为了前往书商拉扎鲁斯处而短暂离开了病重的丈夫。当她试图在那里通过阅读排遣自己内心无法承受的精神压力时,拉扎鲁斯过来小声地对她说:"您丈夫躺在卧榻上蜷缩成一团,他想要爬起来,可是却跌倒了。"(克莱谢尔,2013:218)这一不祥的消息让陶西奇顿生恐惧,"她害怕起来,一种失去的害怕,里面已经刻上了实实在在的东西,对害怕失去伴侣的害怕"(218)。

在陶西奇回到病房后,她的丈夫想吃果酱馅蛋卷煎饼,这一情节在陶西奇的自传中通过讲述模式呈现——"我烘焙了果酱馅蛋卷煎饼"(Tausig,2017:128)。而克莱谢尔通过表演模式对此进行了再度媒介化:

> 这叫什么果酱馅蛋卷煎饼,面粉结块了,糖也没有,更何况绵白糖呢。陶西奇夫人急急忙忙地搅和起一团面糊。当它在平底锅里发出嘶嘶的响声,变得越来越灰白,越来越黏糊时,看上去却与维也纳的果酱馅蛋卷煎饼的面团迥然不同。"果酱馅蛋卷煎饼,"丈夫又有气无力地说。
>
> "你当然会吃上果酱馅蛋卷煎饼的,再等片刻就好了,"她大声说道,就像跟一个小孩说话一样,安慰着,十分中听,嗓门比平时说话时提高了。她用来煎那稍显苍白的面团的油脂像凡士林一样黏糊糊的,好难闻。(克莱谢尔,2013:218)

对于这一烘焙过程的戏剧化演示运用了以场景化构建感官形态的文学技巧,全方位地描述了视觉、嗅觉、听觉和触觉感知。读者在阅读过程中仿若身临其境,感同身受。陶西奇对丈夫的呼喊对戏剧化和事件化的场景构建也起到推动作用。

在下一场景中,陶西奇拿着烤好的煎饼的小碎块喂丈夫,"等着他咀嚼,等着他吮吸,等着他咽下去"(318)。当丈夫又睁开眼睛张开嘴,却不能吞咽的时候,陶西奇刚开始没有理解,后来才意识到丈夫去世了。她"撕心裂肺地哭喊,从床上跌了下去,抱住了她的丈夫"(318)。这时,拉扎鲁斯和布里格一前一后走了进来。陶西奇悲伤的神情通过艺术史学家布里格的视角呈现如下:"布里格还没看到过这样一张悲痛欲绝的脸,有这样多的恐惧。当下这个女人的面孔是一个六神无主的平面,号啕痛哭从中迸发出来,停滞在空中。当下这个女人的面孔居然会是一种赤裸裸的绝望和六神无主。当他撰写那本书时,这样的情形他连想都没有想过。"(219)这种从其他人物的感知出发的多视角聚焦更好地展现了陶西奇的表情,这在第一人称叙事的情状下无法实现。在小说文本中,不可见之物变得可见,女主人公的面部表情中在展演和观看的关系中被呈现。读者不仅听到了陶西奇自传中所提到的哭喊,还能近距离地从她的面部表情感知到她的绝望之情。作为研究现代艺术的艺术史学家,布里格将陶西奇的"咆哮"感知为"尖叫",这容易让人联想到爱德华·蒙克(Edvard Munch)关于现代性经历的形象化描绘。[①] 由此,对陶西奇丧夫经历和情感宣泄的述行性文学重构获得了一种戏剧化的质感。

陶西奇的自传仅简要提及其丈夫的葬礼,且在空间意义上与"上海隔都"无特殊关联性。该事件在小说中被大篇幅改写,且明显灌注了"上海隔都"和上海的空间特点。小说中提到,阿拉达·陶西奇的灵柩首先被放在"上海隔都"中一个难民所的集会厅里,亲友们在此与遗体告别。小说如下刻画了该厅的多样化社会功能:

> 这个厅有多种多样的用途,只要有订货,它就是针织和缝纫作坊,同时它也是游戏室、教室、聚会的地方、斯卡特俱乐部和"有名分的"流亡者举行遗体告别的祈祷室。阿拉达·陶西奇,这个当年的匈牙利律师,那

---

① 布里格此处的感知易让读者联想起爱德华·蒙克的世界级名画《呐喊》。在画的前景中有一个朦胧的人影,他的眼睛瞪大,手压在耳朵上,嘴张得很大,像是因为害怕或困惑呐喊着。该画反映了1900年前后,人们的生存受到战争威胁的社会基调。小说中女主人公的面部表情描写引用了该画的这一主题,展现了陶西奇的恐惧和悲伤。

些讨要甜点的中国孩子的朋友,死后也躺在了这里,这让陶西奇夫人感到欣慰,让布里格感到欣慰,也让拉扎鲁斯感到欣慰。那些被视为有名分的逝者,他们的亲属都有能力买来一口属于中产阶级的木棺材,而陶西奇夫人却买不起。(222)

小说还虚拟化地展现了隔都中犹太社区殡仪馆的破败:

> 寒酸的殡仪馆就设在一家难民营里。那是一片废墟,用波纹白铁皮和竹竿围挡起来,里面有一个做棺材的木工棚屋和一间小停尸房。木工棚屋前面一块没有墙壁和顶棚的废墟用硬纸板凑合隔离开来就成了一个封闭的空间。这个空间很小,既潮湿,又不通风,采光也不好,那是天气不好时的悼念厅。酷热时节,人们在头顶上撑起一块遮阳顶。棚屋正面敞开着通往难民区。顺着难民区低矮的围墙,就是中国人家用竹竿和稻草搭起的成排的房子,与其说是房子,倒不如说是茅舍。(222)

在上述两段文字中,空间描写成为文学记忆构建和反思的有效手段。集会厅和殡仪馆有着不同的记忆文化意义。首先,在陶西奇关于丈夫葬礼的自传体记忆中,死者在朋友和熟人中的声望占据中心地位,这一点在小说的再度媒介化中通过在为了"有名分的"流亡者而准备的"悼念厅"中的集体悼念得以体现。其次,对于集会厅和殡仪馆破旧环境的描写唤起了关于隔都恶劣生活条件的记忆。局促狭小的集会厅所具备的多功能性也影射了难民在隔都逼仄的生活空间。再次,小说中针对集会厅作为"针织和缝纫作坊"及"木工棚屋"描述均指涉了犹太难民在隔都所能从事职业的原始性。最后,"茅舍"一词点明了中国邻居更为恶劣的居住条件,他们随后被呈现为哀悼仪式的观众:

> 在为这个匈牙利律师举行小小的哀悼仪式期间,一些好奇的中国邻居越过齐腰高的围墙,目不转睛地望过去,成为一个神秘聚会的见证者。他们倾听着用外语哼唱的曲调,倾听着那些听起来意味深长的讲话。然而,那些讲话可能并没有那么意味深长,因为它们是在半敞半闭的废墟之间发表的。(222)

上述引文通过中国邻居的视角,呈现出哀悼仪式的戏剧化展演特征。他们将欧洲犹太式葬礼视为富有异域情调的事物,作为看热闹的局外人被全知视角叙述者放置在边缘地位。不单在这一场景中,在整部小说中,中国人都只是被边缘化的配角,他们鲜有表达自我和被倾听的机会。

陶西奇在街头和一个中国小伙子的相遇场景也证明了这一点:

> 在丈夫死后,弗朗齐斯卡·陶西奇筋疲力尽地往家走,一个此前认识的中国年轻人迎面走来。"女士,您先生走了?"他瞪大眼睛问道。她点了点头,他躬了躬身。她对他好奇而笨拙地表达出来的同情无动于衷。她不知道死亡对一个中国小伙子来说意味着什么,她只知道,她没有丈夫了,而且他的死亡对她来说不可忍受。(220)

此处,即便读者能感受到中国年轻人的同情心和对死者的尊敬,但他用"瞪大眼睛"来表达震惊和哀悼的方式令人感到鲁莽和不悦。叙述者未进一步介绍该年轻人如何以中国文化中的传统和价值观来理解死亡,主人公对此也不感兴趣。对中国年轻人的行为刻画反映了隔都犹太难民对当地社会的异样和陌生。

不可否认的是,根据历史现实,在隔都居住的绝大多数中国人来自社会底层,和其他本地人相比可能会略显"笨拙",就像那位中国年轻人表现的一样。然而,对其行为的描写却带有欧洲中心主义视角。在犹太主人公的感知中,当地人的生活世界是落后、陌生且不值得关注的,因而在文学记忆中被边缘化。《上海,远在何方》中还有更多此类经历,它们被德国学者沃尔特列出并被称为"流亡中令人烦心之事":建筑的陌生感,华丽的建筑群和贫民区相毗邻,令欧洲人几乎难以忍受的气候条件,以及文化、思想和行为方面令人惊讶的陌生感。最令人烦恼的例子之一便是中国人不变的微笑,它的动机和意图对于欧洲人来说是个谜(参见 Walter,2010:22)。与此对应,小说给作为"陌生他者"的上海关联了"社会不平等"和"环境不适合居住"等负面回忆图像。小说中的犹太主人公们也无意于了解一个迥异于欧洲的陌生文化中的建筑艺术或者思维和行为准则。该葬礼场景在犹太人和本地人之间拉起一道围墙,这样使两个群体产生距离感的叙述模式将中国文化陌生化,符合欧洲中心主义的写作传统。这通常是部分欧洲作家下意识优越感的产物。

小说中对紧随哀悼仪式举行的葬礼的记忆叙述既涉及了构建起"交际记忆近期视野"的文学述行性日常叙事,也包含了构建起"文化记忆远期视野"

的神话元素①:

> 陶西奇夫人独自走在棺材后面,命运就是这样,只有一个亲人被允许在下葬死者时离开犹太人区,没有其他亲朋好友陪同。新公墓坐落在城边的一座山丘上,阳光直射下来。要是灵车上没有画六芒星的话,人们恐怕会轻而易举地将它与一辆手推奶车混淆的。
>
> ……
>
> 如果说日本管理当局拒绝非亲非故的人参加葬礼的话,那么这种非人的行为对那些哀悼者们来说好像成了一种恩惠。谁都看不到下葬时的悲哀,看不到让死者扑通一声坠落到那贫瘠的地下的情形。漫长的行程会让一行哀悼者们精疲力竭。他们恐怕连一块聚集的地方都找不到。
>
> ……
>
> 在阿拉达·陶西奇的尸体旁,正好有一个上面压着石头的草席棺材下葬到墓坑里。(克莱谢尔,2013:224)

此处描写了两个从属于流亡交际记忆的中心母题,即上海的气候条件和隔都的物资匮乏,凸显了葬礼的窘迫。在上海的炎热天气里远足前往墓地,这实在难以忍受,因此所有哀悼者一起参加该葬礼仪式是不太合适的。隔都物资的匮乏还体现在,许多犹太死难者的家属负担不起一辆真正的灵车和一个木制棺椁。阿拉达·陶西奇形似运奶车的灵车上画着犹太教标志——六芒星,旨在标记死者的族裔身份,给予死者最后的尊严。

小说中接着写道,上海的季风雨经常会把简陋墓地中较轻的棺材翻腾到地面上。所以陶西奇作为参加这次葬礼的唯一人士,需亲自捡些石块放在丈夫的棺椁之上。小说中这样描写她此时的感受:

> 她感觉到泪水,感觉到泪水在往肚里流,感觉到哽咽,感觉到那巨大

---

① 扬·阿斯曼(Jan Assmann)区分了"交际记忆"(das kommunikative Gedächtnis)和"文化记忆"(das kulturelle Gedächtnis)。交际记忆包括时代见证人鲜活的有机记忆,它产生于不太成形的日常生活和交往或是道听途说中,处于三到四代人(80—100年)以内的时间视野中。与之相反,文化记忆和发生在绝对过去的神话传说和事件相关。它与文字、图画和舞蹈等固定的具体化形式相关联,具有被高度缔造、成型化和仪式化等特点。特殊化的文化承载者(如牧师、巫师或档案管理员)均经过培训,以阐释和传承文化记忆(Assmann,2007:48-56)。

而艰辛的责任,那沉重的负担。而且她不知道自己是不是在哭泣,因为她是那样精疲力竭,或者是因为她必须将石头叠在丈夫的遗体上,不让他被冲走,而这让她感到震惊。哭也好,不哭也好,精疲力竭也罢,她一股脑儿坐在石头上,用自己的身体重量压住丈夫的尸体。(224)

该段述行性地建构了主人公送别丈夫时身体的使用形式和体验方式。埃尔克·科赫(Elke Koch)指出,叙述性文本能够构建起一种特殊的记忆话语,"不只是对身体抽象化的谈论,而是让正在亲历、体验和互动的身体登场并可被观察"(Koch,2006:61)。在小说中,除了石头,女主人公甚至还需亲自将自己的身体压在棺材上,从而让死去的丈夫入土为安,这更使她陷入震惊、绝望和无助的复杂情绪。女主人公此刻的心理状态体现在她的肢体语言"哭泣"和身体的极度疲惫上。放置石块的动作还唤起了陶西奇对一个几乎已经消失的传统的记忆:

> 她回想起一个几乎消失的传统:犹太人撤离埃及时,不得不将故去的人掩埋在荒沙里。为了防止食尸动物吃掉尸体,他们会在死者的墓地上面压上四方沉重的石块。有人念悼念词,绝大多数情况下是长子,而族群的男人会把棺材(或者无非是一张裹着身子的布而已?)抬进地下的墓坑里。弗兰西斯卡·陶西奇想到这些,就像想起了某些失去的东西,一个中断了的、再也接续不上的传统,沉寂在黄沙里。存在的不过是石头、寂寞、闷热和荒凉。那个长子依然是唯一的儿子,那个族群却各奔东西了。别指望日本人会理解什么习俗,因为那些能够传承它的人恐怕早就销声匿迹了。(克莱谢尔,2013:225)

上述自由间接引语提到了来自犹太文化记忆的《出埃及记》中的一种葬礼仪式。① 扬·阿斯曼认为,神话是"一个人们讲给自己的、关于自己的故事,以便了解世界和一种拥有更高秩序的真理,该真理不仅是对的,而且还提出了规范化的诉求,提及了具有构建性的力量"(Assmann,2007:76)。对于阿

---

① 关于在棺材上放置石块这一犹太教仪式的来源有着不同的科学解释。格奥尔格·施维卡特(Georg Schwikart)给出了两种解释:有些人认为,该习俗"可能是逐渐形成的,因为所有的棺材都曾是石棺,拜访者会将滑落的石块堆积回去,久而久之就成了一种规章;其他人认为,人们此前会在棺材上放置花草,同时压上石头防止花草被吹跑,后来只有石头保留了下来"(Schwikart,2007:37)。

斯曼来说，缅怀死者有着促进群体形成的意义："在对死者的回忆性的缅怀中，一个群体明晰了它的身份认同。"(63)根据这一规范，悼念死者的仪式应在阿拉达·陶西奇的葬礼上举行。然而在小说中，日本殖民统治者的外出禁令使犹太群体无法根据宗教传统参加葬礼，并举行上述仪式。由此，这部小说展现了犹太难民群体的宗教和个人行为如何在隔都里受限，同时也展现了其维护文化身份认同的难度之大。该小说在述行性再度媒介化的过程中，将"上海隔都"更为强烈地展现为充满暴力和苦难的封闭的记忆空间。

相比之下，陶西奇自传中对于丈夫去世和葬礼的回忆和"上海隔都"并无直接关联性。她的丈夫死于隔都外的一家医院，葬礼也在隔都外举行，相关自传体记忆都不带有上海或"上海隔都"独特的城市或区域特征。而小说中刻画的隔都空间则扮演了中心角色。死亡场景被放置到隔都内，陶西奇丧夫的痛苦经历在隔都友人的眼中变得多视角化，隔都被功能化为一个集体行动和经历的空间。集体悼念被虚构化地放置在隔都难民所狭小且逼仄的集会厅中，刻画了隔都中恶劣的生活条件。而日军的隔都政策限制了犹太难民群体的流动性，使得哀悼者们无法离开隔都参加葬礼。在闷热、孤独甚至绝望的葬礼场景中，属于交际记忆范畴的当地社会经济、政治和气候条件致使属于文化记忆范畴的犹太教葬礼仪式要求无法得到满足。小说从而构建了这样的记忆话语：在沪犹太难民为纳粹和日本军国主义的双重牺牲品，在"上海隔都"同时遭受物资短缺及无法践行文化传统的苦痛。

第二部分　记忆人物

　　历史人物杉原千亩、合屋叶和人力车夫都是犹太人流亡上海的文学记忆文化中标志性的记忆人物。他们在关于流亡的个人和集体记忆中被尤其频繁和深入地描写。这些裹挟着情感的人物引起了人们的关注，并在有关流亡的过往图像中留下了烙印。本书第三、四、五章将考察上述充满象征意义的记忆人物对流亡文学记忆文化的建构功能。

第三章　杉原千亩:跨国和多元媒介记忆文化语境中的回忆录《生命签证》

20 世纪 40 年代前后,数以千计的波兰犹太难民来到上海。他们之所以能途经立陶宛、苏联和日本,成功逃往上海,还要归因于日本领事杉原千亩在科夫诺的义举。从 1939 年 9 月德国入侵波兰直至 1941 年 1 月波兰关闭与立陶宛的边境,约有 1.2 万至 1.5 万名波兰犹太人逃至立陶宛,其中包括 300 名来自波兰密尔经学院的学生[①](Maul,2007:103)。为了逃脱纳粹的魔爪,这些难民向驻立陶宛的西方国家使馆申请入境签证。但是,上述尝试大多以失败告终。1940 年 6 月 15 日苏联红军进入立陶宛,难民担心自己可能会被驱逐到西伯利亚。因此,1940 年 7 月 27 日清晨,一大群难民聚集在科夫诺的日本领事馆前,拟申请前往日本的过境签证。他们打算先通过西伯利亚大铁路逃往日本,然后再移民到第三国。此前,1940 年 6 月,荷兰驻立陶宛代理领事扬·茨华登迪克(Jan Zwartendijk)在荷兰驻拉脱维亚大使暨波罗的海各国代表 L. P. J. 德克(L. P. J. de Dekker)的指示下,在数千名难民的护照上盖上了其官方目的地为荷属库拉索岛且无需签证的印章,或签发了前往荷属圭亚那(今苏里南)的签证。获得这个印章的犹太难民又从杉原处获得了前往日本的中转签证,从而逃离了立陶宛。

杉原在 1939 年 11 月至 1940 年 8 月担任日本驻科夫诺的副领事。由于他具有出色的俄语和德语能力,因此作为唯一的全权外交官被派往科夫诺执行情报任务。鉴于难民的困境,杉原三度向日本外务省征求相关指示。他描述了难民的紧急状况并要求获得签证签发许可,但是外务省每次的反馈均一

---

① 密尔经学院是欧洲最古老的犹太宗教学院之一,是培养拉比的高级宗教学院。该院于初设在波兰一个名叫密尔的小镇,二战后在纽约和耶路撒冷重建,至今仍是美国和以色列最著名的犹太教育机构之一。

致:只有拥有足够资金和第三国签证的申请人,才可以获得日本过境签证。显然,绝大多数难民并不符合这些条件。然而,杉原在与妻子交谈后,选择无视上级的资格审查要求,自 1940 年 7 月 29 日起,夜以继日地向身处险境的申请人签发手写签证,直到日本领事馆和其他驻立陶宛领事馆于 1940 年 8 月底被苏联占领并被迫关闭为止。在科夫诺,杉原还与苏联国际旅行社(Intourist)就难民问题进行了谈判。得益于他出色的俄语水平和谈判技能,旅行社同意犹太难民经西伯利亚铁路通行,虽然价格是正常票价的 15 倍。时至今日,杉原签发签证的准确数量仍有争议,据估算在 2139 到 10000 份之间。[1] 杉原不顾自身与家人的安危,违背了上级指令,实施了一次人道主义援助。而在二战期间,欧洲绝大多数外国外交官中无类似义举。[2] 在纽约希伯来移民援助协会(Hebrew Immigrant Aid Society)、巴黎犹太殖民协会(Jewish Colonisation Association)和柏林移民直达协会(Emigdirekt)等美国和欧洲的犹太人援助组织的经济支持和行程安排下,许多经杉原签发签证的难民得以经苏联前往日本神户港。一小部分难民随后又从神户移民到美国或巴勒斯坦,而其余难民则在 1941 年 11 月前被日本政府陆续驱逐到上海,并在那里停留至战争结束。[3]

杉原还向立陶宛当地的犹太人发放了大量签证。然而不幸的是,由于苏联占领者将他们视为"苏维埃公民",因而不允许他们出境。1941 年夏天,纳

---

[1] 杉原将签证申请人的信息登记在一个名单中。对此,茅尔写道:"这份'杉原名单'中的最后一个条目是在 8 月 26 日登记的,编号为 2139。但杉原过境签证的确切数量无法确定。杉原幸子回忆说,她的丈夫为了节省时间,最后未继续在名单上登记。在一份杉原亲自书写的未公开的文件中,他给出的签证数量为 3500。但考虑到现实中存在整个家庭持一份签证旅行,或者未满 16 周岁的孩子由于被登记在父母的护照上而无需签证的情况,被救助的总人数必然更高。此外,杉原不仅为波兰难民签发了签证,而且还为其他国籍的申请人签发了签证。"(Maul,2007:117)

[2] 何凤山博士于 1938 年至 1940 年担任中国驻维也纳总领事,其间向犹太难民签发了数量可能高达 8000 至 9000 份的签证。在 1938 年 11 月 9 日至 10 日凌晨纳粹在德国和奥地利大规模袭击犹太人的"水晶之夜"(Kristallnacht)事件爆发后,很多犹太人被捕并押送到各地集中营,正是因为他们的家人从何凤山处申请到了中国签证,才最终被释放并得以前往上海。

[3] 根据杉原幸子的说法,日本政府之所以允许持有杉原签发的过境签证但没有目的国签证的犹太难民进入日本,是因为他们想舒缓日美之间的紧张关系(参见 Sugihara,1995:138)。关于二战期间的日本对犹政策参见本书第一章。

粹德国占领了立陶宛,此后 15 万至 20 万立陶宛犹太人中的绝大多数被纳粹和立陶宛当地的反犹民族主义分子杀害。如果波兰犹太难民没有通过杉原签发的签证逃离,他们极有可能也会在大屠杀中丧生。

二战期间,杉原先后在布拉格和哥尼斯堡担任总领事,在布加勒斯特担任特命全权公使。战争结束后,杉原和他的家人先后被苏联拘禁在布达佩斯附近的一处拘留所和敖德萨的一个战俘营中。他们于 1947 年年初获释,并返回日本。返回日本后不久,杉原由于"立陶宛事件"(Sugihara,1995:109)[①]被日本外务省免职。鉴于他担任的外交职务和日本公务员的等级,以及其纪律文化背景,他的所作所为是史无前例且非比寻常的。杉原被免职后失业三年,和家人一起陷入贫困。在随后的几年中,他做过商人、语言教师和翻译。自 1960 年起,他作为日本川上贸易公司驻莫斯科分公司的负责人,在当地生活了二十年。

对杉原千亩的跨国和多元媒介记忆的诞生

战争结束后,杉原对其在科夫诺的义举保持沉默,一度被人遗忘。直到 1968 年,因杉原签证而幸存的以色列驻日本大使馆的经济专员约耶胡书亚·纳什里(Yehoshua Nishri)找到了杉原并与他取得联系,从而导致对杉原义举纪念行为的"雪崩"式爆发。自此以后,杉原在世界各地特别是在以色列、日本、美国和立陶宛等国的媒体报道和机构纪念活动中,成为人性、正义和勇气的化身。1969 年,以色列政府邀请杉原参加在该国的招待会。1985 年,他被以色列犹太大屠杀纪念馆(Yad Vashem)授予"国际义人"的头衔。

在 20 世纪 70 年代初的日本,人们对杉原救下的部分犹太人进行追踪研究和新闻报道,这使得公众注意到他(参见 Maul,2007:101)。他的遗孀杉原幸子撰写的回忆录《生命签证》于 1990 年以日文出版。它是杉原记忆史上的一个里程碑,引发了日本国内对杉原的大规模纪念行为,成为被反复援引的中心媒介。该回忆录于 1992 年在日本被拍摄成故事片《救命签证》。1994 年 9 月,人们将杉原出生地的一座山命名为"人性高山",并在山上建造了一座

---

① 杉原幸子讲述说,在免职会议上,当时的副外相冈崎胜男(Okazaki Katsuo)对她的丈夫说:"因为在立陶宛发生的那起事件,我们不能再把你留在这里。"(Sugihara,1995:109)

公园,制作了一座纪念碑和一座杉原的雕像,纪念碑上还刻有时任日本外相河野洋平(Yohei Kono)的赞词。杉原幸子参加了纪念仪式并致辞。她在回忆录《生命签证》英文版的后记中写道:"在我的讲话中,我提到这是我一生中最幸福的一天。"(Sugihara,1995:145)日本外务省的网站上记录着大量围绕杉原事迹展开的国家纪念活动,凸显其人道主义精神,并欲借此促进日以关系。① 然而,网站仅仅提到"杉原离开了外务省"这一信息,却未透露杉原并非出于自己意愿离开外务省,而是被免职的事实。在网站上公布的杉原生平简历中也未提及杉原一家曾在二战后被拘留的事实。由此可见,日本政府至今仍对二战给以杉原一家为代表的日本民众带来的后果保持沉默。

自20世纪70年代以来,在美国也形成了有关杉原的活跃的记忆文化。历史小说《河豚鱼计划》以时代见证人的证词为基础,建构了关于杉原救助行动的文学叙事。关于杉原救助行为的许多亲历者证言也在美国出版,其中包括索利·加诺(Solly Ganor)的《点亮一支蜡烛:一位从立陶宛到耶路撒冷的幸存者的故事》(1995)。② 在这本自传中,立陶宛出生的犹太作家回忆了他的家人在科夫诺和杉原家庭成员的私人往来,并因杉原的无私行为将其形容为"漆黑大海上的一束微光"(Ganor,1995:xii)。希雷·莱文(Hillel Levine)在他的传记《寻找杉原:冒着生命危险从犹太人大屠杀中拯救1万名犹太人却难被找到的日本外交官》(1996,简称为《寻找杉原》)中,结合杉原的生平尤其是他的早期经历,探寻他行为背后的动机。此外,在美上映了几部关于杉原的电影,包括克里斯·塔什马(Chris Tashima)导演的文献电视片《签证和美德》(1997),以及罗伯特·科克(Robert Kirk)导演的历史纪录片《杉原:善良的阴谋》(2000)。此外,美国大屠杀纪念馆在其网站上以文字和视听形式展

---

① 参见 http://www.mofa.go.jp/region/middle_e/israel/sugihara.html,于 2013 年 12 月 25 日访问。该网页上记录的纪念活动例如:为了纪念杉原的善举,从 2001 财年开始,日本基金会下设"杉原千亩奖学金",旨在支持 2001 财年从事日本研究的年轻以色列学者。2000 年 10 月 10 日,为了纪念杉原千亩诞辰 100 周年,日本外务省在外交纪录办公室竖立了一块纪念牌匾,并在杉原先生的遗孀杉原幸子等人出席的情况下举行了揭牌仪式。

② 该书德译本《另一种生活:大屠杀中的童年》(„Das andere Leben:Kindheit im Holocaust")于 1997 年出版。

示了杉原的签证故事和相关资料。①

立陶宛政府于 1993 年授予杉原"立陶宛拯救生命十字勋章"(The Life Saving Cross of Lithuania)。日本驻科夫诺领事馆旧址于 1999 年被改建为"杉原之家"博物馆。这座博物馆的网站上用立陶宛语、英语和日语展示了杉原的签证故事、被救助者的名单、同时代亲历者的报道和杉原的生平。②

德国学者茅尔在其历史著作《日本为何没有迫害犹太人》中,详尽考察了杉原的生平和他在科夫诺的签证签发过程(参见 Maul,2007:101-123)。根据茅尔的说法,一些简短的记录式广播报道、零星的报纸报道和发表在日本专业杂志上的少量德语记述,均对杉原拯救滞留科夫诺的犹太难民(主要为波兰难民)这一义举表达了敬意(参见 101)。

所有上述国际纪念形式及跨国媒介化记忆均围绕着这一记忆人物,建立了一个多元媒介化网络,使杉原在全球范围内获得认可,成为一个纪念碑式的英雄人物。由于杉原在其一生中未出版任何有关科夫诺的回忆文献,因此对其行为动机的探寻便成了针对这一记忆人物的多媒介表征的中心议题。《生命签证》《寻找杉原》和《日本为何没有迫害犹太人》等记忆作品经常将杉原实施人道主义行为的动机与他的生平关联在一起探讨,刻画了杉原的生平故事、性格及动机之间的关联性。接下来,我们将重点分析《生命签证》对杉原在科夫诺的行动及其在战后保持沉默的再现如何触发了更多的相关记忆实践,以及在多大程度上对杉原的可记忆性及其动态的多媒介记忆文化做出了贡献。

《生命签证》作为对杉原千亩记忆形成的出发点和参考点

杉原幸子在 1990 年出版的日文版回忆录《生命签证》中回顾了她的家庭往事,时间跨度从夫妻二人第一次见面到丈夫去世,直至写下这些文字的当下。该书的主题围绕杉原在科夫诺的救助行为和该事件对家庭的影响而展开。作者在书中还描述了夫妇二人如何与幸存者建立并保持联系、国际上对杉原的

① 参见 http://www.ushmm.org/research/research-in-collections/search-the-collections/bibliography/chiune-sugihara#h126,于 2013 年 12 月 26 日访问。
② 参见 http://www.sugiharahouse.lt/index_jp.html,于 2013 年 12 月 26 日访问。

纪念活动及夫妇二人对所获荣誉的反应。该书的英译本于 1995 年出版。

《生命签证》对于杉原成为记忆人物的特殊意义在于，它提供了大量的基础记忆素材。它成为几乎所有之后关于杉原的媒介记忆的基准点和参照点，因此在多元媒介化记忆网络中充当了一个连接点，并对其他媒介对杉原的再现起到了建构作用。杉原幸子的自传体记忆叙述包含了关于记忆人物杉原的诸多中心母题，这些母题也在其他记忆媒介中引发反响。为何杉原幸子描述的科夫诺事件在战后的日本和西方能赢得如此之大的记忆影响力？接下来我们将目光聚焦在《生命签证》与其他记忆媒介之间，以及与该书所嵌入和被接受的各类社会体系语境之间的相互关系，同时考察在该书和其他记忆媒体中形成的"杉原"多元媒介化记忆与"犹太人流亡上海"记忆文化之间的关联。

对于此书的面世，杉原夫妇的长子、该书英译本译者杉原裕树（Sugihara Hiroki）在前言中写道，家人、朋友及公众对这一段历史的兴趣鼓励他母亲写下了这一部回忆录，否则就不会有此书的诞生，因为"我母亲生活在一个人们不谈论自身成就的时代"（参见 Sugihara，1995：xi）。杉原裕树解释说："在我母亲所处的年代，人们还被教导要隐藏自身感情。"（xi）在回忆录的最后，杉原幸子如下描述了她的写作动机：

> 我想与全世界的人们分享这个故事，因为他所做的正是每个人都应该做的事。他们应该听从自己的良知，并勇于走上正确的道路。对于我和我丈夫来说，看见那么多人珍视千亩的行为，是我们最大的荣幸，虽然他自己认为这是理所应该的事。
>
> 今天，我们似乎生活在一个令人费解的时代。战争是痛苦的，人们应该从他人的经历中获得自我教育。今天，反犹主义依然存在于日本和其他地方。我相信大多数人都向往和平。但是，除非我们摆脱一切种族主义，否则就不会有和平。
>
> ……我们真的应该忘记我们的种族偏见。我们应该抛开歧视，为这个世界带去真正的和平。……
>
> 如果我的故事和个人经历可以帮助年轻人在个人层面上理解和平的迫切，那么我不介意分享我的个人感受。如果人们可以从我的故事中学到东西，我会乐于与他们分享，直至我活在这个世界的最后一天。

（142-143）

杉原幸子掷地有声的呼吁清楚地表明了她何以跨越儿子口中例如"不谈论自身成就"和"隐藏自身情感"的日本文化传统,以文字记录下她对科夫诺经历的回忆,这是因为她和丈夫将救助行为视为"理所应该"而非一项特殊成就。她也不介意表达自己的感受,因为她觉得有义务与读者(尤其是年轻一代)分享和平主义与反种族主义的基本态度。从字里行间可以看出,这部作品具有教育意义,教化他人是她记忆实践的中心要旨。

杉原幸子在回忆录第一章"逃脱的人"中以日记的形式讲述了发生在科夫诺的故事。1941 年 7 月 27 日上午,她和她的家人看到 100 至 200 名波兰难民站在领事馆(也为杉原一家的住所)前,他们中的一些人甚至试图翻越领事馆围栏,但被领事馆工作人员阻拦下来。杉原幸子以重复描绘求助者眼神的方式,回忆了与这些陷入困境的绝望难民的对峙:

> 我可以直接看到那些在领事馆前等候的人们的眼睛。我那天看到的景象令我终生难忘。我将永远记住他们的面孔和表情。这群人很惶恐。(3)
>
> ……
>
> 我可以看到眼睛布满血丝的人们绝望地寻求着帮助。……我仍无法忘记他们的眼睛。他们紧张而绝望。我对妇女和儿童尤其记忆犹新。每个人似乎都很害怕。他们凝视我们的窗户,表情也在奋力求救。……这是令人沮丧的景象,我们为每个人都感到难过。我们看到抱着孩子的犹太父母绝望的面孔,它们充满恐惧与期待。一个小男孩颤抖着。孩子们的眼睛里充满了饥饿和恐惧。一个小女孩坐在地上,疲惫不堪,惊恐不已。我对这一场面深感不安,也许因为我也有三个儿子,他们只有 5 岁、3 岁和 3 个月大。(5)

杉原幸子对当时场景的回忆性视角充满了强烈的同情心。对难民眼神和表情充满怜惜的描绘("眼睛布满血丝""绝望""惊恐不已"),以及对自身震惊和关切的表达("沮丧""不安"),显示出局势的高度紧张,将读者同时置于双方的处境之中,唤起读者的共情。杉原幸子在描绘惊慌失措的难民时,还附上了一张历史照片,上面写着"犹太难民在领事馆门前,1940 年 3 月"(3),该照片由杉原幸子的姐姐菊池节子(Kikuchi Setsuko)于现场拍摄。通过这种文本与图像的组合,杉原幸子提升了文字描述的效果,邀请读者设身处地地重温了这一极端危急的历史场面。

该段文字还表明,难民中妇女和儿童的命运唤起了已是三个孩子母亲的杉原幸子的极大同情。杉原幸子随后的记忆叙述被置于家庭环境中。她和她的姐姐一致同意杉原帮助难民。长子杉原裕树从母亲那里得知难民万分危急的处境后,向父亲提出了同样的要求:"父亲,请帮助他们,那些可怜的儿童需要你的帮助。"(7)次子杉原千秋(Sugihara Chiyaki)也在好奇父亲是否会帮助他们。对于家庭在丈夫决策过程中扮演的重要角色,杉原幸子写道:"那时我就知道千亩已经默默地做出了决定,因为他知道来自家人的劝说也发自肺腑。"(7)这一段家庭记忆道出了杉原实施救援行为的一个决定性因素:他和妻子想成为孩子们的榜样,并向下一代传递人道主义的价值观。与此相呼应,杉原幸子也在最后一章"重逢"中写道,她的儿子杉原信树(Sugihara Hiroki)作为家庭代表参加了 1985 年 11 月在以色列举行的杉原千亩追悼会。后来,杉原信树在一封信中向家人介绍了与杉原义举幸存者和活动组织者见面时的情景。信中写道:"我感觉永远握不完手,但是我真的不介意,因为当我看着他们的眼睛时,我感受到他们深深的感激之情。我对拥有如此出色的父母感到非常自豪和高兴。"(131)这封信证明了儿子对父母的认可,让夫妻二人感动落泪(参见 132),并表明他们人道主义理想的传承在杉原家族中得以实现。通过描绘家族成员之间的互动,该部回忆录在内容和形式上都起到了教育作用。它向年轻一代传达了人道主义的重要性。

在描述完科夫诺的家庭场景之后,该书第一章进一步描述了杉原邀请 5 位难民代表在领事馆进行对话的场景,其中包括后来成为以色列宗教事务部长的佐拉奇·瓦尔哈弗蒂希(Zorach Wahrhaftig),从而更详细地了解了他们的危急处境(参见《生命签证》第八、九章)。一方面,杉原夫妇清楚地意识到签发签证会给自己的家庭带来危险。杉原幸子写道:"日本于 1936 年 11 月签署了日德反共产国际条约。向犹太人签发签证可能会被视为对德国的敌对行为。如果千亩签发签证,我们甚至有可能被德国人处决。"(6)①另一方

---

① 莱文回忆说,尽管杉原的行为早在 1969 年就已得到以色列政府的认可,但由于以色列政府认为犹太人的处境不满足"足够威胁生命"的标准,因此未授予杉原"国际正义人士"的头衔(Levine,1996:6)。莱文继续写道:"1985 年,在他去世前不久,以色列犹太大屠杀纪念馆拥有了评定规则的主导权,并在没有改变尊崇奉献和冒险的原则情况下,授予他'国际正义人士'的称号。"(Levine,1996:6)

面,杉原幸子讲述道,即便如此,丈夫的个性依然会让他不顾危险地实施这次救助行为:"在千亩的一生中,他的善良和对同伴们福祉的关切是反复出现的主题。这种关切一直是他一生中做出所有抉择的决定性因素。"(8)杉原幸子援引她丈夫的过往经历——他曾经出于人道主义放弃努力工作而得到的"伪满洲国副外交大臣"职位,并以此表达他"对日本占领军虐待中国人的抗议"(8)。杉原幸子也承认,实施此次救援可能带来的后果使夫妻二人在救援第一晚陷入内心挣扎,难以入眠(参见 10)。杉原在得到来自东京的让其置之不理的指示后,因为担心家人们的安全,向妻子征求意见。杉原夫妇甚至曾想过一走了之,离开科夫诺,逃离这样的两难境地,让难民自生自灭(参见 17)。但是,这个想法立即被二人否决。杉原幸子描述了他们做出的最终决定:"包括菊池在内的每个人都同意,我们暂且将对自身的担忧置于一旁,而为大门外的人们着想。这令人担惊受怕。我们为我们的生活、我们的未来、千亩的工作和一切事情感到担忧。但是我们做好了去面对不确定的未来的准备。"(17)这段回忆清楚表明,杉原幸子不仅是这次事件的旁观者,还是行为主体和共同参与者。家庭的绝对支持坚定了杉原的计划。他在深思熟虑之后,向家人保证,他将在最坏的情况下牺牲自己,让家人免受纳粹的惩罚,并且如果被解雇,他也可以凭他的俄语技能找到一份新工作。因此他决定违反上级的指令,向每位申请人签发签证(17-18)。

杉原幸子的记忆叙事将其丈夫的救助行动扩展成为一段家族史,而此前有关该签证故事的记述几乎全部围绕杉原千亩这一个记忆人物而展开。《生命签证》表明,他的妻子和整个家庭都是他这一决定的幕后支持者,他们的无私奉献使得杉原的故事更为感人且富有教育意义。作为记忆人物,杉原作为个体的脆弱性和弱势地位,在涉及有关家庭的权衡中也表露无遗。正是这种将人物平凡化的描绘,才凸显了这一记忆人物及其家庭成员所作抉择的难度与价值。毕竟,这位在各类记忆媒介中通常被描绘和塑造为英雄的杉原千亩是一位外交官,他必须考虑自己的行为会对自身事业造成的影响,况且他还是一位自感有义务维护家庭成员安全的丈夫和父亲。这种为尊重弱者生命和尊严而无私献身的精神在彼时的历史背景中无疑是杰出的。因此,这段家族史在 1990 年日译本《生命签证》出版后,跨越了语言障碍,引起了国际社会的广泛关注。杉原幸子和杉原裕树在 1990—1995 年与多位国际名流会面,例如英国的菲利普·蒙巴顿(Philip Mountbatten,当时的菲利普亲王)和美

65

国前副总统沃尔特·蒙代尔(Walter Mondale);1990年,杉原幸子和杉原裕树赴纽约参加杉原去世后被追授的"拉乌·瓦伦贝格奖"(Raoul Wallenberg Award)的颁奖仪式;1995年1月,杉原幸子出席在洛杉矶宽容博物馆举行的《生命签证》展览开幕式。上述活动均为该记忆人物国际热度的佐证。

　　《生命签证》中对于杉原夜以继日地签发签证的描述,也发挥了特殊记忆效力。在回忆录第一章第一节"签发签证"中,杉原幸子描述了丈夫作为领事馆中唯一的外交人员,无论健康状况如何,每天早上8点至深夜都坚持签发签证,帮助尽可能多的难民。杉原幸子在回忆丈夫的工作强度时写道:"他夜以继日地工作了四个星期,一直签发签证。千亩希望每天签发数百张签证,这通常相当于整个领事馆一个多月的工作量。"(22)这一段描述解释了杉原是如何成为一个"大规模救助者"记忆人物的。[①]

　　1940年8月下旬,迫于苏联占领者的政治压力,杉原及其家人不得不关闭领事馆。他们将所有必要材料(包括领事印章)寄去柏林,在举家迁往柏林前,寄住在一家旅馆内。即使在旅馆,在没有领事印章而无法签发签证的情况下,杉原也继续向难民发放可替代签证的入境许可证,直至出发去火车站前的最后一分钟。这些证件亦帮助难民们成功逃亡。随后,杉原幸子描绘了如下场景:"他准备出行时说:'请原谅我,我不能再写了。祝你们一切顺利。'然后,他向面前的人们深深鞠了一躬。他们在我们眼前呆立着,所有的希望从他们的脸上消失了。"(27)深感歉意的杉原和绝望的难民面对面站着,标志着杉原所处的两难境地,也突出了许多难民的悲惨命运。接下来对于《生命签证》中火车站场景的描述构建了这一记忆人物媒介表征的一项中心记忆母题,即"竭尽所能地救人":

　　　　当我们的火车开走时,我们听到一个男人的声音在喊:"杉原,我们永远不会忘记你!我们会再见的。"将近30年后,我见到了喊出这句话的人。这个人就是约耶胡书亚·纳什里,后来他成了以色列外交部的外交官。

　　　　……千亩将许多空白签证扔出了窗外。后来我们听说这些签证也被用于逃亡了。人们哭着跑到我们的火车旁,直到消失在我们的视野中。……千亩瘫倒了,火车从车站驶出之后他便睡着了。我为那些留在

---

① 难民对杉原所做的不懈努力也深表感激,例如,"一名女子在收到签证后跪下来亲吻千亩的脚"(Sugihara,1995:23)。

车站没有签证的人们感到难过。我在余生里都不会忘记他们的眼睛。

杉原幸子笔下的车站场景营造了戏剧性和高度情绪化的效果。对难民奔跑、呐喊及其眼神的描绘展现了他们深深的绝望,呈现了战争对人们心理造成的灾难性影响。该题材随后被大山胜美(Katsumi Ohyama)导演的日语电影《生命签证》(1992)以视觉化的方式呈现,并在此前的历史小说《河豚鱼计划》中也出现过,但在细节上略有不同。《河豚鱼计划》基于亲历者的叙述,虚构化描述了杉原如何在前往火车站的途中、在火车站及火车车厢里签发签证(参见 Tokayer & Swartz,1979:80)。这一场景还在美国文献纪录片《签证和美德》中被再现。这部纪录片采用历史影像叠加演员表演的方式,演绎了杉原一家在科夫诺的救援故事,于 1998 年获得"奥斯卡最佳真人短片奖"。在纪录片的结尾,杉原站在挤满难民的火车车门前,给他们分发空白签证,并对他们说:"请原谅,我不能再写了。"(《签证和美德》,20:21—20:26)然后他鞠躬,继而又回头说:"我们不会忘记你们的。我们会再相见的。"(20:32—20:36)当杉原在火车上亲吻身边妻子的手时,许多难民脱下帽子,向他们的英雄道别。源自回忆录《生命签证》中车站场景的众多情节元素,例如道歉、分发空白签证和一位难民感激的呼喊等,均被运用于电影的再度媒介化中。电影显示出该记忆母题的重要性,并且电影的视觉性也增强和放大了其他的记忆效果。

记忆母题对记忆人物具有奠基性作用,因为对于杉原直至最后一刻都在试图帮助难民摆脱困境的描绘,体现了这位充满人性光辉的救助者的美德与坚强意志。这一场景容易让人联想到史蒂文·斯皮尔伯格(Steven Spielberg)导演的故事片《辛德勒的名单》(1993)中的最后一幕,奥斯卡·辛德勒号啕大哭,并对无法将更多人添加到他的名单中而感到难过。杉原和辛德勒的故事在许多方面具有共同点:两个人物都制定了一个名单,上面列有被救助者的名字;他们都感到自己与受害者的命运密切相关,并尽其最大的努力救助需要帮助的人;同时,他俩都深知自己将为此承担风险。

对杉原的媒介再现推动了杉原和辛德勒这两个故事的相互交流,从而使两者互为阐释,互为增益。茅尔在他的历史著作《日本为何没有迫害犹太人》中通过使用"日本辛德勒"和"杉原名单"等表达指出了杉原和辛德勒故事之间的相似之处。他解释说:"史蒂文·斯皮尔伯格的电影《辛德勒的名单》也提升了人们对于杉原的兴趣。"(Maul,2007:101)《生命签证》英译本针对深受好莱坞影响的西方读者群体,采取了将杉原的故事与富有影响力的大屠杀电影《辛德勒的名单》联系起来的记忆策略,从而增强了自身的记忆影响力。在所附的相册中,有一张杉原幸子和《辛德勒的名单》导演史蒂芬·斯皮尔伯格的合影照片。照片描述中写着"1995年1月,史蒂文·斯皮尔伯格在洛杉矶举行的宴会上对杉原夫人表达了敬意"(Sugihara,1995:156)。《生命签证》的扉页引用了一句塔木德教义:"拯救一个生命就等于拯救了整个世界。"而该句话也出现在了斯皮尔伯格的电影中,被刻在辛德勒从被拯救的犹太人那里获赠的用金牙打造的金戒指上。这段引文明确了该书的教育主题。因为杉原救助计划的影响力与辛德勒的义举一样,不仅在救助数量上令许多幸存者和他们的后裔受益[1],并且与上述犹太格言的伦理意义相符,体现了二战种族主义和反人类背景下难能可贵的人道主义和世界主义思想。

作为对于科夫诺火车站的呼喊"我们永远不会忘记你"的回应,杉原幸子在《生命签证》最后一章"重逢"中,讲述了心怀感恩的幸存者们与杉原家人的联络和重逢。在以色列犹太大屠杀纪念馆内印刻的铭文"要记住,永远不要忘记",使作为访客的杉原回想起那声呼喊,以及被救助者并未忘记他的事实(参见126)。对这一美好结局的描写也为书中杉原的生平故事画下了句号,表现了杉原救助行为经久不衰的鼓舞力,并包含了一条具有教育意义的信息,即以道德和人类尊严为导向的行为准则将历久弥新。

接下来,本章将审视这部回忆录对日本的"杉原千亩"记忆文化的塑造与传播功能:首先,在书中的犹太谚语与目录之间,还写着一句日本谚语:"即便是猎人也不能杀死飞去他处避难的鸟儿。"根据杉原幸子的说法,这句属于日本文化记忆的日本武士谚语,极大影响了来自武士家庭的杉原在科夫诺做出的决定(参见13)。[2] 以杉原的日本武士价值观作为主题,可能会吸引更大的日本读者群体对该记忆人物产生共情。

回忆录中还提到了战争结束后数十年间杉原被遗忘的原因:应杉原的要求,当时的难民称他为"杉原森本"(Sugihara Sempo),因为"森本"是日语中

---

[1] 杉原千亩救助计划中幸存者及其后代的数量约为4万名,相关照片都附在《生命签证》的相册中。

[2] 小说《河豚鱼计划》使用了同一句谚语来描述杉原的行为动机(Tokayer & Swartz,1979:43)。这种一致性表明,在科夫诺的亲历者很有可能已经了解到杉原的这一动机,并将其转述给了作者托克耶。

"千亩"的替代读法,对于欧洲人来说更容易发音。但是,"杉原森本"这一别名使幸存者很难通过官方渠道找到杉原。日本外务省也未在其档案中将其列为"杉原森本",而写的是"杉原千亩",加之官僚作风的盛行和合作意愿的缺乏,无法为找寻者提供帮助(参见 124)。书中对日本外务省的这一间接批评可能也推动了日本政府对于这位记忆人物的反思和重估。

杉原幸子的回忆录还解释了为何她的丈夫隐瞒其在科夫诺的行为长达28 年之久。根据她的陈述,杉原实施救助是出于内心的信念,而非为了名利。杉原幸子回忆说,杉原早年在哈尔滨时,就皈依了希腊东正教。(参见36)因此,对他而言,在科夫诺做抉择时,遵循博爱的信条要比服从上级的命令更为重要(参见《生命签证》第十九章)。此外,据说杉原曾任职的哈尔滨日语学校的校训"多为他人做事,少期望回报"(36)也对他的余生产生了影响。杉原幸子还提到,丈夫曾对她说:"我没有做什么值得别人谈论的特别的事情。我不过是做出了自己的决定,仅此而已。我只是遵循了自己的良心,并跟随了它而已。"(134)即使在杉原被免职后,谣言仍在他的前同事中流传,说其在签发签证时从犹太人那里获得了足够的钱财,足以维持他余生的生计,杉原对此保持着"隐忍和表面上的平静"(109)。

直到 1968 年,杉原出于对签证接收者命运的好奇,向以色列驻日本大使馆询问,并在那里留下了个人地址(参见 123-124)。时任以色列驻日大使馆经济专员的纳什里是 5 位科夫诺犹太代表之一,邀请杉原到大使馆重聚,并向他展示了自己的"杉原签证"。纳什里告知杉原,他的签证拯救了许多难民,这让这位前外交官感到十分高兴,因为他的付出和牺牲得到了回报。[①] 杉原并没有在该次会面上提及自己被免职的事情。[②]

杉原战后保持淡泊与平静的姿态成为该记忆人物的又一中心母题。美国歌手兼作曲家大卫·罗维斯(David Rovics)在 2011 年发行了吉他民谣作品《杉原》,这首作品基于幸存者后裔中传播的杉原故事,赞扬了杉原低调、不

---

① 杉原幸子对丈夫的幸福感描述如下:"重逢对千亩来说尤其重要,因为千亩多年来一直不知道他签署签证的决定是否真的挽救了生命。但是,如今他知道有很多幸存者,他无疑觉得自己所做的决定是值得的,不枉他所经历的所有艰辛。哪怕他只救了一条命,他仍然会觉得努力是值得的。"(Sugihara,1995:124)

② 杉原幸子认为,杉原去世后获得的所有荣誉都只会令她的丈夫感到尴尬,因为他一生都反对接受记者采访,宁愿籍籍无名(参见 Sugihara,1995:137)。

求回报的善良品格:"杉原先生没有从任何人那里寻求任何回报。当他去世时,报纸报道说他的邻居们都不知道他做过什么。但是今天多了4万个鲜活的生命。"①关于该记忆母题,莱文也写道:"他既没有以英雄自居,也没有表现出殉道者的形象,不像那些忙于书写传奇的人们所投射出的比生活本身更伟岸的形象。杉原的平凡或许就是这个故事的非凡之处。"(Levine,1996:284)

综上所述,《生命签证》为有关杉原的记忆文化增添了多种元素,包括他救助行动的数个母题、家庭角色及相关纪念活动,这些记忆元素在这一记忆人物的后续表征中,也被再次提及和解释。②《生命签证》通过刻画波兰犹太难民逃往上海途中面临的岌岌可危的境况,唤醒了这一特定群体的流亡记忆。在立陶宛居留期间,他们不仅要担心纳粹的迫害,还得指望苏联的"宽宥"。与经海路前往上海的讲德语的犹太难民相比,波兰犹太难民的逃生路线更加繁复和困难。需要注意的是,鉴于当时大多数国家/地区的签证政策和苏联的官僚作风,如果没有杉原的支持,他们前往远东地区几乎是不可能的。因此,杉原的救助行为至关重要。正如莱文所强调的,该记忆人物具有"善良的感染力"(282),针对杉原的多元媒介化记忆也因其教育和伦理意义,而以具有较强感染力的方式发挥其影响力。杉原裕树于1997年成立了"生命签证基金会",以继承并发扬父亲的精神。该记忆人物的多元媒介化表征如同该基金会的宗旨,可鼓励公众更多地关注他者和弱者的生命尊严,践行人道主义思想。

但是,回忆录中也并非没有历史性谬误。杉原幸子称,大多数杉原救助的幸存者从日本被送往上海,"在日本政府的保护下度过了余下的战争时期"(Sugihara,1995:29)。犹太难民在上海享有日本军国政权保护的这一误导性表述,无论是因为不了解真相还是故意为之,均须被批评指正。但正是这种掩饰,使这部作品更能"适应"当前日本避谈日本帝国主义二战罪行的社会主流记忆文化。

---

① 美国摇滚乐队野蛮乐队(Savatage)也于1994年在专辑《一把雨》中为杉原献上自己的歌曲《机会》,借此颂扬杉原的事迹。
② 另一个此类记忆元素的例子为,哈尔滨的国际化特征打开了"千亩的眼睛",使他去注视世界的多样性与令人振奋之处(Sugihara,1995:36)。杉原在那里与中国人和韩国人交朋友,并对其他文化有了深刻的了解(参见 Sugihara,1995:38)。莱文便在其著作中详细论述了杉原早年的国际化经历对其科夫诺义举的影响(Levine,1996)。

第四章　合屋叶：多元
媒介化表征中的"犹太国王"

　　要离开"上海隔都"去往工作地点的犹太难民，都必须提前前往"上海无国籍难民事务办公室"，向日本官员合屋叶申请通行证。申请成功与否都取决于合屋的个人决定。他视自己为他们命运的主人，自封"犹太国王"。发放通行证时，他经常轻蔑蛮横地对待难民。许多难民被他刁难后，依然拿不到通行证。这导致他们无法在隔都外继续从事先前的职业，从而陷入朝不保夕的贫困中。合屋也因其令人忌惮的专横而臭名昭著。

　　在关于犹太人流亡上海的文学和其他记忆文化中，合屋带给难民的创伤性暴力经历反复出现，并成为个人自传体记忆和集体记忆的主题。合屋在各种媒介体裁和不同文化背景中被多元媒介化地表征为记忆人物。合屋之所以能成为记忆人物，与作为时空体的"上海隔都"的空间和时间密切相关。合屋因其在"上海隔都"中的社会功能和残暴个性，成为隔都难民不得不忍受的日本侵略者暴力行径的象征。

　　本章将首先考察文学等不同的记忆媒介如何根据其媒介技术、符号系统和体裁特征的特定逻辑，并基于不同的社会文化语境构建了这一记忆人物，分析它们在多大程度上将前记忆文本中的媒介表征方式纳入自身的表征实践并进行改写。其次，本章将分析为何历史人物合屋叶尤其值得回忆和再现，并成为流亡记忆文化中的一个重要记忆人物。

合屋叶：亲历者记忆媒介中的表征

　　合屋叶首先出现在亲历者的记忆媒介中，尤其常见于照片、自传和漫画中。亲历者记忆媒介将合屋描绘为个人记忆的对象。他们勾勒出他的特点，为随后的媒介重构提供了情节素材和叙述结构。

71

据推测,图 4-1 受日本当局委托拍摄,展示了合屋坐在桌旁向一名犹太妇女发放通行证的情形,同时也展现了申请过程的运行有序。当合屋向该犹太妇女发放通行证时,其他难民似乎也怀着愉悦的心情在排队等候。但是,该图片仅捕捉了整个申请程序的某个片刻,从而给出了具有欺骗性的信息,容易让人误以为合屋对犹太难民来说很好打交道。根据延斯·鲁夏茨(Jens Ruchatz)的研究,有两种方式可以将照片图像与记忆相关联,即外化与痕迹。外化意味着"向后代有意图地且可能扭曲化地描绘现实"(Erll,2007:90),而痕迹则对应媒介的偶然性,即"它拥有一种不带摄影师意图并记录所有细节的倾向"(90)。因此,这张很大程度上被策划拍摄而成的照片使用了外化的方式,抹去了能反映真实情况的痕迹。显然,这是日本当局官方记忆文化的一部分。

图 4-1 合屋签发通行证(潘光,2005:50)

犹太难民的记忆媒介展现了关于合屋的痛苦的"反记忆"(counter-memory)。难民赫伯特·策尼克(Herbert Zernik)在其诗歌《一只猴子变作人》(*A Monkey Turns Human*)中将合屋隐喻式地刻画为猴子(转引自 Eber,2008:104-106):一只生活在动物园的猴子在很多方面(吃、喝、演奏音乐甚至智力)都受过良好的训练,但它随后逃离了笼子,乔装成人类,妄图向人类复仇。在这首诗中,合屋这一人物被隐喻式地降级为对人类充满敌意的猴子,这不光因为合屋身材矮小瘦弱,尖嘴猴腮,更因为他行为粗鲁,缺乏文化教养。亲历者策尼克的主观体验和直接印象通过其文学想象力被凝练化加工,进而被荒诞化呈现。这首诗的以下节选刻画了这只猴子是如何对人类施行暴政的:

他们称他为"先生",他统治如国王,

办公室里配备一张"尖叫桌",

统治臣民数他最能干。

但若有人

待他不敬,

他会翻着白眼,空中握拳,

大喊:"我要毙了你,你这个骗子。"

……

假装精通音乐,

他仿似艺术评论家,

拨弄小提琴,

谄媚者吹捧其琴声令人沉醉。

他狂妄自大,

发明了粉红色和蓝色的"勋章",

供人们穿戴。

对于所提出的愚蠢问题,他要一个答案。

人们站立数小时等他,

他一冲动就又将他们遣散。(105)

　　这首诗描绘了广泛传播的有关合屋的文化情节,这些情节还可以在亲历者、历史作品和小说等其他记忆媒介中找到。这首诗中的"尖叫桌"展现了难民与合屋的冲突,他以死亡威胁他们。亲历者海皮内尔回忆起合屋的暴力行为时说道:"当他暴怒时,就跳到办公桌上,一巴掌扇到毫无防备的申请者的脸上。"(Heppner,1993:198)基于亲历者媒介对于合屋的这一刻画,小说《上海,远在何方》也对该记忆人物进行了类似的描述:"任何在申请中犯错的申请者都会被拳打脚踢,或被扇耳光。"(Krechel,2009:298-299)

　　作为一个极其矮小的人,合屋尤其反感身材高大的欧洲犹太人。他的办公桌被当作弥补自己身高劣势和对难民实行恐怖统治的工具。陶西奇在自传《上海通道——移民到隔都》中的相关描写也证实了合屋对高个子犹太人的厌恶:"这位将军个头矮小,憎恨高个子,尤其是高个子男人。……碰到一个高个子男人,他便会闪电般地用小但如钢铁般坚硬的拳头击打男人的下颚。高个子男人自然会抽搐起来,咬到自己的舌头,或是失去几颗牙齿。"(Tausig,2007:114)

　　"闪电般"和"钢铁般坚硬"等形容词生动地展现了合屋在面对更为高大的欧洲犹太人时的危险性与凶残性。陶西奇由此强调了合屋给难民带来的痛苦。亲历者西马尔·西蒙(Siemar Simon)在琼·格罗斯曼(Joan Grossman)和保尔·罗斯迪(Paul Rosdy)导演的纪录片《最后的泊湾》(1998)中接受采访,采访中提到了他的父亲,一个高大的犹太人,也遭到了合屋的肆意殴打。海皮内尔在其自传《上海流亡:一本关于二战犹太隔都的回忆录》中试图解释这种现象:"合屋是极其矮小的男人,当与高大的外国人打交道时,他显然深感自卑。"(Heppner,1993:198)这一情节也在法国作家卡恩的小说《上海犹太城》中被再现:"这个侏儒用德语咆哮。他挥手就给对方一记重勾拳。"(Kahn,1999:298-299)

　　下面这两幅由犹太难民弗里茨·梅尔希奥(Fritz Melchoir)创作的漫画(图4-2、图4-3)仿若在图解策尼克的诗歌。它展现了合屋如何向申请人提出愚蠢的问题,然后无缘无故地突然将他们遣散,即使他们已经排队数小时。

图4-2　讽刺漫画《怎么做都是错》
（转引自 Eber,2008:20）

图4-3　讽刺漫画《不可以》
（转引自 Eber,2008:21）

在这两幅讽刺漫画中,可以看出合屋在签发通行证时毫无标准。申请能否成功完全取决于他的心情。图 4-3 中,合屋要求一名殡葬人员出示他的顾客清单,这印证了亲历者们时常提出的一项控告,就像策尼克在他的诗中写的那样:"对于所提出的愚蠢问题,他要一个答案。"(转引自 Eber,2008:105)合屋决策的任意性和荒谬性使得提交合规的申请几乎是不可能的。一旦申请失败就意味着贫困与饥饿,因为没有通行证,就无法离开隔都去工作。

合屋的故事在历经高潮后终于迎来了转折和结局。1944 年末,在上海阿什肯纳兹合作救济会官员的施压下,合屋被罢免。他的继任者向被合屋扣押了通行证的难民们发放了通行证,并延长了通行证的有效期(参见Kranzler,1988:564)。对于美国历史学家克兰茨勒来说,这一转折标志着"上海隔都"终结的开端(564)。合屋的故事以他在被撤销的隔都中的最后一次露面而告终。① 格尔特·弗里德里希(Gert Friedrich)的私人照片展现了战败的"犹太国王"合屋在隔都撤销后返回该地时的情景(图 4-4)。

图 4-4　纪录片《最后的泊湾》中,弗里德
里希拍摄的照片:合屋返回撤销隔都后的上海

在这张照片中,狼狈的合屋正在敬礼,一名年轻的犹太难民站在其身边并嘲笑他,而背后的一名中国邻居则以局外人的身份旁观这一切。亲历者海皮内尔在自传《上海流亡:一本关于二战犹太隔都的回忆录》中写道,隔都撤

① 1945 年 8 月 22 日,日本战败,通行证制度被取消。"上海隔都"于 1945 年 9 月 3 日正式撤销(参见 Kranzler,1988:566)。

销后不久,他与摄影师弗里德里希一起在原隔都区域旅行,看到了一名被愤怒的人群包围的日本男子(Heppner,1993)。他详细回忆了如下场景:

> 这是合屋。他衣衫褴褛。我们走上前去,看到"犹太国王"正在敬礼,并向人群鞠躬,还一再说着:"对不起,对不起。"他如此愚蠢,竟然返回隔都,表现得像大家的"好朋友"。他身边站了一群年轻人,他们觉得这一行为令人愤怒,于是打了他一顿。但他们没有把他打死,这充分说明了这些年轻人是受过教育的。他之所以幸免于难,是因为犹太人对他人的生命给予特别的尊重。这是我们最后一次见到合屋。(222)

海皮内尔的第一人称叙述传达了较多在摄影图片中缺失的信息。他记录了合屋的言行,从而给出了此人衣衫不整向众人敬礼的原因。"他如此愚蠢"指出了合屋返回隔都这一行为的不妥之处,合屋显然没有意识到自己已经丧失了权力,隔都居民对他的敌意完全是他咎由自取。然而,合屋的故事却如一出喜剧般结束:犹太难民殴打合屋,对其进行了报复,而这位昔日的施暴者最终却保住了性命。突发的权力更迭和合屋不合时宜的举动本容易导致一场血腥的复仇行动,叙述者作为该场景的亲历者,解释了合屋最终没有被愤怒的犹太青年杀死的原因,并借此歌颂了自身族裔的人道主义精神。犹太人尊重他者哪怕是敌人的生命权,这一价值观被演示为犹太集体记忆和文化身份认同的组成部分。

合屋叶:在史学著作和小说中的再度媒介化与预置媒介化

老照片、自传和漫画构成了"一手记忆素材"。这些记忆素材随后被来自各种不同社会文化背景的历史学家和作家遴选和评估,他们运用修辞手段对素材加以塑形并赋予叙事结构。接下来的研究焦点在于史学著作和小说如何在再度媒介化和预置媒介化的动态化过程中重构了历史人物合屋叶。

在克兰茨勒的史学作品《日本人、纳粹和犹太人》中,历史资料和目击者报告都被融合到对合屋的史学表征中(Kranzler,1988:496-500)。历史学家阮玛霞的做法有所不同。她以简洁的史学语言如下刻画了合屋:"乐于大吼大叫着恫吓护照申请人,……通过屡次拒绝他们的要求,从而让他们一遍遍感受他的行为带来的羞辱。他的情绪或反应难以捉摸,这使得申请过程更加

令人恐惧。"(Ristaino,2001:199)

　　阮玛霞用简明的表达总结了亲历者记忆媒介中关于合屋的表征,向读者展现了合屋以威胁和侮辱他人为消遣且行为难以预判的人物形象,阐明了合屋与难民之间的紧张关系。该浓缩化的历史学表征中同时也留有空白,可用其他文档、图像资料和目击者报告进一步补充。

　　针对合屋的文学描述则与史学记忆相反,具有较强的美学表现力和想象力。例如,贝拉在小说《魔咒钢琴》中呼应了漫画《怎么做都是错》中的情节,对合屋进行了文学想象式的改写,并将其命名为合谷。

　　　　亚当进去的时候,合谷正在用蹩脚的英语训斥一个犹太人:"你的英语太差了,出去怎么工作? 下一个!"

　　　　被拒绝的犹太人是个高大的波兰人,他将半个身子探过办公桌,不服气地问:"你怎么知道我的英语很差? 你的英语比我还差!"

　　　　矮小的合谷突然跳到办公桌上,大声地呵斥:"放肆! 我说你差你就差! 你们没有国家,这里就是你的国家,我就是你的国王! 国王!"

　　　　……

　　　　下一个申请人生怕自己的英语不流利,特意说得很快。

　　　　合谷翻了翻眼皮:"您的英语太流利了,完全可以到美国和英国工作了,可惜,我不负责发放英国和美国的通行证。出去! 下一个!"

　　　　"你……在调侃人?"那个长着一只巨大鼻子的犹太人气愤地说。

　　　　合谷得意地奸笑一声,用日语说:"你们犹太人八嘎牙路地统统大鼻子,不就是因为空气不要钱吗?"说着,朝那人挥了挥手,示意他离开。

　　　　(贝拉,2007:138-139)

　　人物对峙的场景制造了十足的张力和戏剧化效果。不同于漫画《怎么做都是错》中仅展现了合屋的话语,在跨媒体的再度媒介化过程中,小说虚构了暴虐的合屋和犹太申请者之间的对话和争吵,同时刻画了合屋怪诞的行为,直观地描述了其动作和面部表情,凸显了他的残暴。桌子成了戏剧道具,合屋与申请人之间发生的冲突如舞台剧般被演绎。该场景生动地展现了日本侵略者在隔都对手无寸铁的难民所施加的暴力。

　　而小说中合屋的言论"你们没有国家"不仅指涉犹太人被纳粹赶出欧洲的经历,还影射了犹太民族两千多年的流散史。小说将犹太难民在"上海隔都"身处的困境置于犹太人流散历史的大背景中。犹太人四处漂泊和难逃迫害的命运继续在合屋残酷"统治"下的"上海隔都"上演。小说以此触及了"犹太人流亡上海"记忆文化的一个中心母题，即上海的犹太难民为纳粹和日本法西斯主义的双重受害者。

小说中合屋的言论"你们犹太人八嘎牙路地统统大鼻子，不就是因为空气不要钱吗"代表了一种当代反犹主义观念。"犹太人的商业才干和诡计多端"(Benz,1991:340)这一广为流传的刻板印象在合屋挖苦式的反犹腔调中被嘲讽。以难民外形中的"大鼻子"为主题，不仅触及了亚洲人对于西方人的刻板印象，而且也唤起了反犹文化记忆。德国学者莫娜·科特(Mona Körte)指出，"大鼻子"作为一种逾千年来评论犹太人的诽谤式的说法，"早在莎士比亚以前就开始了，最初烙印在中世纪基督教艺术中"(Körte,2008:88)。"令人遗憾的是，在19世纪和20世纪的反犹漫画中，对巨大而畸形的鼻子的刻画达到了顶峰。"(88)[1]贝拉的虚构性叙事通过激活反犹主义的陈词滥调，凸显了合屋的残忍和人性的缺失，描绘了犹太难民受到种族歧视的悲惨处境。

在小说《上海犹太城》中，合屋咒骂一名犹太女子安娜为"荡妇和妓女"(Kahn,1999:311-312)，但最终还是给她签发了通行证；而犹太男主人公瓦尔特·诺伊曼并未在合屋处受到刁难，并且获得了外出许可。[2]而在贝拉的《魔咒钢琴》中，合屋对难民百般刁难，且压根不给几位申请人发放通行证，被表征为更为无情和恶毒的人物形象。贝拉在小说中对合屋的再度媒介化，受到了中国文学关于二战的书写惯例的预置媒介化。二战期间，约1800万名中国人被日本侵略者杀害。日军的战争罪行深嵌在中国人的集体战争记忆中。在中国战争记忆媒介中不断涌现的对日军暴行的媒介表征，使得残忍的日本士兵和军官成为中国二战记忆文化中的典型形象。在许多中国二战小说中，日本士兵被称为"日本鬼子"。中国人民对日军的抵抗在战争叙事中，被类比为人类与魔鬼之间的斗争。这些在中国语境中的历史图像和书写惯例作为文化范式，在贝拉小说对合屋的表征中起到了倾向性的预置媒介化作用。而在梅尔希奥的讽刺漫画《独裁者的演奏》(*The Dictator Plays*)(图4-5)中，其

---

① 有关19世纪犹太人的视觉表征研究，参见 Haibl(2000)。
② 此处的再度媒介化演绎或基于克兰茨勒史学著作《日本人、纳粹和犹太人》中的相关描绘：合屋经常辱骂犹太申请者为骗子或流氓，但仍向不知所措的犹太人发放通行证，这些通行证允许犹太人进入隔都以外的城区(参见 Kranzler,1988:499)。

视觉表征中的记忆母题"音乐家合屋"也在文学中的合屋再度媒介化中得以表达。

The Dictator Plays

If you don't beat proper rhythm, Professor, I'll kill you, you dirty swine.

图 4-5 讽刺漫画《独裁者的演奏》(转引自 Eber, 2008:20)

这幅讽刺漫画展现了热爱西方古典音乐的合屋如何与一位犹太音乐教授共同创作音乐,却又用"我会杀了你"和"你这头肮脏的猪"等字眼来威胁和侮辱演奏伙伴。该漫画一方面将隔都"犹太国王"合屋的残暴专政纳入流亡的集体记忆中,另一方面描绘了合屋人格的矛盾性。西方古典音乐体现美与善,并且其演奏者和听众通常被认为是受过良好教育的人,但会拉小提琴的合屋的威胁性手势却展现出他性格中野蛮和暴力的一面。"音乐家合屋"的母题也在小说《上海,远在何方》中出现,全知叙述者如下讲述了合屋参加音乐会的情景:

后来,合屋先生又出现在一个在流亡者社区举办的音乐会上,惊奇地注视着一个女小提琴手和一个男中提琴手,好像他们是来自另外一个世界的人,跟站在办事处门前的申请者有天壤之别,尽管一些音乐人也是申请者。而当他们来到他的办公室时,他就再也认不出来他们了。有一些流亡者,他们信誓旦旦地说,合屋在听音乐(勃拉姆斯,没错,肯定是勃拉姆斯的,C 小调第一弦乐四重奏)时,眼眶里噙着泪水。而且在演出结束时,他热烈地为演奏者鼓掌致意。别的人会认为这个故事无非是美好的虚构而已。(克莱谢尔,2013:206)

合屋既热爱西方古典音乐又刁难和侮辱犹太难民音乐家的反差表现,令难民在勃拉姆斯的弦乐四重奏是否会令合屋感动落泪的看法上产生了分歧。在合屋身上,对音乐的热爱并未伴随着对音乐演奏者的尊重。合屋"热烈地为演奏者鼓掌致意"与他在音乐会结束后在办公室里对音乐家的刁难形成鲜明对比,提升了荒诞的戏剧性效果。小说通过刻画合屋对待西方古典音乐及音乐家的分裂态度,展现了其捉摸不透的性格特点。这使他作为一个专横的施暴者在读者看来更具威胁性,并凸显了其受害者的悲惨命运。

合屋叶:一位记忆人物的可记忆性和可表征性

作为"上海隔都"的一名中心式记忆人物,合屋叶首先在同时代亲历者的记忆媒介中被"圣像化"(ikonisieren),进而跨越国界与文化边界在其他媒介类型中被表征和改写。瑞格尼对"文化记忆的稀缺原则"进行了如下思考:"记忆趋向集中于有限数量的记忆人物身上,然后不断进行意义的再次赋予。"(Rigney,2010:224)而合屋作为流亡的文学记忆文化中具有稀缺性的"圣像"(Ikone),反复被追忆、建构和再度媒介化。

被圣像化的合屋寓意了日军在"上海隔都"对犹太难民的残暴,同时,合屋较高的可表征性是由于这一历史人物怪诞的性格特征和人道主义的缺失。记忆媒介中对于合屋古怪行为的聚焦性描写也令犹太亲历者的情感得以表达。在罗马记忆术中,情感被描述为记忆最重要的支柱:"当我们在日常生活中看到渺小、平凡而平庸的事物时,我们通常记不住。但卑劣、无耻、怪异、庞大、难以置信或荒谬的事物将在我们的记忆中停留很长时间。"(转引自Assmann,2010:222)同时代亲历者对合屋残暴行为的自传体记忆明显受到强烈情感的影响。受害者的情感动能体现在对这一记忆人物的回顾中。作为一种心理刺激,情感能激发个人记忆实践的记忆效力。这种非同寻常的激烈表达激起了历史学家和作家的进一步关注,从而在历史学和小说媒介中引发了对合屋的集体记忆。

合屋极强的可记忆性同时在于他捉摸不透和自相矛盾的行为方式。合屋的同事小仓也同时负责"上海隔都"的事务。小仓不如合屋那么善变,但却更加暴虐。不幸遇上小仓的申请人可能会因为稍稍违反规定,就被暴揍一顿,关入虱虫肆虐的监狱,大多数人在那里因感染伤寒而死(参见 Kranzler,1988:497-500)。然而,合屋并没有杀死任何人或将任何人关押进危及性命的监狱。合屋有时还比较友善,譬如在面对孩子和老师时。他若心情不错,也乐意签发通行证。外表不起眼的申请人与他打交道尤其容易(参见 Tausig,2007:114)。就残酷与暴虐而言,合屋无法与小仓比拟,但正是合屋难以捉摸的性格特征使他成为一个记忆人物。

　　在许多方面,合屋的行为都像喜剧中的小丑(例如他选择返回撤销隔都后的上海)。一位在隔都见识过合屋所作所为的精神科医生如此描述了他矛盾的性格:"他希望自己在被人畏惧的同时又能够受人欢迎。他会一边和孩子们一起玩耍,同时又用自相矛盾的命令、一时之情绪和异想天开的方法来对这群人施以暴政。"(Kranzler,1988:298)小说《上海,远在何方》中的全知叙述者描绘并分析了他的"戏剧化"个性:"他需要观众,他就是一出戏里一个表现残酷的演员,而那些同台演出的演员不懂得也不应该了解他的表演艺术。他们都是些毫无色彩的配角,只配受人蔑视,遭遇毁灭的命运。"(克莱谢尔,2013:205-206)历史人物合屋令其他"演员"无法预判和无从辨识的表演性在关于流亡的"二手记忆媒介"史学著作和小说中以各种方式被展开、解释和改写。正是这样一位不寻常、可笑和无耻的人物激发时代亲历者、历史学家和小说家将其从众多跟流亡相关的人物中找寻出来,并通过多元媒介化表征和再度媒介化被构建为流亡的文学记忆文化中的记忆人物。

第五章　人力车夫:多元媒介
再现中无所不在的超级符号

薇薇安·珍妮特·卡普兰是一名欧洲犹太难民的女儿,出生于二战期间的上海。她根据母亲的口头讲述,以母亲的经历为原型,创作了英文传记作品《十个绿瓶子——一个家庭从战时奥地利前往上海隔都旅途的真实故事》。在该传记中,卡普兰的母亲作为第一人称叙述者出现。卡普兰讲述了她的母亲,一名来自维也纳的犹太流亡者,如何将上海的人力车夫感知为一个"文明未开化国度"的化身:"苦力们头上戴着独特的锥形草帽,拉着奇怪的两轮车,里面坐着人。当我看到那些在街道上奔跑的苦力的肌肉绷紧起来的时候,我震惊了,人类在这里竟被当作牲畜。"(Kaplan,2006:129)此处将人力车夫情感化地隐喻为被帝国主义列强侵占并划定"租界"的旧上海的非人的"驮畜",将人力车夫阐释为沦为半殖民地的旧中国"原始""蒙昧""堕落"的象征,这代表了犹太流亡者对于流亡地的一种欧洲视角。它也道出了一个欧洲人对于被迫流亡到上海的强烈厌恶感,并符合这样一个历史事实:德国、奥地利、波兰和其他东欧国家约 3 万名犹太难民中的大多数人视上海为"最后的避难地"(潘光,2015:1)。由于纳粹德国的迫害,他们被迫避难于这座在他们眼中处于"世界边缘"的远东大都市。

2006 年 4 月 26 日和 4 月 27 日,"上海人力车重聚"(Shanghai Rickshaw Reunion)活动在上海犹太研究中心举行。当年的流亡者和他们的第二代、第三代儿孙辈共计一百多人,重访或首次到访上海。此前,该活动曾于 2002 年 4 月 19 日至 22 日在旧金山举行。深究该活动的名称,一方面,人力车转喻式地指代流亡地上海;另一方面,这一指称也体现了时代见证者对人力车夫的深刻印象,以及与该类人物形象之间的紧密纽带。

作为旧上海一种随处可见的交通工具,人力车夫也出现在众多犹太难民的记忆媒介体裁中,例如历史照片、传记、绘画和木版画作品。在上述文学和视觉化的记忆媒介中,人力车夫通常与两轮人力车,时常也与坐在人力车上的客人一起被展现。他们尤其常见于上述媒介对于旧上海街景的描绘中。

人力车夫被程式化地编码为一个无所不在的代表旧上海和旧中国的记忆形象。该记忆人物给城市景观打上了自己的烙印，犹太难民在感知这一记忆人物时表达出他们的生活感受，并体现出其所代表的欧洲价值观和思维模式。一种圣像式的人力车夫记忆文化应运而生，并有着非凡的符号学象征意义。

本章运用罗兰德·波斯纳(Roland Posner)提出的三维文化符号学模型和埃尔的记忆媒介概念，讨论上海犹太难民记忆媒介中人力车夫被圣像化的文学和多元媒介记忆文化。波斯纳认为，如果将文化视为一种符号体系，则必须对社会文化、物质文化和精神文化加以区分：社会文化指一个社会中的符号使用者和机构，物质文化由一个文明中的人工制品组成，精神文化则由一个社会的精神产物构成(参见 Posner,2008:49-53)。根据埃尔的观点，对集体记忆媒介概念的文化学研究含有以下分析范畴：1)在媒体概念的物质层面存在以下三个要素：将记忆相关信息外化的可符号化的交流工具、用于传播和传承记忆内容的媒介技术，以及作为具体记忆媒介产物及其形式化构建的文化客体化；2)只有在社会和机构层面上，对生产和接收环节进行功能化，才能使一种媒介现象过渡成为记忆媒介(参见 Erll,2004:14-18)。将波斯纳和埃尔的理论相结合，本章旨在揭示犹太难民记忆媒介中的人力车夫圣像式记忆文化如何在物质层面上被不同的媒介类型技术和大量记忆媒介产品所呈现，在社会层面上被作为符号生产者和阐释者的犹太难民所塑造，在精神层面上与符号使用者受文化决定的观念、价值观和思维模式及他们对符号的传统用法相关联。对于波斯纳而言，每一种思维模式都可以理解为符号的总合，而精神文化无非是符号惯例的一种体系，它调控着符号使用者产出物的功能和含义(Posner,2008:53)。

如果我们将人力车夫的记忆媒介表征视为一种文化符号学过程，则以下问题尤为值得关注：1)哪些跟难民思维模式相关的对流亡地的感知和流亡经历在他们的人力车夫记忆文化中被编码？ 2)哪些带有文化特殊性并承载着价值观的意象和象征信息在这一被圣像化的他者文化记忆符号中被传达？ 3)该符号的符号学内涵及其功能化与上海犹太难民的多样化生活状况及他们的文化和政治身份之间，存在怎样的关联性？ 这样的符号化过程是否帮助他们缓解在上海流亡时的心理压力？ 在对该记忆的各类圣像化文学和视觉刻画的样本研究中，本章在对这三个维度进行单独分析的同时，亦将始终关注它们彼此间的紧密关联，还将考虑到各类记忆媒介的特有形式、物质性、技术性能和符号化能力。

人力车夫作为"蒙昧"与"非人道"的象征及上海劳动人口的代表

在旧上海，人力车是一种被广泛使用的交通工具，[①]大多数人力车夫为出身贫农家庭的农民工。他们通常穿着破旧的衣服，打赤脚或穿着凉鞋，拉着人力车穿行于城市中。彼时的上海虽然已有公共汽车和有轨电车，但如果人们搭乘这些公共交通工具，在"公共租界""法租界"与其他辖区的交界处会碰到持续的交通拥堵和多次换乘的情况，因为每个区域均有各自不同的交通系统。相比之下，人力车以其灵活的路线规划、畅通无阻的乘坐体验和低廉的价格提供了一种更具吸引力的出行选择。尽管每个月只能赚几美元，但成千上万的人力车夫将他们的职业视为在大都市立足并养活整个家庭的一种方式。

尽管两轮人力车在当时的中国人的日常生活中早已司空见惯，但对于犹太难民和外来移民来说，却是一种新奇甚至是稀奇的事物。人力车夫不仅被卡普兰的母亲，也被德国犹太流亡者艾斯费尔德感知和构建为东方"原始""非人道"和异国情调的象征。他在自传《流亡中国——我在上海和南京的岁月》中如下描述了乘坐人力车的经历："当我们第一次来到上海，被一个人类同胞拉着在大街上跑时，我们和此前其他人一样感到勉强。"（Eisfelder，2003：64）集体化称谓"我们"和"此前其他人"的使用，表明了犹太难民群体对于人力车普遍持有的排斥态度。这或许是因为如此艰苦而繁重的体力劳动对于来自当时日益机械化和电气化的欧洲社会的人们来说，意味着文明和历史的倒退乃至对人类尊严的侵犯。作者本人及其朋友的众多摄影作品出现在艾斯费尔德的自传中，其中包括一张人力车夫照片（图 5-1）。在这张照片中，艾斯费尔德以仰视的视角拍摄了一位置身于高耸的公园饭店背景前的人力车夫。这张被精心构图过的照片，将前现代和现代这两个相对的符号并置到一起。在纵向轴上，手握人力车木把手的人力车夫与由混凝土和玻璃构成的高层酒店形成鲜明对比。这两幅非同时代的、看似无法共存的景象，使这

---

① 在当时，拉人力车是日常生活中的一种普遍现象，不仅在上海，在中国许多其他城市也是如此。

位衣衫褴褛的人力车夫显得尤为渺小与脆弱,给人们带来了强大的视觉冲击,易让人将其视为落后和过时的体现。英语中的 coolie 或德语中的 Kuli 不仅在此处得以呈现,也在许多时代见证人的叙述中出现过。从词源上讲,这两个单词均源自中文的"苦力",显示在难民眼中,这一类人物必须像廉价劳动力一样辛苦工作,且可能被客户们以不人道的方式剥削和压榨。

图 5-1　公园饭店门前的人力车夫,约摄于 1939 年(Eisfelder,2003:64)

　　艾斯费尔德同时也对该记忆人物表示同情:"但是,我们很快意识到生活中的一些悲惨事实,其中之一就是连人力车苦力也渴望工作并且为谋生而焦虑。……这不是凭宁愿步行的人们向苦力扔几枚硬币的善心就能解决的。他们作为一个有自尊的人群,会因为这样的举动而感到被侮辱,由于被施舍而'颜面'尽失。……这些人也像从事其他工作的任何人一样,将自己视为'职业'阶层的一部分。"(64)艾斯费尔德设身处地感受这些底层工作者的经济状况、思想和情感世界,并在后来通过乘坐人力车,帮助其增加收入。他的这一敏感性,以及对包括人力车夫在内的所有劳动者的尊重,或许基于他及其家人的类似处境。他们同被纳粹剥夺了财产的许多其他犹太难民①一样,不得不在上海从事艰苦的工作,为生计而奋斗。他的父母最初在"公共租界"经营着一家"路易咖啡馆",在被迫迁入隔都后也不得不放弃了生意。后来他们在隔都历经了千辛万苦,最终重建了同名的咖啡馆。艾斯费尔德在上海完成学业后,为

----

① 　每个犹太难民在离开纳粹德国时,只允许随身携带 10 个德国马克。

了养家糊口,开始在一家瑞士进出口公司担任办公室文员。这种与人力车夫相似的命运,解释了该记忆形象在难民中具有较高辨识度的原因。

维也纳心理学家阿道夫·J. 斯托弗(Adolf J. Storfer)没有像艾斯费尔德那样强调人力车的非人道性,而是在他出版的面向知识分子群体的上海德语流亡杂志《黄报》(„Gelbe Post")[①]1939 年 5 月 1 日的创刊号上,发表了一篇名为《1 脚=10 美分》(„1 Fußtritt=10 Cents")的署名文章,讽刺了西方客人在讨价还价过程中非人道地对待人力车夫的这一现象:"有一个全国通用的潜规则:如果你乘坐人力车走了一英里,付给苦力的钱不要超过 10 美分;如果他坚称要按资费标准收取 20 美分,那就踢他一脚。这样,事情就轻松地解决了,反正苦力早已习惯了接受'1 脚=10 美分'的货币换算。"(Storfer, 2000:2)

斯托弗认为此类身体暴力由"人道主义疏忽"或"西方优越感"所致,并批判道:"这样无赖般的施暴,是毫无思想的,且被注入了充满种族狂热思想的白种船夫的固执与傲慢,以及狭隘的市侩之徒可悲的吝啬。"(2)他认为此类身体暴力是针对中国人力车夫的种族主义行径,他们被吝啬而傲慢的欧洲人视为"原始野蛮人"或"半野蛮人"。斯托弗谴责这种态度,并认为这是对中国思想财富的无知表现:"关于中国人,我们更应指出,他们思想的丰富和深邃是我们根本无法企及的。"(2)他以此来激发欧洲人思考应如何对待处于弱势的他者,以及反思他们对于浩瀚中国文化的无知。[②]

---

① 德语流亡刊物《黄报》首先以杂志的形式,在 1939 年 5 月 1 日至 11 月 1 日出版了 7 册,由弗洛伊德的学生阿道夫·J. 斯托弗出版。他在 1925 年至 1932 年担任国际精神分析出版社社长,为弗洛伊德著作集的共同出版人。1939 年 11 月起,斯托弗将《黄报》改版为报纸,最初是周报,随后半周出版一次,最后变成日报。直到 1940 年 8 月下旬,出于健康原因,他不得不放弃《黄报》的主编和其他社会职务。《黄报》是当时上海最具知识含量的流亡杂志,内容涉及中日文化、心理分析、语言学,以及犹太难民和上海底层人民的日常生存斗争。德国图里亚＋康德出版社(Verlag Turia＋Kant)于 2000 年合集出版了 1939 年出版的 7 册插图版《黄报》杂志。

② 出于对当地文化的认可和兴趣,《黄报》刊载了几篇有关中国文化和社会的文章,内容涉及中国语言、书法、文学、艺术、宗教、电影和妇女运动等领域。此外,关于东西方文化交流的主题也在诸如《东方和西方:一组对立面?》(„Ost und West. Ein Gegensatz?")(Storfer,2000:80)、《歌德作品中的中国主题》(„Chinesischesbei Goethe")(98)和《如何翻译中文抒情诗》(„Wie chinesische Lyrikübersetztwird")(103)等文章中被探讨。因此,《黄报》为中欧之间的跨文化理解做出了重要贡献。

在 1939 年 7 月 1 日刊载于《黄报》第 5 期上的系列照片《在街上吃早餐的人力车夫》("Rikschakulifrühstückt auf der Straße")中（图 5-2），斯托弗用特写镜头记录了人力车夫作为个体的朴素的日常生活。这些照片展示了他们如何在街边小摊或站或蹲地吃早餐。对于高度重视餐桌礼仪的欧洲犹太难民而言，这似乎不太"文明"。尽管如此，斯托弗仍努力缩小上海的德裔犹太读者与这一无处不在却时常轮廓模糊的记忆人物之间的距离。人力车夫对镜头的凝视，不仅缩小了和读者的距离，还让读者更容易意识到他们不只是没有个性的、被工具化了的体力劳动者，更是人类主体。他们繁重的体力劳动与粗茶淡饭一起形成了更为强大的视觉冲击，该系列照片可唤起对于该记忆形象更多的同情与怜悯。

Rikschakuli frühstückt auf der Strasse

Die Aufnahme rechts oben ist von F. L. Friede, die drei anderen vom Rembrandt-Studio

图 5-2　系列照片《在街上吃早餐的人力车夫》(Storfer, 2000:101)

港口苦力的号子声作为中国苦力（包括人力车夫、港口搬运工和其他工种工人等）苦难和伤痛的症候与体现，被斯托弗在《黄报》第 1 期的另一篇文章《脱帽致敬苦力》("Hut ab vor dem Kuli")中描绘如下："上海港口苦力搬

运重物时喊出的号子声,还没有传到文明世界里那些富有同情心、好奇心的人们的耳朵里。"(Storfer,2000:101)

他呼吁西方社会不应忘记,在当时的中国,无论是"总点头示好的中国人""一个头脑灵活的中国磨刀工人",还是"一个富裕的鸦片商人""那些深入钻研历史悠久的经典作品的学者",都不能被视为"中华民族的代表",而这些"如机器人般劳作却又挣扎在贫苦线上的人,才是中国城市人口的真正代表"。斯托弗在该文中指出:"苦力象征了中国城市的劳动人口,在田地里抛洒汗水的种地农民——这个庞大国家的人口中有 78% 是农民——代表着这个广袤土地上的人民。"(101)在文章的最后,斯托弗写道:"向他们脱帽致敬吧,向这些苦力脱帽致敬吧,向辛勤劳作的中国人民致敬吧。"(101)通过极具说服力的描写,他打开了向中国的工人阶级及其艰苦奋斗的生活致敬的视角,致力于增进人们对这一和西方相比经济和工业欠发达的国家及其在困境中依然勤勉不屈的民众的跨文化理解。

从历史上看,对于大多数成年难民而言,远东文化中的日常生活与他们在欧洲的经验空间截然不同。在上海,夏天酷暑难耐,冬天潮湿寒冷,这对他们的身体而言是巨大的挑战。上海普遍的贫困状况和糟糕的卫生条件令许多流亡者感到震惊。所有这些因素外加语言障碍,致使在上海的大多数犹太难民仍然与他们的故国文化紧密相连,而未曾适应当地环境和文化,或直接选择与之隔绝,并在战后旋即移民别处。二战期间流亡英美等国的难民融入当地生活的景象,在上海基本未能看到。尽管如此,斯托弗试图通过自身的介入,跨越他的读者群体与当地群众之间的界限,将人力车夫和其他苦力视作一种符号化的媒介,来唤起难民对中国劳动人民的共情。

斯托弗之所以对该记忆形象产生共情,一方面是和艾斯费尔德一样,与在上海的其他西方居民相比,斯托弗等难民在上海的艰苦谋生和在欧洲遭受的纳粹的非人道折磨,都使他们更能对以人力车夫为代表的中国劳动人民感同身受;另一方面,在对这一圣像式人物与当时中国社会和人口结构的关联探讨中,斯托弗的学术修养也使他具有强烈的同理心和出众的理解力。但斯托弗并不是个例。上海的犹太难民中还有为数众多的学者、医生、律师和艺术家,他们来自中产阶级家庭,受过良好的教育。他们中的许多人也在各自的记忆媒介中细致描绘过人力车夫,对此,我们将在后文中有所涉及。

人力车夫作为危及生命的苦难的象征

人力车夫在工作中承担着很高的风险,如果不采取任何保护措施(例如没有穿高帮胶靴)将客人拉过积水的街道,就会有患上传染病的风险。另外,他们还需要在难耐的高温和烈日之下工作。由于上海的药物、临床设施及其他各类社会保障的匮乏,他们常常因得不到及时的救助而失去生命。他们处于社会最底层,经常被顾客、锡克教交警和司机们冷暴力对待。关于该记忆人物的苦难与死亡的主题及其对比主题,在上海犹太流亡者的记忆媒介中广泛传播。在上述母题中,他们象征着危及生命的苦难,同时也是上海社会等级制度的标志。苦难和死亡的母题和其中包含的人物形象的符号学含义,也出现在其他作为同时代亲历者的欧洲犹太人的游记报道中,例如曾短暂停留上海的捷克犹太记者埃贡·埃尔温·基施(Egon Erwin Kisch)的游记报道《秘密的中国》(1950)。他以戏剧化的手法报道了人力车夫所要忍受的恶劣的工作条件和普遍的贫困状况:

> "人力车! 人力车!"
>
> 无论严寒酷暑还是风雨交加,他们都夜以继日地走街串巷,快步小跑,从居民区到租界,从虹口到黄浦江沿岸,他们一路跑啊拉啊,乘客要求去哪便去哪。他们必须四处等待客人,无论夜间甚至战争期间,不管局势如何紧张或是有禁令,否则他们甚至无法维持现在的生活。
>
> ……
>
> 在上海,有 24378 名苦力在拉公共人力车,他们所供养的家庭成员超过 100000 人。人力车夫的平均收入为每月 12 墨西哥比索。
>
> ……
>
> 人力车夫平均每分钟跑 130 米,最多每小时跑 10 公里。这样的奔跑摧残着他们的肺,肺还须充当喇叭,但司机是听不到他们扯着嗓子的喊叫的。几乎每天都有人力车夫被汽车撞到,每次车祸过后,司机都会跳下车暴打人力车夫。……过度劳累、心脏病、肺结核和被虐待都是人力车夫的命。撑个五年半,然后他就死了。(转引自 Buxbaum, 2008: 107)

这份报告文学反映了人力车夫日复一日为生存奋斗的历史情境。[①] 这一不人道的职业意味着每年要超负荷工作 365 天,且需不断讨价还价、相互竞争拉客。根据格尔特·卡明斯基(Gerd Kaminsky)的说法,人力车夫还会被人力车所有者剥削压榨:"他们会向企业家们租用人力车,而每位企业家最多可拥有 50 辆人力车。每位车夫每天能留下 30 银分左右,但要上交 1 银币给企业家。"(Kaminsky,1983:47)这也解释了人力车夫收入低,且在极端的天气条件下还必须工作的原因。在青霉素和其他现代药物被发明前,结核病和肺炎等疾病还无法得到治愈,更何况人力车夫由于自身的贫困与恶劣的卫生条件,也根本无法得到救治。犹太难民艾斯费尔德也遗憾地记载道:"疾病给这些人造成了惨痛的损失。他们如此努力,却一贫如洗。"(Eisfelder,2003:64)他们辛勤奔波,默默付出,最终却面临着短命的结局,既没有得到应有的收入,也未赢得任何尊重。正如基施所言,这一社会弱势群体经常要面临被汽车撞倒,然后被驾驶员殴打的风险。即使人力车夫视自己为专业的服务业工作者并如此行事,但也得不到客户的认可。

德国犹太流亡艺术家大卫·布洛赫(David Bloch)[②]在其木刻画《干脚》(„Trockenen Fußes")[③](图 5-3)中,描绘了人力车夫是如何在极端天气下无

---

① 波兰犹太作家梅勒赫·拉维奇(Meylekh Ravitch)在其中国游记中,也两次描绘了人力车夫(参见 Eber,2008:29-32)。其中有一小幅插图描绘了人力车夫踩到碎玻璃也必须继续拉乘客,而玻璃碎片深深地扎进了他的脚的情景。在他的诗歌《人力车苦力死于上海的破晓》(A Rickshaw Coolie Dies on a Shanghai Dawn)中,有一段一位垂死的人力车夫在前往佛教寺庙途中的独白。这名人力车夫向庙里的佛陀奉上了三枚铜币,以此希望佛祖能让他、他的妻子和孩子们快速涅槃,因为他渴望家人不再受苦。此处,虚拟的文学手法透视了人力车夫的内心状况。

② 布洛赫的人力车夫系列木刻画集共有 70 张,据笔者所知,这是关于当时上海人力车夫生活最为全面的主题展示。经过多年的观察,布洛赫通过木刻画为人力车夫创造了一幅多样化且富有共情力的全景图。拉尔夫·B. 赫尔绪(Ralph B. Hirsch)评论道:"大卫·布洛赫也注意到人力车夫是一个不可抗拒的话题。他创作了数十幅人力车和苦力的木刻画,或单独或成组,或天晴或下雨,带或不带乘客,每一幅都观察入微,精心捕获。"(转引自 Hoster,Malek & Wenzel-Teuber,1997:XXVf)

③ 从由芭芭拉·霍斯特(Barbara Hoster)、罗曼·马勒克(Roman Malek)和卡塔琳娜·文策尔-托伊贝尔(Katharina Wenzel-Teuber)编写的《木刻集:大卫·路德维希·布洛赫》(1997)的前言中可知,书末出现的图片说明源自 1995 年 9 月和 1996 年 7 月三人与布洛赫在圣奥古斯丁的对话,由莉迪娅·阿贝尔(Lydia Abel)帮助记录(Hoster,Malek & Wenzel-Teuber,1997:XII)。

图 5-3　布洛赫创作的木刻画《干脚》
（转引自 Hoster, Malek & Wenzel-Teuber, 1997:118）

私地关怀顾客的。画中,一位人力车夫将一位女士从洪水中抱起,以便让她的脚保持干燥,因为水位可能会淹过人力车座椅的高度。[①] 当时上海的洪水可能会传染许多疾病,例如疟疾、伤寒和天花等,不少人力车夫为了顾客的健康而牺牲了自己。流亡者西格蒙德在自传《陌生天堂:一个犹太人在战时上海的童年》中,描述了一位人力车夫暴毙街头的场景:

> 在一个炎炎夏日,我注意到一辆人力车停在我们小巷前休息,附近房屋的阴影遮挡了烈日。这名车夫坐在人力车的车板上,似乎在打瞌睡,头倚靠着座位。我们经常看到人力车夫在一天中最热的正午和街道上空无一人的时候如此休息。当一位中国女士招呼他时,那个男人没有动弹。她走到人力车旁并用脚踢了下他,那个人直接侧翻在人力车车柄上。女人咕哝了几句便走开了,去招呼另一辆人力车。(Tobias,1999:22)

如同基施的游记报道,西格蒙德的自传体式回忆传达了如下历史现实,即在当时上海极端的天气和恶劣的卫生条件下,人力车夫患病的风险极高,因此容易猝死街头。人力车夫不仅身体劳累,而且还须忍受部分乘客对他们人格的歧视。在上述引文中,那位冷漠的中国女士对人力车夫的不人道对待通过动词"招呼"和"踢"展现了出来。她面对那位或因中暑和过劳而去世的

---

① 如布洛赫在木刻画《苏州河畔的一家电影院前:倾盆大雨让生意兴隆》(„Am Suzhou-Creek voreinem Kino. Platzregenbelebt das Geschäft")中所示,人们通常在雨天才更有乘坐人力车的需求(转引自 Hoster, Malek & Wenzel-Teuber,1997:111)。

苦力的冷漠态度,展现了旧上海的世态炎凉,使人联想起斯托弗的评论文章《1脚=10美分》中的"非人道"主题。西格蒙德认为,这种对底层劳动人民的冷漠和蔑视跟当地普遍存在的苦难相关。因为在当时上海的街道上,到处可见死于疾病、高温、鸦片成瘾或饥饿的人的尸体。西格蒙德继续讲述这一童年经历:过后当他与父亲发现死去的人力车夫仍在原处时,父亲对他解释说,市政局每周会清理两次街上的尸体,而去市政局登记人口死亡的人反须承担运输费用。这种对尸体的非人对待与普遍的丧葬习俗相抵触,有违逝者的人格和尊严,显示出当时上海社会和公共道德的落后状态。

在犹太难民的记忆媒介中,人力车夫所遭受的苦难、艰辛、压迫和绝望,寓意着犹太流亡者的类似困境。他们同样受到天气情况极端、流行病感染风险高、收入微薄和社会福利缺失的负面影响。日本军事当局在"上海隔都"对犹太难民行动自由的严格限制,也大幅恶化了本已艰难的生活条件。"上海隔都"里的卫生条件更为恶劣,流行病肆意蔓延,食物匮乏,医疗设施和药品不足,导致许多人丧生。1943年1月至11月,隔都的难民所里有102人死于营养不良,为之前的两倍(参见 Kranzler,1988:546)。伤寒、黄疸、疟疾、痢疾和结核病等疾病让许多的隔都居民病倒,如阿拉达·陶西奇等人就没有熬到隔都撤销之日(当时的难民人数约为1700名)(参见 Freyeisen,2000:412)。由此可见,人力车夫的生存困境与难民的命运高度一致。人力车夫的卑微低贱也与犹太难民被纳粹贬低为"下等人"并横加凌辱的遭遇有相似之处。这种相似之处虽然没有在对人力车夫的再现中被明确指出,但激发了许多上海犹太难民的共情心,并促使他们持续且尤其热衷于描绘人力车夫的绝望与自我牺牲。同时,对于这一记忆圣像的他者体验也投射出犹太难民对于在上海经历生活危机时的自我感知,且符号生产者也极大程度地共同感受着该记忆圣像的痛苦。

人力车夫作为上海等级制度和殖民社会秩序的标志

人力车夫在当时处于社会底层,习惯了逆来顺受的生活,受困于上海的等级化社会秩序。维也纳犹太版画家和讽刺漫画家弗里德里希·希夫(Friedrich Schiff)于1930年自愿移居上海,作为20世纪三四十年代上海城市历史的一位"编年史学家",对中国人(尤其是处于社会底层的当地居民)①和居住在上海的外国人②的生活世界进行了描绘,并展现出两者的异同。

在图 5-4 这幅水彩画中,希夫勾勒出战后(画中汽车上所标注的日期为 1946 年)上海的日常交通场景。在该场景中,希夫对比了人力车夫与汽车司机的社会地位。一位缠着头巾、右手握着警棍的锡克教交警正在指挥交通。驾车载着两位"出租车女孩"③的美国士兵有权先行,而人力车夫不得不退到一边,同时他还必须注意平衡所拉载顾客的重量。在这幅水彩画中,这一对比主题还包含了两个额外的维度,一个是占主导地位的西方,另一个是屈从的东方,东西方之间地位不平等,贫富差距大。在该场景中,让美国司机先行的锡克教徒履行着指挥交通的职责。英国人将锡克教徒从印度带到上海,并在上海担任"公共租界"的警察。即便在 1943 年 8 月"公共租界"撤销后,锡克教交警仍被允许继续执勤。在以美国人为代表的殖民主义者和锡克教交警面前,人力车夫和其他当地人(例如"出租车女孩")的地位低下且卑微。一名打扮时髦的中国女子坐在人力车上,双腿交叉,试图引诱身旁身着制服的美国士兵。一个乞讨的孩子追在人力车后,伸手向那位女士和身旁的美国人祈求施舍。这幅画像中的人物设置表现了当时上海本地小人物④面对美国士兵时的卑微。

图 5-4　希夫创作的未命名水彩画(转引自 Kaminsky,1983:68)

① 相关内容参见卡明斯基编作品集《画笔下的中国:弗里德里希·希夫画中的中国当代史》(1983,简称为《画笔下的中国》)中的"中国的职业、贫困与剥削"及"风流社会与恶习"两章。
② 参见《画笔下的中国》中的"外国势力"一章。
③ "出租车女孩"指那些在街上招唤客人,并有偿陪同前往俱乐部跳舞的女性。二战后,上海成为"曾在中国服役的美国士兵的遣返中心"(Tobias,1999:103)。那些战后在上海短暂停留的美军士兵/顾客,由于其出手阔绰很受"出租车女孩"和妓女的欢迎。
④ 上海本地的小人物,例如街头小贩、美发师、算命先生、乞讨儿童、妓女、苦力等,均成为希夫绘画作品中的中心记忆形象。

布洛赫还在他的人力车系列木刻画集中,笔法细致地描绘了锡克教交警如何不假思索地赶跑人力车夫,因其阻碍了汽车的通行(图 5-5)。布洛赫在其他的木刻作品中,还针对同一主题刻画了人力车夫触犯交通法规后被没收人力车坐垫的场景(转引自 Hoster,Malek & Wenzel-Teuber,1997:105),以及人力车夫如何被警察拦下刁难(129)的景象。布洛赫还指出,这一职业群体的劣势在于,他们对于交警来说处于所有交通参与者,以及上海社会等级和权力结构的最底层。

图 5-5　布洛赫创作的木刻画《一位锡克教交警将人力车夫赶开,因为他们阻碍了交通》(„Der Polizist, ein Sikh, treibt die Rikschas auseinander, weil sie den Verkehr behindern") (转引自 Hoster,Malek & Wenzel-Teuber,1997:110)

在当时的上海,令人震惊的贫困与难以想象的财富之间、令人怜悯的生活困境与奢靡享乐的生活方式之间形成的反差,构成了希夫绘画作品中对比主题的另一个重要层面。① 希夫本人曾在小范围内表达了他对当时上海社会的如下感受:

> 若要绘制这座城市的肖像,则必须使用最富对比的色彩,并同时添加互补色到画布上的每个色块。因为这座城市和其中的生活由最为鲜

---

① 参见《画笔下的中国》中的"娱乐"及"中国的职业、贫穷与剥削"两章。卡明斯基如此描写当时上海社会的强烈反差:"那时,上海拥有世界上最长的酒吧、最大的俱乐部、最漂亮的酒店和最美丽的天际线,银行数量在东亚地区也位居第一。难以想象在这样一个城市里,市政垃圾处理部门竟然也要在寒夜过后清理清晨暴毙街头的数十名乞丐。"(Kaminsky,1983:11)

明的对比构成：这座体现了各项现代技术成就的豪华公寓，里面配备了中央供暖、空调和私人游泳池，而隔壁就是苦力们居住的、最原始的住所。……这里有饥饿，饥饿伴随窘迫，这里也有世界上最精致的菜肴，烹饪在此已发展为一门艺术。（转引自 Kaminsky，1983：12）

希夫的表述清晰地展现出这样一个事实，那就是当时上海的现代化进程仅仅惠及高级社会阶层，工薪阶层或社会底层的小人物就连基本生存条件都得不到保证，尊严也得不到尊重。在图 5-4 中，希夫还描绘了一些其他类型的中国人物：一位女摊贩从扛在肩上的食品摊里为一位顾客挑选商品；另一位苦力坐在街边的人力车旁。在这一街头场景中，画家观察了中国社会中边缘群体的生活状况，他们苦苦谋生，艰难度日，而美军士兵则荒淫无度，纵情享乐。

布洛赫和希夫受流亡经历的启发，创作了大量关于在沪生活的珍贵艺术作品。事实证明，在上海的生活对他们的艺术创作来说，是一种富有创造性的推动力。① 他们对于上海等级制度和殖民统治秩序下人力车夫的艰苦工作环境的敏锐性，是基于对犹太族裔和犹太文化的认同感。尽管他们在上海被当地人视为西方白种人，但却对西方殖民主义者没有任何认同感。原因在于，他们本人及部分家庭成员均为纳粹和日本侵略者暴力的受害者。

对于暴力机制的窥视需将犹太人大屠杀和殖民主义相结合。美国黑人学者 W. E. B. 杜波依斯（W. E. B. Du Bois）于 1949 年访问了原华沙隔都，并指出所有种族都可能成为暴力的牺牲品。如果没有非洲黑人奴隶制或美国屠杀印第安人的先例，纳粹和其他欧洲同伙可能就不会在犹太人大屠杀中使用类似的破坏机制。对杜波依斯而言，犹太人大屠杀实际上是奴隶制和其他种族灭绝暴力机制的延续。法国学者艾梅·塞萨尔（Aime Cesaire）在他的作品《殖民主义话语》（1972）中也宣称，纳粹在大屠杀中的暴力行为早前就已经被欧洲殖民者多次实施，只不过当时发生在阿尔及利亚的阿拉伯人、印度苦力和非洲奴隶们身上。与此相对应，汉娜·阿伦特（Hannah Arendt）在《极权主义的起源》（1951）一书中，将曾经的欧洲殖民主义暴行如今在欧洲范围内针对当地民众的情况描述为"回旋镖效应"（boomerang effect）。如此来

---

① 汉娜·帕帕内克（Hanna Papanek）也指出，流亡可以为不同的文化形式和身份开辟新视野与新视角，从而激发创作潜力（Papanek，1999）。

看,就不难理解在沪的犹太艺术家,诸如希夫和布洛赫等,为何要在他们的记忆媒介中将人力车夫编码为旧上海等级制度和殖民社会秩序的受害者。该代码暗含着他们对于上海殖民暴力和社会不平等的厌恶。

奥地利犹太医生罗生特的日记则以文字记载的方式,更为明确和直接地批判了殖民秩序、日本法西斯主义和上海资本主义。他于 1939 年逃往上海,并作为坚定的反法西斯主义者,于 1941 年加入新四军,1943 年加入中国共产党,1947 年担任中共临时政府的卫生部长。罗生特在日记中对比描述了中国共产党接管上海前后他对上海的印象:

> 上海!它发生了怎样的变化。当我 1939 年作为移民从希特勒统治的德国来到这里时,它还是外国租界之城,有成千的妓院、数以万计的人力车和十万多乞丐。全副武装的日本士兵列队站在通往百老汇大厦的桥的两侧。中国人必须脱下帽子深躬着通过,还会毫无缘由地遭到这群法西斯分子的殴打。
>
> ……
>
> 穷苦的人力车夫几乎要将肺都跑出来了,却只能赚几美分车钱,甚至还要在街上公然被嫌弃车钱太贵的人殴打,真是可笑。中国市民的行为也不见得比外国人好。南京路和静安寺路①聚集了成千上万的妓女,醉酒的美国水手摇摇晃晃地流连于一间又一间的酒吧。在徐家汇天主教修道院的纺纱厂中,有 10 至 13 岁的儿童,有男孩也有女孩,他们每天工作 12 小时,有的甚至患上了结核病。印度人、白俄罗斯人和中国的地痞流氓成为街上的警察,而法国人、英国人和美国人则在警察局舒适的扶手椅上伸懒腰。
>
> ……
>
> 年轻的解放军们面带微笑,善气迎人,如今指挥着这座大城市的庞大交通。根据新的市政管理指示,人力车被取缔了。取而代之的是三轮车(一种类似自行车和马车混合体的交通工具)。价格标准统一,司机由工会组织。妓院被封,乞丐也几乎消失不见。(Rosenfeld,2001:189)

从以上引用的段落中可以看出,罗生特对人力车夫和其他中国小人物有

---

① 静安寺路(Bubbling Well Road),是上海市南京西路在 1862—1945 年所使用的路名。

强烈的认同感,并对其所遭受的苦难表现出了恻隐之心。他批判了教会工厂剥削童工的现象和教会的虚伪,抨击了日本人对中国民众施加的暴行。此外,他还指摘了在沪西方殖民统治者的优越感和特权,并将人力车、妓院和乞丐的消失,以及监管有序的城市交通归功于上海解放后中国共产党的领导。在他看来,人力车夫、国际街警、殖民统治者、妓女和乞丐的存在均为殖民和等级分化时期上海社会不平等的象征,而这些旧事物及其所代表的旧制度均已被新的无产阶级政权清除。

　　作为多位在沪左翼犹太难民之一[①]、大屠杀的受害者、国际无产阶级运动的成员,罗生特深感自己有义务参与国际劳工运动,和全世界劳动者们共同致力于消灭帝国主义和法西斯主义。他不囿于宗教信仰和族裔,融入了中国共产党的抗战事业。对于他和许多其他左翼犹太知识分子来说,犹太身份在国际有志人士们的团结抗战中并不重要。他将中国视为无产阶级国际主义者的新家园,并将中国革命和与抗日战争视为国际解放运动的一部分。他在一篇名为《献给新中国的天才毛泽东》的日记中指出:"对法西斯野兽的仇恨永无磨灭之日,战士和解放者将获得永恒的荣耀。"(Rosenfeld,2001:189)在日记的开头,他描述了自己在纳粹欧洲被排斥和在布痕瓦尔德集中营里被羞辱的经历。随后,他记录了在与日本侵略者和国民党的斗争中他为中共军队的医疗事业做出的贡献,以及他本人对中共的积极印象。他的内心有一种强烈的对中国共产党革命事业的归属感。他认为在上海的流亡是一个自我解放、自我实现和找寻自我身份的机会,在国际自由运动中能够实现职业和个人的夙愿。

　　来自维也纳的左翼犹太诗人恩斯特·施瓦茨(Ernst Schwarz)也为中国工人阶级撑腰。他在 1940 年出版的一首诗中,描述了一个人力车夫在旧上海被警察不公正对待时他所给予的应援:

　　　　霞飞大街 12 号——佩勒·罗伯特大街号——
　　　　位于法租界。

---

① 耶斯特拉贝克在其德语专著《德语犹太作家对于流亡国中国的讨论》中,详细分析了左翼人士和信仰马克思主义流亡者的自传作品,探讨了他们在自传体式作品中描述的在国际自由斗争中的团结性,以及他们眼中战后的新中国形象(参见 Jestrabek,2013:187-313)。

一位苦力正用力拉着车子。

这时冲过来一名警察

踢了他屁股一脚。

一棒下来——鲜血就

从苦力的嘴里流出来。

我的内心一时怒不可遏。

我挥起拳头，一击即中

这个狗警察。他大喊救命。于是我逃离。

我被搜寻了很久。

一座多么迷人的城市啊！——五光十色的污秽！再次踏上逃亡之旅。(Schwarz,1978：81)

施瓦茨的这一行为展现了其反对殖民暴力和社会不公正的态度。他用"一座多么迷人的城市"表明，上海对他而言是一处具有吸引力的流亡之地，他正好能通过帮助受欺凌的上海当地劳工来重塑自我价值。耶斯特拉贝克认为，在以施瓦茨和罗生特为代表的、以马克思主义为导向的左翼知识分子眼中，中国成为理想化了的流亡地：

他们是犹太人、外国人，同时也是局外人，但他们通常可以与被压迫的中国人产生认同。这个受尽屈辱的国家能够通过自身力量解放并发展自己，为这些犹太人中的部分人士树立了榜样，提供了灵感。这些都可以在他们对中国的描述中找到。他们能够充满活力地跨越界限，在这一空间中找到新的混杂身份认同、新的生活理念，以及自我展现的可能性。(Jestrabek,2013：320)

正如耶斯特拉贝克所言，信奉国际共产主义的上海犹太难民期望通过参与中国无产阶级运动，在解放所有被压迫民族的大背景下获得反法西斯主义运动和犹太解放运动的胜利，并用国际主义代替民族主义和反犹主义(参见Jestrabek,2013：227)。这一群体展现出与流亡国中国最为密切的联系，他们中的部分人士在1949年中华人民共和国成立后留在了中国。

结　语

从波斯纳的文化符号学和埃尔的记忆媒介视角来看，人力车夫这一记忆圣像作为一种物质性产物,调动了集体情感,引起了公众关注,并参与塑造了20世纪三四十年代上海欧洲犹太难民的个体和集体记忆。将这一无处不在的圣像的记忆媒介编码和再现为符号使用者的特定文化思想产物,很大程度是由他们在上海各式各样的离散处境,以及不同的文化和政治身份所决定的。人力车夫圣像式记忆文化的特征在于其符号学象征内涵的异质性和多样性。

第一,人力车夫作为一种异域文化符号,被编码进犹太难民的记忆媒介,并烙刻在上海的城市景观中,成为原始、蒙昧、不人道和苦难的象征。二元对立的展现模式(文明/野蛮、人性化/非人性化、工业化/原始性)反映出许多犹太同时代亲历者的欧洲价值观和思维范式。同时,人力车夫成为在沪辛勤工作的人民的意象。中国工人的毅力和坚韧赢得了许多犹太难民的尊重,因为后者也必须为在上海的新生活而努力奋斗,因此更能设身处地与人力车夫产生共情。第二,这一记忆形象作为朝不保夕的苦难象征,代表着旧上海民生的疾苦,而犹太难民在日常生活中也在较大程度上陷入了同等的窘迫。第三,人力车夫作为旧上海的等级制度和被帝国主义列强入侵后的社会秩序标志,易令人联想起纳粹和日本法西斯主义者对犹太人的压迫和侮辱。所有这些相似之处和相关性意味着,人力车夫作为犹太难民、移民记忆中的一个文字和视觉代码,被浓缩化地、持久地呈现,让后者感同身受,成为他们流亡经历的投射面。

这一在文学和其他媒介记忆文化中去人格化和被侮辱的记忆形象表明,上海对于大多数欧洲犹太难民而言,不仅因其移民政策和文化陌生程度成为世界版图上最后的避难地,而且就其令人担忧的社会、卫生和道德状况而言也可被视为最后的流亡地。因为根据符号生产者的欧洲价值标准来看,旧上海是一个"不人道"的、道德退化的社会,它处于沦为半殖民地半封建社会的旧中国与现代科技蓬勃发展的西方世界之间的交叉地带。

尽管如此,对于希夫、布洛赫和斯托弗这样的反殖民犹太艺术家和知识分子来说,上海作为多元文化大都市所带来的跨文化体验意味着创作灵感和富有价值的艺术和文学素材。他们在对该记忆形象敏锐且感同身受的观察和表述中,体现了对中国民众的同情和对中国文化的关注。对人力车夫和中国无产阶级的认同,体现在例如罗生特和施瓦茨等信仰马克思主义的左翼犹太流亡者的作品中。他们将流亡上海和中国视为实现自我、达成职业和个人愿望的最佳机遇。左翼犹太人士刻意避免贬低中国形象，参加了中国的无产阶级革命和共产主义革命，投身于中国对抗日本和西方帝国主义、法西斯主义的自由斗争。他们怀着坚定的信念，致力于将犹太人和所有其他被压迫人民从资本主义、极端民族主义、殖民主义、帝国主义和法西斯主义等桎梏中解放出来，建立社会主义制度和公正平等的世界秩序。

第三部分　记忆叙事

　　本书第六、七、八章将探讨"犹太人流亡上海"文学中的爱情叙事、女性叙事以及儿童和青少年叙事等记忆叙事。它们为研究上海犹太难民的多样化生活状态,以及他们与当地社会的互动提供了多方位的视角。这些叙事展现了不同年龄和性别群体的流亡经历,构成了流亡记忆文化的重要组成部分。

第六章 爱情叙事:《最后的避难地:上海》《上海犹太城》和《魔咒钢琴》中的文化邂逅

难民与华人之间的爱情故事为上海犹太流亡文学中最受欢迎的话题之一。它成为中文小说《魔咒钢琴》《梦上海酒吧》《米拉尼的小提琴》,德语双重传记《最后的避难地:上海》①,法语小说《上海犹太城》和英语小说《上海月亮》(Rozan,2009)的中心叙事主题②。上述文学作品讲述了犹太人在流亡期间与中国人的恋爱故事,再现了不同文化的邂逅与交融。

本章以舒曼的双重传记《最后的避难地:上海》、卡恩的法语小说《上海犹太城》和贝拉的中文小说《魔咒钢琴》为例,探讨这三部文学作品如何涉及不同文学记忆文化中的意义视界、特定文化模式和叙事框架,从而形成了风格迥异的爱情叙事。本章还将详细阐释这些记忆文本如何借助多角度的叙事策略,展示来自不同文化背景的文学人物的爱情故事及其背后不同的生活和思想世界,从而呈现不同民族之间的文化接触、冲突、转译或杂糅过程。

从记忆到故事的蜕变:《最后的避难地:上海》中的一段真实爱情故事

舒曼在他的双重传记《最后的避难地:上海》中基于真实人物原型,讲述了来自维也纳的犹太难民罗伯特·索卡尔与受过基督教浸礼的中国人朱丽叶·杨珍珠之间的爱情故事。两人在战后的上海相恋并订婚,于 20 世纪 40

① 该书的第二版更名为《大黄鱼:朱丽叶和罗伯特——一段来自中国的爱情故事》,于2010 年出版。
② 《最后的避难地:上海》的中译本于 2010 年出版;《上海犹太城》的德译本于 1999 年出版,中译本于 2007 年出版;《魔咒钢琴》的英译本于 2009 年出版。

年代后期移民美国并成婚。根据舒曼在结语中给出的说法，这本双重传记的书写基于作者与该对现居纽约的夫妇间的大量对话与多封书信往来。除此以外，舒曼还亲临故事中"所有重要的场景"(Schomann, 2008: 231)。该作品对两位历史见证者的生平记忆素材进行加工，实现了"从个人到人物，从回忆到讲述的蜕变"(234)。根据舒曼的说法，这部作品的创作过程"像考古学意义上的重建，试图从被埋葬的碎片中重塑过往的生活"(232)。

舒曼生于1960年，现居柏林和北京，是一位自由撰稿人。根据他在致谢词中的说明，索妮娅·米尔贝格尔，一位1939年出生于上海的德国犹太流亡家庭的女孩，"偶然提到了索卡尔和杨珍珠，从而成为整个创作的开端"(233)。此外，他还将该书形容为他与中国女友之间的"爱情结晶"(234)。舒曼这段自身的恋爱经历也激发他着手写作这部作品，从而顺利地将中犹恋爱关系中两位主人公的内心世界展现给读者。该书前勒口的评论写道，"施台凡·舒曼十分出色地将两种完全不同的文化毫无先入之见地重叠在一起"。舒曼爱情叙事的特点就在于平等且不带主观偏见地介绍欧洲犹太文化与中国文化。

该双重传记包括两类叙述者：一位异故事叙述者与两位第一人称叙述者（索卡尔和杨珍珠）。整个爱情故事主要根据索卡尔和杨珍珠的记忆重建，由两位第一人称叙述者在每个章节依次轮换并按时间顺序讲述。而针对这位代表了作者声音的异故事叙述者的功能，舒曼在后记中做了如下解释："索卡尔和杨珍珠的个体故事基于访谈，而我负责独自描绘非个体化的，尤其是涉及当代史和文化史背景的部分。当然，各个层面相互渗透，要想将这部整体之作加以分解，恐要比把各个构成部分组合到一起更为复杂。"(232)传记中，舒曼提供的信息始终与主人公的主观回忆持衡，个体故事均嵌入历史语境之中。此外，作品还展示了家庭相册、个人证件（例如身份证和订婚证书）及历史照片，上述史料的加入也加强了传记叙事的真实性。

在传记的序言中，异故事叙述者将上海描述为"文化多样性的热点区域、全球贸易的枢纽"(9)，同时，上海还是一个"肮脏的、摆阔气的、半丝绸质地的、奸诈的、吃人的、万恶的、没有灵魂的世界奇迹"(10)。在这个国际化大都市中，犹太难民与中国人之间的恋爱关系较为特别。"大黄鱼"成为这个爱情故事的象征，它源自杨珍珠的出生地宁波的方言表达，寓意着这段爱情的罕有与珍贵，因为"在18000名犹太人中，或许仅有10人会和中国伴侣结婚"(8)。书中给出的原因多种多样：一方面，上海的犹太难民多处于贫穷、流离失所和心烦意乱的状态,他们通常只将上海视为临时避难所;另一方面,双方家庭对中欧结合的恋爱关系存有疑虑。杨珍珠的父母认为欧洲人是"野蛮人"(8)且"不忠诚"(175);而在索卡尔的父母眼中,与亚洲女性的婚姻则是"闻所未闻的歧途"(8)。上述对于不同文化的模式固见对该恋爱关系的发展产生了消极影响。毕竟,这个故事不仅关涉两个家庭,也涉及"两种文化、两个大洲"(9)。由此,对交融文化性恋爱关系的渴望受到了文化偏见和对不同文化的刻板印象的制约。

序言构成了两位主人公回顾性记忆的上层框架,并向读者告知了该爱情故事所处的社会和历史环境的概况。在该书的后记中,舒曼解释说:"幸因杨珍珠,人们才得以首次从双边视角了解上海流亡时期的故事。因为在所有的难民回忆录中,同样也在绝大多数的科学文献中,中国人所扮演的角色充其量不过是无足轻重的配角。"(231)舒曼的双重传记颠覆了上海流亡自传性记忆和西方学术讨论中中方角色被低估的呈现方式。

舒曼在这部双重传记中安排了两个第一人称叙述者,讲述主人公自身的行为和思想。这两个第一人称叙述者具有同等地位。异故事叙述者没有加入任何评论,这确保了对人物独立意识和对不同文化生活方式的自主认知的传达。但是,文本并非只是主人公口述史材料的堆砌,作者也并非只是传声筒。第一人称叙述者所叙述的情节实际上是经过作者的挑选和整合后的连贯化转述,在着重展现人物文化和认知的同时植入了时代和文化史背景,[①]让带有作者主体意识和声音的历史叙事与代表人物声音的个体叙事相互呼应。

在作品的前半部分,舒曼着力描摹了20世纪前半叶作为"万国建筑博览会"和"文化大熔炉"的上海的城市景观和它给人物日常生活带来的影响。舒曼笔下的上海不仅吸纳了来自50多个国家的民众和他们所带来的文化,并且成为各民族文化汇聚、交流、渗透和混杂的场域。正是在这样的城市背景下,索卡尔和杨珍珠同时接受到东西方文化的熏陶,形成了开放的世界观,为彼此的相识、相爱打下了基础。例如,作者运用隐喻和拟人化的艺术手法对上海"法租界"进行了文学式刻画:"东西方文化在这里混杂,成为一种闪亮的丝织物。这里是霓虹灯广告,那里是手画的卷轴国画。赌场和轻歌剧院展示

---

① 作者在后记中这样写道:"索卡尔和杨珍珠个人的故事基于采访,同时,那些非个人的部分,即时代背景和文化史背景,由我本人负责撰写。"(舒曼,2010:205)

着上流社会的消遣，同时在旁边的茶馆里，老式的说书人也在登台表演。上海贪婪地吸收了各种罕见的娱乐方式。"(舒曼，2010：88)舒曼还写道："早在1896年，卢米埃尔兄弟就在上海这座传统的电影城的'法租界'推出了'西方影戏'。……像大光明和国泰大戏院这样的电影宫可算作世界上最大的电影院了，里面有两千个座位。"(89)在那里，"上海出品的大片、香港出品的剑客电影和滚圆的好莱坞火腿片互相竞争"(88)。上海的殖民化使杨珍珠得以"进入外滩一个由美国传教士创办的高级中学，……受到基督教的熏陶"(53)，并随后进入同样由美国传教士创立的圣约翰大学学习。她使用一部外国电影中主人公的名字朱丽叶作为自己的外文名，跟随家人搬进了"法租界"里一栋仿西班牙风格建造的房屋，与外国侨民为邻，并陪同留美归来的医生父亲一道拜访外国友人。因此，她日后并不排斥与索卡尔的交往。而索卡尔在"公共租界"也接受了英式教育，并且学会了中文，对中国文化产生了仰慕。他后来也进入圣约翰大学求学，与杨珍珠相遇。作者通过描述上海多样化的文化和教育资源对人物带来的影响，构成代表时代话语的作者声音与人物声音之间的对话，达到刻画人物性格命运和展开故事情节的目的。

两位第一人称叙述者都展示了自己在上海和美国的经历及生活体验，以及受各自文化影响的观念及行为准则。该传记以双重聚焦的方式，充分展现了两位主人公的内心世界，使读者能够进入两个人物各自的思想世界。两者的视角交相呼应，两人的声音相互评论、对比，互为补充，并具有高度的自我反思性。一方面，两位叙述者的记忆过程体现了两者的文化差异，例如不同的道德观念、生活世界、宗教信仰和传统；另一方面，两种叙事视角处于相互对话和依存的关系，共同构成爱情故事的连贯情节。同时，传记演示了两者交流中涌现出来的文化冲突和交融，刻画了两者交融文化性混杂身份认同的形成。

在作品的后半部分，两位具有同等地位的第一人称叙述者交叉追述了与另一方的爱情故事，形成了一种交流、争鸣和思想意识的对位。而这在其他文学作品对二战期间犹太人流亡上海这段历史的叙述中并不多见。在这两个平等叙述视角对内心世界的叙事中，展示出不同家庭和文化背景下人物的情感表达方式、知识结构、道德价值观和节庆习俗，形成了同类作品中较为少见的中西文化对话。这一对话过程不停地演绎不同文化因子碰撞后产生的冲突、调适或融合。

在流亡者中，"有部分养成了殖民统治者式的交往方式"(Schomann，

2008：117），在面对中国民众时行为举止恶劣。跟他们不同，索卡尔却在面对陌生文化时展现出一种开放的态度，流亡中安全感的缺失促使他学会了中文，并成为"越过了中国真正的长城，即语言障碍"（8）的极少数难民之一。对他而言，与杨珍珠的接触为他提供了与中国文化深入交流的机会。而杨珍珠的自传式记忆中呈现出一种随时间发展而形成的、逐渐增强的、混杂的交融文化性身份认同。据杨珍珠陈述，在当时多元文化共存的上海，"中国人与外国人之间却很少接触。……一方面，他们被视为入侵者，另一方面，他们归属于先进文明，中国可从该文明中学到很多"（42）。杨珍珠深受其留美归沪的医生父亲的影响，做好了成为跨文化者的准备，她摒弃自身所处文化环境中的保守部分，有意识地获取交融文化性身份认同。

例如，杨珍珠叙述了在初识索卡尔后与一位中国青年军官的相亲经历：军官邀请她划船时对其动手动脚，这使她十分反感（舒曼，2010：151）。这展现了中国女子保守的婚恋观。索卡尔这样叙述他与杨珍珠约会时的场景：在面对中国女子的婚恋观时，他"试着使自己适应中国人的习惯"，遵守"界限"，最多只是"抚摸一下她的头发"或者"抢到她一个羞涩的吻"，并认为"尊敬本身就是一种温柔的形式"（154-155）。从这两位叙述者的视角来看，杨珍珠在与索卡尔的恋爱关系中愿意接受一种全新的跨界生活方式。索卡尔会请恋人吃西餐、听西方音乐和轻歌剧，这让杨珍珠感到新奇："索卡尔为我打开了一个全新的世界，因为他也在用另一只眼看自己的世界。他给我解释电影、书籍和世界历史进程。"（169）索卡尔也觉得杨珍珠是"一个近距离认识中国社会和文化的机会"（154）。杨珍珠回忆说，尽管"派对在中国并不常见"，并且她"对探戈和华尔兹一无所知"（Schomann，2008：171），但她仍然接受索卡尔在派对上的邀舞。随着时间的流逝，她发现了"烤面包、早餐鸡蛋甚至奶酪的美味"（192）。杨珍珠爱索卡尔，因为他为她打开了一个"新世界"："我以不同的视角透过索卡尔反观我自己的世界。他向我解释了电影、书籍和世界历史进程，从细胞分裂谈到了犹太复国主义，他是个十分聪明的人。"（191）索卡尔谈到，尽管中国路人向他们投来鄙夷的眼神，甚至向他们投掷石头①，但她

---

① 在书中，索卡尔也解释了部分中国人对犹太难民持有敌对态度的原因："许多美国士兵和水手行为不检点，因为他们不仅和轻浮的小姑娘们四处游荡，还偶尔会抢走中国人的妻子。"（Schomann，2008：176）

却毫不犹豫地选择和他一起漫游这座城市(176)。

这一段跨国恋情除了文化交融层面上的"视界融合"之外,也充满了文化冲突。索卡尔有意识地同时和别的姑娘约会,以便发展出对这段恋情的参照系,这让杨珍珠深受伤害,同时想起了母亲的警告:外国人不忠诚。而作者巧妙地在"一个悲观女人的信"一章中,通过夫妇二人的通信,表达了杨珍珠母亲对这段异国恋情的不满①。在双方的婚礼上,当主持婚礼的神职人员问起杨珍珠是否爱自己未来的丈夫时,由于中国人并不习惯直白地表达感情,杨珍珠回答道:"有时爱,有时不爱。"(舒曼,2010:181)而在婚宴的最后,出于犹太人的忧患和族群意识,男方家庭会打碎玻璃杯并且用脚碾碎。这是一种犹太婚庆习俗,用来提醒自己"幸福和玻璃杯一样容易破碎"。然而,这一习俗带给杨珍珠的却是文化震惊:"在中国,打碎了东西是凶兆!"(182)

两位叙述者的声音被分开放置在不同的章节中交替展开,相互呼应的同时也不停地形成新的矛盾和对抗,从而构成了和谐音和不和谐音并存的叙述张力。这种叙事手法类似于巴赫赋格曲式中两声部"对位"的音乐表现手法。巴赫赋格作品中对位法的精华在于去除两个声部中主调与副调之间的等级化和隶属化,保证每个声部的自主性和完整性,让其同时发生共鸣或者冲突,从而形成总体旋律。传记中的"对位"表现在让两个声音单独集中叙述,并在平等关系下相互对话的叙述策略。舒曼通过对不同个体所经历的事件和内在意识的描述,展示出不同的文化价值观、行为规范和传统道德观念在人物行动和思想中的表现方式,从而揭示了人物活动背后占主导地位的文化认知模式。

二战后杨珍珠随丈夫移民到美国,成为处于"离散"(Diaspora)生活状态下的文化主体。在身体发生空间移位的同时,她的个体文化身份认同也因受到美国文化和当地犹太族群文化的影响而发生移位,兼具中美文化和犹太文化的因子。受到"夫为妻纲"的中国传统家庭道德伦理的影响,原本作为大家

---

① 索卡尔讲述道,他曾有意识地和其他女孩一起外出,"这不是出于轻浮,如果其他的恋爱关系更为简单、轻松和活跃,可让彼此都免受不必要的苦闷和煎熬"(Schomann,2008:180)。杨珍珠表示,她对此"深感冒犯"(190),十分痛苦。尽管母亲警告"不忠实的外国人"会令其备受折磨,她的教授也建议她不要继续与索卡尔约会,她却因此愈发意识到自己对索卡尔炽热的爱。对于同一事件,两位叙述者的阐释凸显了冲突背后文化价值观和行为方式的多样性。

闺秀的杨珍珠婚后放弃了个人的事业发展,拿起熨斗,学做美国菜,照顾孩子之余帮博士在读的丈夫制作图表(185)。为了更好地融入当地的犹太社区,她努力学习希伯来语和犹太人的宗教习惯,两年之后便"在某种程度上获得了犹太女人的证书"(185)。杨珍珠回忆道:"许多犹太人一开始还是鄙视我。那时候,我好像比他们更加遵守十诫,我对犹太文化的了解可能超过他们中的大多数人。"(186)虽然美国人直截了当的说话方式很让她受伤,但跟一位黑人妇女的交往让她重新鼓起了和当地人交往的勇气。

杨珍珠在移民初期①勇于打破"自我文化"和"他者文化"的二元对立模式,从不同的文化中寻找并践行适合自身的宗教信仰、生活方式和人际交往模式,用一种文化"对话"的逻辑取代否定他者的模式,形成跨越民族、文化和族裔界限的文化协商和翻译的"离散思维",将静止的身份认同转化为动态的身份认同。这种从单一性转化为含混性、不确定性的身份认同,始终处于一种消散、过渡和重组的嬗变状态,伴随着"强烈的思想震荡和巨大的精神磨难。其显著特征可以概括为一种焦虑和希冀、痛苦与欣悦并存的主体体验"(陶家俊,2006:465)。

从杨珍珠和索卡尔对往事的追忆性重构中可以看出,他们的个体文化认同不再仅仅是中式的、欧式的、美式的或犹太式的,而是具有多重文化属性的,并处于这些文化形态中间不稳定的"衔接地带"。这种含混、矛盾并且模棱两可的状态形成了霍米·巴巴(Homi Bhabha)对宗主国和殖民地文化互相交织和混杂的现象进行考察后提出的"第三空间"(Third Place)。"这个空间消除了所谓'本真性''本质性'这些意义的权威性,而且开启了创造、生成新意义的可能。"(陆薇,2006:61)"第三空间"不是一个将两种文化简单并置或重叠在一起所构成的地带,而是指代一种文化移位、翻译和转化的动态过程,有助于形成不同于任何源文化的不断更新的新型文化态势。杨珍珠和索卡尔拒绝被客居国文化完全同化,在离散或流亡的"第三空间"状态下,与家庭、犹太社群和中美社会进行沟通、交往和协商,建构起独一无二的、符合自身特殊经历和精神需求的个体混杂文化身份认同,以便与新的家庭和文化环

---

① 杨珍珠的父母在20世纪50年代早逝,她和其他家庭成员的通信也因故中断。悲痛至极的杨珍珠开始逃避生活,将自己的心灵禁锢在了在美家庭的小圈子里,遭遇了个人文化身份认同的危机,甚至是身份的模糊、断裂和丧失。她在移民早期体现出的介于母国文化和移民国及犹太文化之间的个体混杂文化身份认同不复存在。

境相吻合，扮演好自身不同的社会角色，并不停地重构和调适自我的文化身份认同。

　　作为文化主体的杨珍珠和索卡尔成为属于不同民族和国家的宗教、语言、人际交往、情感、感知和饮食等文化成分交错杂糅的节点。杨珍珠和索卡尔虽然在民族意义上分别为中国人和奥地利人，但作为宗教意义上的犹太人，二人同时有着对中国文化和犹太文化的归属感，成为韦尔施所说的"文化的混血儿"。不同文化在索卡尔夫妇这一个体层面上进行对话，在他们身上形成了个体混杂文化身份认同。这种文化身份认同的形成与两位主人公的跨国恋情和"融合文化"思维紧密相关。这一恋情和思维的形成得益于人物受到的家庭、社会和时代的熏陶：杨父的留美经历和社会地位让杨珍珠有了更多接受西方教育和接触西方文化的机会；当时上海多种文化交流和融合的城市风貌让两位主人公可以同时领略东西方文化。而作者突出人物之间、人物与作者之间，以及多种文化之间对话的多视角、多声部叙述手法，使得对主人公个体混杂文化身份认同的建构和探讨成为可能。

　　值得一提的是，杨珍珠留美初期还撰写过中文诗歌，也和家人保持通信，聊以慰藉，保持与祖国的联系。但是，当她和家人、故土的联系被切断时，她的混杂身份面临严峻的挑战。杨珍珠异常绝望地描述了其自我身份的丧失：

> 我的祖国抛弃了我，反过来我也背离了故土。我不再与离散群体接触，也不再读中文报纸或书籍。我完全变成了"朱丽叶"，而"珍珠"则不复存在。大卫和汉娜的出生最初还强化了这种孤立感。我与我曾经熟知的一切断绝开，一个人在陌生的环境中定居下来。……从一开始我就只对他们讲英语。我的中国已无处可寻。这种断裂感从未被治愈。(Schomann,2008:218-219)

　　该第一人称形式的独白表明，由于与故乡的联系被中断，杨珍珠在自我与他者之间也划定了新的界限。书中她还提到："我把自己从生活中脱离，只能跟跟跄跄不完整地找寻回到生活中的路。"(219)失去与家园的联系意味着"第三空间"的消失。她在美国也愈加疏离周边的环境，交融文化性的个体混杂身份认同分崩离析。

　　在该书的后记中，作者追加讲述了人物的后续经历和这本书的缘起：当作者在杨珍珠姐姐秀珠家看到一本烧焦的空空如也的家庭相册时，这部家庭故事最终成型(参见 232)。空相册代表着物质意义上已被抹除和荒芜化的过往。根据作者的说法,只有通过双重传记的记忆式回溯才能重建这个爱情故事。在该传记的爱情叙事中,作者将欧洲犹太人和中国人的经历价值对等地写入了流亡文学记忆文化中。

《上海犹太城》中的东方主义与交融文化性

法国作家卡恩创作的小说《上海犹太城》虚构性讲述了维也纳犹太人瓦尔特·诺伊曼的流亡故事。他因纳粹迫害而流亡上海,并在战争结束后移居香港。小说的叙述时间为 1933 年纳粹德国建立至 1997 年 7 月香港回归,叙述的空间范围则从德绍集中营、纳粹时期的维也纳延伸至上海和香港。异故事叙述者主导并评述情节的发展,并通过内部聚焦平行描绘了人物的内心世界。小说的中心聚焦点,即主人公瓦尔特,被描绘成一个勇敢、有才华和多愁善感的钢琴家、新闻工作者、导演和大众情人。他从德绍集中营逃脱,在上海无依无靠地艰难度日,却顽强地挺过战时岁月,并在战争结束后在香港建立起自己的传媒帝国。瓦尔特在该部小说中被描绘成一个魅力四射的大众情人,与数名女性保持情人关系,却终与一位中国妓女凤喜(音译)成为心灵伴侣。本章将依据《上海犹太城》的德译本,对这一段交融文化性的爱情故事展开分析,并重点探讨这两位主人公的交融文化性混杂身份认同。

作为一个出生在维也纳富裕家庭的艺术家和记者,瓦尔特拥有欧洲贵族般高贵和优雅的气质,被塑造成一个"远东版出埃及记"中的犹太英雄。在小说中,他同时作为一无所有的犹太难民和富有教养的欧洲人,闯入了一个陌生的世界。作为流亡途中的文化"中介",他获得了巨大的成功。与之相反,凤喜则代表了旧上海数以千计迫于贫穷而沦落风尘来养家糊口的本地女子。在许多有关流亡的记忆作品[①]中都有中国妓女的身影,她们作为记忆形象,展现了战争期间殖民统治下上海当地下层阶级民众困苦的生活。

凤喜这一角色的原型为《上海通道——移民到隔都》中一名上海本地的年轻风尘女子。该书作者陶西奇描述了一位同她关系亲密的中国女孩的悲惨生活,她不得不通过卖淫来养活瘫痪的父亲和众多兄弟姐妹。她生过一个

①　对于旧上海的中国妓女的视觉化展示可参见《画笔下的中国》中的相关画作。

111

儿子,却由于自身原因无法抚养。她在绝望中于"附近庙宇一尊镀金佛像的脚下点燃了一百炷香"(Tausig,2007:108),并把儿子赠予他人。自此之后,她视自己为坏人。根据陶西奇的记述,她十分同情这个"世界上最不幸的生灵"(109),并与这位善良的女孩成为朋友。女孩还在陶西奇丧偶时来到她身边抚慰她。二战结束后,陶西奇回到维也纳,得知了这位中国朋友的死讯:

> 人们写信告诉我,有一天,她乘着汽轮沿着黄浦江到达了入海口。……人们看到这样一位美丽的女子,她用肥皂泡沫擦拭她的皮肤,仿佛想洗掉这世上所有的污垢。她头戴一只白色夜来香花环,然后唱着歌,祈祷着,缓缓走入逐渐变深的大海中。(12)

卡恩小说中对虚构人物凤喜的文学刻画,与陶西奇自传中对中国女性好友的回忆性描绘相呼应,对自传中"佛寺焚香"和"自杀"的场景进行了再度媒介化改写。与陶西奇的这位中国朋友不同的是,小说中的凤喜被描写成一名有修养的女士,是一位兴趣高雅的性工作者。她对于艺术、哲学和日常生活细腻的感知力为她与犹太艺术家瓦尔特的关系架起了一座桥梁,从而驱动了小说中恋爱情节的发展。异故事叙述者操控并评述情节的发展,并通过内聚焦交替地展现主要人物的内心世界,以此来演示两位主人公的文化价值观、行为规范和表达形式。

小说的东方主义叙事视角对深受殖民主义和父权秩序制约的凤喜进行了异国情调化的加工,使其成为被浪漫化和色情化的牺牲者。例如,凤喜不仅凭借着自己"如此纯净而神秘、如瓷器般光滑的脸颊"(Kahn,1999:405)和"她诱人的体香"(257),还以精妙的曼陀林演奏和歌唱技艺吸引着瓦尔特。"她日常的每个姿态或每件物品都宛若一件精美的艺术品。"(196)"在凤喜身上,瓦尔特窥见了一个民族的文化。"(195)瓦尔特在与她的相处中享受到了"好心情、美食、娱乐与性满足"(245)。"中国人的生活方式令他着迷。他终于能够在不使用汤匙或手指的情况下,用筷子夹住易滑落的蘑菇和馄饨,并在凤喜为他准备的奇怪菜肴中打开了味蕾。"(196)他们的性关系被描述为:"瓦尔特从未与凤喜交换过任何爱的话语,但她热烈回应了他狂热的欲望,其强烈程度胜过世上任何爱的宣言与誓言。"(195)瓦尔特"总是感到诧异":"难道中国女性更加了解男性的欲望并对此更有经验吗,还是说凤喜自身天赋异秉呢?"(196)凤喜对男性的顺从均服务于小说对中国旧传统的东方主义式再

现。这样的描绘旨在表现当时中国父权社会中男性的威权和统治。瓦尔特
还对凤喜的人生哲学印象深刻：

> 瓦尔特努力学习中文，热衷于学习表意文字、星座运势和风水学。
> 凤喜向他解释，算命和预言的各种做法并非服务于对个体命运的探究，
> 而是让人知道当前该做某事还是宁可等待。瓦尔特开始熟悉阴阳，即阴
> 阳相互依存的宇宙学原理，两者联合构成一个圆形的世界。凤喜追求各
> 种影响人类力量的和谐共生，将天与地、光明与黑暗、奇数与偶数、温暖
> 与寒冷、东方与西方、善与恶等协调一致。她能艺术化地使她做的一切
> 都臻于完善。（197）

中国人的生活艺术和哲学作为其文化记忆的表征形式（例如阴阳、饮食
文化、表意文字、星座运势和风水学），都借助瓦尔特在与凤喜交往中的感知
被演绎。这有助于唤起西方读者对中国文化的好感，鼓励读者跨越自身所处
的文化空间，发展出对中国文化的兴趣，并加深对中国文化的理解。这部小
说因此具备交融文化性特征。

　　然而，凤喜同时也被描述为受害者。她屈从于上海的西方统治阶级和中
国上层阶级男性顾客的欲望。作为一个浪漫热情、拥有丰富精神世界和被理
想化的女性，她把希望都寄托在了灵魂伴侣瓦尔特身上，她全身心地投入这
段关系，以博取对方的好感。当瓦尔特因参与反日运动而被日本人关进监狱
时，凤喜求助一名与自己有私人联系的日本客户（一名高级军官），帮助瓦尔
特摆脱困境。后来，当她得知充满魅力的瓦尔特仍四处留情时，便万念俱灰。
她去了一座名为"永和寺"的佛庙，参拜手持莲花的观音菩萨和顶着一对招风
耳、祖着金色肚皮的弥勒佛，接着用甲骨算卦。卦文上写道："莲花生于淤泥
之中，但其优美的茎秆从浑浊的水中挺立而出，抬起高贵的头颅。莲花一旦
遇到欣赏和懂得自己的人时，便仿若玉宫里的天仙，在清澈的空中翩翩起
舞。"（397）

　　陶西奇在自传中对好友焚香的简短描述，在卡恩的小说中被再度媒介化
为问卦情节。"莲花"象征着佛教中最崇高、纯洁和高贵的品格，并在上述引
文中隐喻了凤喜。凤喜出身贫寒，落入风尘，虽"生于淤泥之中"，却依旧保持
着高尚的情操。这部小说在随后对凤喜自杀景象的描写中，以陶西奇的相关
叙述作为原型，但以"莲花花环"取代了陶西奇自传叙事中的"夜来香花环"。

小说中写道,凤喜认为瓦尔特不再珍视她依然纯洁的人格。"清洗完身子后的凤喜,将莲花花环顺着手臂和腰部向上滑动,然后挂在头上,双手合十,平静地投入了黄浦江。"(409)①卡斯特罗·瓦雷拉(Castro Varela)和尼基塔·达万(Nikita Dhawan)将第三世界中的下层女性描述为双重受害群体,她们"既遭受帝国主义的经济剥削又强迫屈服于父权制"(Varela & Dhawan,2005:58)。援引佳亚特里·C.斯皮瓦克(Gayatri C. Spivak)对帝国主义背景下女权主义的后殖民研究,瓦雷拉和达万指出,对"第三世界妇女"的描绘普遍浪漫化、牺牲化,或者让她们屈从于家长或殖民者的淫威之下(60)。在卡恩的小说中,这种传统体现在对凤喜卖淫及其在恋爱关系中作为受害者的东方主义式刻画中。

即使卡恩在人物视角选择和层次处理上,将大部分篇幅都放置在欧洲犹太人瓦尔特这一聚焦点上,并通过他的感知传达了一种东方主义视角,但仍描述了这段恋爱关系中交融文化性的双向交流。瓦尔特给凤喜誊写了她最喜欢的《九月之歌》的歌词,给她捎去乐谱和李子花枝,陪她观看欧式花样滑冰表演,如她所愿在上海歌舞厅和游戏俱乐部共度狂放不羁的夜晚。从凤喜这一聚焦点看来,瓦尔特是一个"正直、慷慨、诚实和周到的人"(Kahn,1999:363)。在两位主人公交融文化式的交往场域中,发生了生活方式、文化习得和价值观的交流与传播。

小说中的爱情叙事具有交融文化性特征的原因还在于,瓦尔特与凤喜在许多方面被塑造成"文化的混血儿"。瓦尔特喜欢吃猪肉,还会在安息日工作,却又不想放弃他的犹太宗教信仰。他对中国文化的习得也帮助他成为交融文化性混杂个体。这种交融文化性的认同也影响着个体的决定。与大多数返回西方的难民不同,瓦尔特最终选择定居香港。而凤喜则掌握了和谐的艺术,使得原本二元对立的一切力量皆可和谐共生。她在内心不会排斥陌生的部分并与之抗争,而是接受所有组成部分,将它们整合成一个新的、平衡的统一体。她对精神生活感兴趣,并乐意从周围环境中接受新的想法和见解。这两位带有交融文化性特质的人物间的交往,进一步消除了文化和族裔界限。

---

① 小说中,凤喜的自杀行动并未成功。她被一位渔夫救起,后来嫁给了一个法国人,战争结束后移居巴黎。

从记忆文化的角度来看,这部小说对爱情故事进行交融文化性的刻画跨越了文化记忆共同体的边界,通过设计了两个具备交融文化性混杂身份认同的人物,更容易唤起读者群体的跨文化敏感性。在阅读过程中,读者们可以接触到来自不同文化背景的知识和价值观,而不仅仅倚重一种文化来思考问题和获取审美经验,并能更为敏锐地对不同文化的身份认同和价值结构进行反思。

《魔咒钢琴》中的民族共识与对日本法西斯主义的共同抗争

贝拉的中文小说《魔咒钢琴》讲述了波兰犹太流亡钢琴家亚当与中共党员李梅发生在苏联和上海的爱情故事。作家贝拉生于上海,长于上海,在日本接受高等教育,后移民至加拿大。迄今为止,贝拉已经出版了多部爱情小说,其中《911生死婚礼》三部曲在中国成为畅销书。她将小说《魔咒钢琴》献给了自己的母亲和黄浦江。在2009年的上海书展上,该书位列销售榜榜首。由美国知名汉学家、翻译家霍华德·戈德布拉特(Howard Goldblatt,以下称"葛浩文")①和其中国妻子林丽君合作翻译的英译本 *A Jewish Piano* (*Shanghai Love*)②也一并在该书展上展出。英译本由上海译文出版社出版,并在2009年法兰克福书展上被主宾国中国宣传推广。这足以说明该小说作为一个构建和塑造集体记忆的重要媒介,代表着犹太人流亡上海的中国官方记忆文化。新华社记者在法兰克福书展期间专门采访了贝拉,并报道了贝拉创作该小说的意图:"'犹太人在上海'的题材寓意广泛,它不是单纯的悲剧题材、爱情故事,它更是跨越国界、展现人类'爱与包容'的传奇。她希望以文学的形式,弘扬上海在历史长河中的辉煌一页———一种国际主义、人道主义的精神。"③而中国作家网也在书展举办期间发表以下评论:"小说通过二战时期逃亡中的犹太人横跨欧亚、最后在上海找到收留自己的'诺亚方舟'的经历,

---

① 葛浩文是将现代中国文学翻译成英语的著名译者之一,已将莫言小说在内的60多部中文小说译成英文,他也凭此获得了多个国际翻译奖,并成为有史以来翻译中文小说最多的翻译家之一。

② 英文标题突出了小说对犹太教、上海和爱情故事的关注,从而更能引起英语读者的联想与好奇。

③ 参见 http://news.sohu.com/20091012/n267304284.shtml,于2021年3月18日访问。

述说着不同种族和文化可以和平相处的主题。它将令不同地区、不同语种、热爱和平的人们充分领略这一曲荡气回肠的历史悲歌。"①

这部小说的记忆价值并不局限于上述报道中提及的对人道主义、国际主义和各文化和平共处的宣扬,同时也体现在对民族友谊、中国民众好客之道,以及犹太难民和中国人民联合抗击日本法西斯主义等主题的刻画。因此,小说分享了国内相关历史文本中的立场,展现了战争期间日本军队的暴行和中犹民众的同舟共济,纪念了反法西斯战争的胜利。②

小说中,"民族友谊"和"反法西斯主义"两条线索紧密相连,并经常体现在对欧洲犹太人和中国人身份认同相似性的刻画中。以下将通过对小说的解读,解释为何在中国官方视角下,该小说中的爱情叙事对东西方读者而言均具有特殊的记忆价值。

小说伊始的外层叙述框架发生在20世纪初的上海,第一人称叙述者与她80多岁的奶奶住在一起。奶奶提及因自己拥有一架神奇的钢琴,一生都受困于一种咒语。这架钢琴于1858年在纽约制造,此后辗转于不同国家,前后为几位年轻人所有。但是,拥有者们在弹奏该架容易点燃激情的钢琴时都沉醉其中,随后便会遭遇不幸,要么婚后出轨,要么爱上有妇之夫,或杀死了自己的情人,或因被情人抛弃而陷入癫狂,所有故事均以悲剧告终。③

在讲述完框架故事后,全知叙述者回溯道,李梅于1941年3月在列宁格勒认识了这架钢琴的新主人亚当。当时,亚当正在苏联避难,而双亲为中国红军的孤儿李梅正在那里学习音乐。两位浪漫的音乐家在一起演奏亚当的魔咒钢琴时,坠入爱河。亚当当时已经娶了年长五岁的波兰犹太人薇拉,但她对亚当比较冷淡,而李梅也有由双方父母指婚的未婚夫,名叫赵克强,是一位性格固执的中共干部。1941年夏天,纳粹德国进攻苏联后,亚当和妻子不

---

① 参见 http://www.shsjcb.com/sjcb/bkview.aspx?bkid=180364&cid=541045,于2023年3月1日访问。

② 潘光在他发表于1995年并于2005年再版的历史画册《犹太人在上海》的序言中写道:"2005年新版恰逢庆祝世界范围内战胜法西斯60周年,因此,精心设计了目录并突出了亮点,以突出二战期间犹太人和中国人民之间的相互支持,从而在该画册广受认可的学术和历史价值之上又增添了更大的现实意义。"(潘光,2005:序言7)

③ 这一情节结构让人联想起1998年上映的加拿大电影《红色小提琴》(*The Red Violin*)。这部电影讲述了几个世纪以来围绕一架小提琴及其所有者们而展开的跌宕起伏且大多以悲剧收场的爱情故事。

得不逃往中国,而李梅也必须返回中国。一段漫长且悲苦的离别便开始了。亚当到了上海,但李梅在苏北一家新四军基地医院工作,并在那里诞下她和亚当的混血儿李波。尽管李梅在 1943 年到 1945 年也在上海为中国共产党工作,但亚当被迫迁入隔都并受到严密监视,因此两人难以见面。二战结束后,李梅须返回苏北根据地,而亚当在找寻自己的爱人无果后,移民美国,给李梅留下了那架钢琴。失去和亚当的联系后,李梅只好独自抚养孩子。长大后的李波试图在 20 世纪 70 年代后期通过海路非法前往美国寻找父亲。他躲在一艘船的货舱里,但感染了裂谷热。当船停靠在纽约港口时,人们发现他已因病身亡。

最后,这部小说又回到了外层叙述框架。第一人称叙述者发现亚当给李梅的一封信被藏在钢琴中。亚当在信中告诉李梅和儿子李波他在美国的住址。但是,这则消息来迟了。第一人称叙述者在医院里给病重的李梅读完此信后,她便含恨去世。她的骨灰被撒在黄浦江上。李梅和亚当最终未能逃脱钢琴的邪恶魔咒。

《魔咒钢琴》与《上海犹太城》中的人物设定具有相似之处,小说中的爱情故事均发生于犹太艺术家和中国艺术爱好者之间。《上海犹太城》中,凤喜在瓦尔特演奏钢琴的酒吧与之邂逅;《魔咒钢琴》中,音乐也将亚当和李梅联系在一起。在流亡文学的爱情叙事中,这种模式化的人物设定可能基于以下原因:由于音乐的无边界性,来自东西方的两位主人公得以联系在一起,否则由于文化差异,他们原本更难走到一起。与此同时,犹太流亡艺术家更容易接触到不同的族裔群体和社会阶层。此类人物因其活动半径大,更易被作者设计各类情节,从而能够展现一幅较为全面的流亡文学记忆图景。同时,两位主人公互相交流自己对文化、艺术的经验和感知,也有助于爱情叙事的发展和交融文化元素的演绎。

该小说传播了在国家层面上具有影响力的记忆话语:民族友谊。例如,书中写道,纳粹德国进攻苏联后,亚当和其他停留该处的波兰犹太难民决定逃往中国,李梅对犹太难民做了行前动员:

> 李梅对大家郑重地说:"我的犹太朋友们,现在日本占领了中国的大片领土,也包括上海。我不敢说,他们会对你们怎么样。但作为中国人,我知道我们的文化具有巨大的包容性,几千年来,很多民族都能够和平相处,从来没有发生过灭绝种族的事情。我敢肯定地保证:不管是过去

还是现在，抑或将来，我们汉文化熏陶下的华夏子民，是热爱和平的人道民族，有足够的胸怀和气度，融合不同的文化和文明，走向大同与和谐……中国人绝对不会排斥犹太人。"

……

1938年，我在上海读书，当时的犹太人已经陆续从东欧一带来上海了，他们来了之后就经商创业，所以，犹太人对上海的经济繁荣做出了很大贡献。……另外，据说犹太人只要有身份证或护照就可以进入中国了，中国海关和帝国主义的租界地多头监管，只要能够通融，你们就可以获得自由。(贝拉，2007：59)

从上述引文中可见，这部小说旨在塑造和传达中国民众面向世界的开放胸襟和对外来文化的宽容，强调他们对和谐共处和"五湖四海皆兄弟"这种理念的重视。小说将具有人道主义精神的中国民众与日本侵略者区分开，指出中国人因其文化包容性可与各民族和平相处，因而同样会欢迎犹太难民前往上海。李梅还提到上海犹太难民对当地经济发展的贡献，认为双方民众能从这种友好共存中受益，从而拉近彼此的距离。

小说也记录了赵克强对犹太难民发表的讲话："不但不排斥，我们还会热烈欢迎。在我们共产国际，就有很多的犹太人参加革命，著名的犹太人马克思就是我们伟大的革命导师。"(59)小说由此拉近了中国读者和犹太人之间的距离。而这种让自我和他者相互关联的叙述手法，可以理解为一种文化转译过程，使书中对犹太民族的介绍嵌入中国当前的政治和社会文化环境之中。这样的转译还发生在李梅和亚当的对话中："但这个世界上如果没有犹太民族，会少很多奇迹，也会少很多灾难，在我的眼中，你们是降临到人类世界的智慧之神，看看你们民族的三大巨星：马克思、爱因斯坦和弗洛伊德，他们不仅是犹太之魂，更是全人类的伟大灵魂啊！"(39)

李梅在此处指明了马克思、爱因斯坦和弗洛伊德三位著名人士的犹太血统，可唤起中国读者对犹太民族的敬仰，以及对上海犹太难民群体命运的共情，并促进中犹两大民族间的相互理解。小说中民族友谊的记忆话语也体现在中国居民对犹太邻居的热情款待和慷慨帮助中。小说中写道，虹口的中国居民即使生活困窘，也会向困境中的犹太人施予自己的食物，这符合中国那句俗语——"穷帮穷"(141)。然而，还是有许多难民抱怨中国的食物不干净，不愿接受当地居民的施舍。一位已经在沪居住了较长时间的维也纳犹太难民贝尔斯批评了这种态度：

> 贝尔斯又在劝犹太难民："你们应该接受中国人的礼物，如果他们的好客之道被拒绝，会非常不高兴，会认为你们瞧不起他们。《圣经》里说，当年摩西逃出沙漠的时候，也接受过牧羊人的食物和水，并没有嫌弃食物脏，而是感激涕零地接受，永记在心……"(110-111)

在这一人物的讲话中，也存在着文化转译现象。小说从犹太人的角度出发，将如何回应中国好客之道纳入犹太人的《圣经》文化记忆的宏大视野中，强调了犹太文化身份和记忆中的感恩文化。

小说中对于民族友谊的刻画还体现在中国人对外国人的慷慨大度上。这在小说的许多场景中被显现。当薇拉向亚当表示，她喜欢人力车上一位年轻中国女乘客手中的水蓝色绢扇时，亚当便去询问该女子绢扇的购买地址。令他惊讶的是，女子微笑着将绢扇赠予他，然后坐着人力车离去，亚当甚至来不及给她任何费用。"那位女子伸出头，转身向他摆摆手，示意不要他钱了。她那张微笑的脸如同一朵盛开的花。"(91)亚当和薇拉的惊讶之情在一段自由间接引语中被表达："亚当和薇拉都震惊了，这在犹太人的习俗里是难以置信的，一个路人竟然会平白无故地赠送你如此贵重的礼物！"(91)① 亚当对薇拉说："我们也应当用微笑去面对当前的困境，我想困境很快就会过去，这种

---

① 在小说中，这位中国女士的慷慨大度与不愿给陌生人施舍的犹太人物形成鲜明对比。例如，由于虹口的大多数公寓都没有抽水马桶，亚当和薇拉便求助于犹太商人贝尔斯。他指着一排空桶中的一个说道："这是我们家的，您可以暂时用一下。不过，用完之后，您必须马上买一个新的。如果您不知道在哪里买，我可以替您跑一趟腿。不贵，用当地的货币要 2 元，如果是名牌的话要 5 元，如果您以美金支付，价格为 8 美分。我的跑腿费是 20%，那就是……"(96)小说对于上海犹太难民商业敏锐度和唯利是图的刻板描绘，也体现在俄犹药房老板安德列身上。他在日本施行西药禁令期间，向以李梅为代表的新四军出售西药。但当李梅要求他从丰厚的利润中拿出一小部分钱财，用以帮助困在虹口隔都的犹太同胞时，他却断然拒绝了李梅的要求。而只有当李梅扬言要向日本人揭发该交易时，安德列才妥协。李梅欣喜地亲吻了他的脑门。安德列说："这是世界上最昂贵的吻。我娶我的老婆才花了 25 卢布，外加 1 头乳牛和 10 只羊……"(147)由此，小说展现了数位因以利益为导向而显得不近人情的犹太商人形象，与乐善好施的李梅和人力车女乘客形成强烈对比。这种夸张的表述容易使部分中国读者对犹太人善于经商这一刻板印象进一步模式固见化。此类印象也通过商业类书籍在中国图书市场上广为传播，这些书籍的名称多类似于"犹太人的经商智慧"或"犹太财富的秘密"。

中国式的微笑是我们战胜厄运最好的武器!"(91)克莱谢尔以欧洲中心主义视角,认为中国人不时展现的笑容"令人烦恼",让欧洲人捉摸不透(参见本书第二章),而在贝拉的小说中,中国人的笑容不仅意味着友好,还象征着在时运不济之时乐观的生活态度。

以下场景则进一步展示了中国人的乐于助人与人道主义精神。"上海隔都"在贝拉的小说里被刻画为一个受到日本帝国主义者严密监视的区域,这一地区只居住着被拘禁的犹太人。当难民们在隔都遭遇饥荒时,李梅对自己的爱人和其他犹太难民的困境深感担忧。于是她组织隔都对面的中国居民用成吨的面粉煎烤中式大饼。紧接着,他们不顾日本巡逻队的监视,将大饼和黄油扔进隔都的高墙内。李梅用了以下观点说服中国居民完成这次善举:"德国鬼子不比日本鬼子好到哪里去,要不为什么都叫他们法西斯呢? 法西斯都是没有人性的。所以,我们必须救他们。"(149)李梅通过指认犹太人和中国人共同的敌人,即法西斯主义,挑明了双方共同拥有的受害者身份,由此搭建两个群体间的又一纽带,激发了中国民众对犹太难民的同情心。紧随其后,叙述者在一段评论中强调了"中国文化中有仁义的道德传统"(149)。在上述场景中,这部小说作为中国关于"犹太人流亡上海"文学记忆文化的代表作品,致力于向西方读者还原流亡上海的犹太人与中国居民和谐共处的历史,并展示中华民族的乐善好施和热情好客,旨在促进国际社会对中华民族的理解。

而小说中关于中犹联合抗日斗争的描述,构成了流亡记忆文化中的另一个主要记忆话语。① 小说对日军在上海的暴行进行了浓墨重彩的描写,旨在昭示日本的战争罪行。例如,小说介绍了二战期间日本在中国实行的"三光"政策,并以此作为历史背景知识。小说还讲述了在太平洋战争爆发后,贝塔成员如何在塞法迪犹太家族的会所中组织犹太人集会,并呼吁同胞与中国人一起抗击日本法西斯主义:"同胞们,沉默和忍耐不属于我们犹太人。我们也有热血,我们不能够在这个孤岛上等死。中国到处都是抗日的战场,法西斯和撒旦是我们人类共同的敌人。让我们拿起武器,和中国人一起战斗吧!"

---

① 小说通过李梅和赵克强的上级张指挥官之口,致敬了一位历史人物,即奥地利犹太难民医生罗生特:"张司令说犹太人是个善良的民族,乐于助人,热爱和平。新四军里就有一个来自奥地利的犹太医生,这个医生医术精湛,从上海到根据地参加抗日斗争,他的名字叫罗生特,和我们新四军的代理军长陈毅还是好朋友呢……"(93)

(107)他们还向参与者分发抗日传单,但此时日军突然闯入并占领了会所。当日本人在地板上看到传单时,将一个犹太男孩从人群中拉出来,将刺刀架在他的脖子上,试图逼供出传单的分发者,但所有人沉默不语。接下来的这段情节展现了日军戕害儿童的暴行:"日军少佐没有丝毫的犹豫,甚至也没有经过丝毫的思考,长长的战刀架在孩子白嫩的脖子上,闪电般地抹了一下。孩子连吭一声都没有来得及,脖颈中就喷出狰狞的血花,接着间隔了几秒钟,孩子倒在了地上⋯⋯"(108-109)随后,这位日军少佐又将另一位犹太男孩从人群中硬拽出来。为了避免事态进一步升级,传单的分发者站了出来,立刻被该少佐射杀。书中写道:"少佐便掏出枪,没有犹豫也没有思考,好像他是一架杀人的机器,不需要任何的解释,也不需要任何的仪式。只要你反抗,就必须去死。"(109)这一场景充分演示了侵华日军的血腥和残忍。贝拉还在小说中写道,亚当作为波兰人,拒绝承认自己是"无国籍人士",并拒绝进入"指定区域",后来被关押进日本监狱。在那里,他被日本士兵鞭打,并被嘲笑为"一只流浪狗"(126)。

李梅和亚当还用音乐"武器"与日军周旋。当与李梅和赵克强同行的波兰犹太流亡群体经西伯利亚大铁路进入伪满洲国时,日本边防军欲逮捕这两名中国人,若真被逮捕,等待他们的将是无休止的刑讯甚至死亡。为了拯救二人,亚当提出让所有人组成合唱团的想法,李梅担任钢琴伴奏,赵克强也被纳入合唱团成员之列。他们共同为全副武装的日本兵演唱《歌颂雅威的圣咏》。(73)日本兵被高雅的音乐打动,放行了这两名中国人,同意其与犹太难民一道前往上海。

在隔都设立期间,为了再次见到亚当,李梅申请加入一场由日本军方组织的音乐会,与亚当演奏四手联弹钢琴曲。演奏时,李梅将二人儿子的照片插入乐谱中,第一次看到自己儿子照片的亚当情绪波动激烈,以致无法继续弹奏。警觉的日本军人察觉了异样,认为这是暗杀的征兆,准备逮捕二人。正当此时,美军的空袭炸弹落在了音乐厅上,里面的人们四处逃散。混乱的局面中,两人在上海第一次也是人生最后一次,共度了片刻时光。在这一场景中,音乐成为对抗毫无人性的日本军事政权的一种手段,并恢复了恋人之间中断的联系。这部爱情悲剧与卡恩小说中由于文化和个人原因而失败的恋爱关系不同,很大程度上是日本侵略者在上海的残暴统治所导致的。

《魔咒钢琴》和其他众多有关流亡的中国记忆媒介一起,将两组受害者群体联系在一起,设计出中犹民众共同对抗日本侵略者的情节,并将其作为流亡文化记忆的主要议题之一。在西方小说记忆媒介中,上海犹太难民在很大程度上亦被描述为德国和日本法西斯主义的双重受害者,并且他们对抗日本侵略者以争取自由的斗争也时常被再现。例如,在小说《上海犹太城》中,男主人公瓦尔特因投身于反法西斯运动而遭到日本侵略者的逮捕和严刑拷打;小说《河豚鱼计划》则以详尽且令人毛骨悚然的方式,描述了"日本屠杀在沪犹太人计划"的犹太泄密者如何在日本监狱中受尽虐待。

但是,需要强调的是,不同于贝拉的小说,对日本暴行的描绘在西方小说中并没有扮演中心角色。西方小说鲜少涉及中国人和犹太人共同抗日的斗争,且相关的描写也不太激烈。这种差异的原因在于,一方面,大多数上海犹太难民虽遭受了日军的暴力侵害,却并未被日军清洗,从而幸免于难;另一方面,在纪念二战的中国历史记忆中,日本法西斯主义因其在中国的"三光政策",以及制造了类似南京大屠杀等多起惨绝人寰的恶性事件而更为中国人所憎恶。在这样的记忆文化背景下,日军占领上海对犹太人流亡造成的严重后果在贝拉的小说中被更为密集地再现、更为尖锐地批判。同时,《魔咒钢琴》通过刻画中犹民众的并肩作战,旨在引起世界各国对于日本二战时期在华所犯罪行的关注,敦促日本政府和国民及时采取正确的态度正视此段历史。

第七章　女性叙事：
自传与小说中的女英雄和受害者

在犹太人的上海流亡史中，"流亡中的女性"成为自传和小说等文学作品表征的重要议题，在近几十年来的二战时期犹太人流亡研究中也备受关注。例如，德语年鉴《流亡研究》（"Exilforschung"）就出版了具有性别特定视角的两期年刊《妇女与流亡》（Krohn，Rotermund，Winckler & Koepke，1993）和《语言—身份—文化：流亡中的妇女》（Krohn，Rotermund，Winckler & Koepke，1999）。而针对流亡上海的犹太女性，德国学者克里斯蒂娜·霍斯（Christine Hoss）在其论文《冒险之旅：来自中欧的上海难民们是谁》中通过统计分析指出："大多数情况下女性跟随男性而来，而相反的情况则几乎不存在。大多数女性作为难民的妻子来到上海，与丈夫生活在一起。"（Hoss，2000：110）德国学者黑尔佳·恩巴赫（Helga Embacher）和玛吉特·赖特尔（Margit Reiter）在其《极端情况下的性别关系：三四十年代在上海的奥地利和德国女性》一文中写道："在上海，约有10%的婚姻是'混血婚姻'，其中雅利安伴侣多为新教和天主教女性。"（Embacher & Reiter，2000：141）恩巴赫和赖特尔还进一步指出了流亡上海的男女人数比例不均衡的现象："尽管在德国的犹太人中，女性比例超过57%，但在上海的德奥难民中，男性比女性多出3000人。"（133）针对德国犹太难民中普遍存在的性别比例失衡的现象，美国学者马里恩·卡普兰（Marion Kaplan）（1990；1998）对此做出了解释，恩巴赫和赖特尔将卡普兰的发现总结如下："在纳粹统治初期，犹太男性比犹太女性面临更大的危险，因此被迫即刻离开本国。相较女性移民，德国的犹太组织为男性移民提供了更多的经济援助。人们通常更不愿让年轻女性独自移民，或者一些年轻女性会被迫留下来照顾年迈的父母。"（Embacher & Reiter，2000：133）而许多成功逃到上海的犹太男性因为纳粹繁琐的离境政策或其他原因无法接来他们的妻子，这也加剧了性别比例的失衡。一方面，上海难民中男性过剩的事实使得女性难民得到了更多的关注。另一方面，女性难民这一少数群体也承受了家庭和工作等方面带来的巨大生存压力。女性如何应对流亡中的艰苦条件？这种极端处境在多大程度上影响了两性之间的关系和角色分配？恩巴赫和赖特尔(Embacher & Reiter,2000)在其论文[①]中通过分析尚未发表的自传体报告和访谈，调查和研究了上述两个问题，指出了流亡上海的德奥女性蕴藏的巨大能量、强大的生存能力和出色的角色转换能力。而众多关于犹太人流亡上海的自传和小说作品则再现了流亡女性的多样化生存体验。

　　本章将结合上述学者的研究发现，探讨相关自传和小说中的女性叙事，在媒介历时层面上关注小说对自传体记忆素材的引用和改写，重点考察自传和小说中的以下几类女性叙事：1)妻子解救集中营中的丈夫，并帮助其逃亡上海；2)流亡之旅中女性更强的生存能力和适应能力，以及两性间角色的互换；3)女性作为艰难流亡生活中的受害者。

女性作为忠诚而勇敢的救助者

　　纳粹政权上台之初，上海并不在流亡地之列。但由于 1938 年 11 月"水晶之夜"[②]事件的发生，犹太人的处境急剧恶化。许多犹太男性在"水晶之夜"事件后被押送往集中营，他们的妻子不顾艰难险阻，与纳粹当局谈判，力求将被拘禁的丈夫从命悬一线的境地中解救出来。为此，这些妻子要准备所需的文件(例如签证或签证申请表、来自外国的移民保证书、预订的船票等)，然后

---

① 该论文分为五个部分，分别是"女性的未可知力量和流亡中的角色互换""家庭与工作之中的生存""流放作为解放的推动力""在上海长大——我们乐在其中"和"女性从属于男性——上海的'混血婚姻'"。

② "水晶之夜"是指 1938 年 11 月 9 日至 10 日凌晨，希特勒青年团、盖世太保和党卫军袭击德国和奥地利的犹太人的事件。他们化装成平民走上街头，疯狂挥舞棍棒，对犹太人的住宅、商店、教堂进行疯狂地打、砸、抢、烧。这一夜，犹太人店铺的碎玻璃铺满了柏林的大街小巷，在月光下犹如碎裂的水晶。因此，德国人称之为"水晶之夜"。这个优雅但耻辱的名称背后，是无数犹太人用身家性命堆垒出的血泪，德国全境 267 间犹太教堂、超过 7 千间犹太商店、29 间百货公司遭到纵火或损毁。奥地利也有 94 间犹太教堂遭到破坏。超过 3 万名 16—60 岁的犹太男性遭到逮捕并被关入集中营，上万名犹太儿童被迫离开父母和家庭，仓皇逃出德国。"水晶之夜"事件标志着纳粹对犹太人有组织的屠杀的开始。

将其提交给盖世太保,以证明其丈夫已准备移民。上海犹太流亡女性作为救援者坚定地维系婚姻与家庭的行为,构成了流亡自传和小说作品中一类重要的女性叙事。

从米尔贝格尔作为时代见证人的自传记忆中可以了解到,她的犹太母亲伊尔莎·克里普斯(Ilse Krips)每天骑着自行车去美因河畔法兰克福的犹太社区打听拯救丈夫的门路。在了解到逃亡上海的可能性后,她向盖世太保提交了相关文件,成功将丈夫从布痕瓦尔德集中营中解救出来(Mühlberger,2006:12)。"但是,直到今日她仍然不愿提起其在盖世太保监狱被拘留两天时的情况。"(Embacher & Reiter,2000:134)集中营囚犯被释放后,必须在3至4个月内离开德国。如果超过这一期限,将面临再次被关押进集中营的风险。加之其他国家给予犹太人的移民配额很低,不少类似于克里普斯的女性在时间的压力下决定逃亡上海。她们常常还需竭力说服丈夫前往上海。男性大多通过职业的成功来获得身份认同,因此害怕流亡会让自己丢失工作,从而丧失个人身份和地位。由于参军投身第一次世界大战,或在社会上从事各种职业,这些犹太男性在德国社会已被高度同化,甚至其中不少人视这样的逃亡为不负责任的怯懦之举(转引自 Embacher & Reiter,2000:135)。然而,以家庭为重的妻子对于在纳粹德国所要面临的威胁更加了然于心,即使担心流亡后可能会面临失业带来的困窘,她们依然坚持移民(135)。

值得一提的是,有少数信仰新教或天主教的女性还顶住了纳粹的威逼利诱,救出丈夫并一道前往上海。恩巴赫和赖特尔写道:"纳粹主义者逼迫这些非犹太女性做出决定,要么与丈夫离婚,任其在集中营里遭受纳粹的残酷暴行而不顾,要么就与配偶一起背离故土,在危机四伏的未知新世界里寻求避难所。"(134)而大部分非犹太女性选择了离婚,这也造成了流亡上海的犹太难民的性别比例失调。

保加利亚小说家瓦根斯坦的小说《别了,上海》通过刻画非犹太血统的伊丽莎白·魏斯贝格追随丈夫来到上海的故事,展开了有关"女性作为忠诚而勇敢的救助者"的女性叙事。① 小说中，享誉欧洲的小提琴家和音乐大师特奥多尔·魏斯贝格在开完一场音乐会后被送进德绍集中营。他的妻子伊丽莎白，一位非犹太血统的女高音歌唱家，向党卫军上尉洛塔尔·哈斯勒(Lothar Hassler)求情，希望他能解救丈夫。但哈斯勒要求她将国家利益置于自我利益之上，鉴于雅利安人的身份，她应与犹太丈夫离婚。伊丽莎白回绝了这一要求。为了将丈夫从集中营中解救出来，她不仅将自己的珠宝首饰(包括结婚戒指)被迫交给了哈斯勒，而且还必须献出自己的肉体。由于上文中米尔贝格尔的母亲拒绝回忆其在盖世太保监狱里的遭遇，瓦根斯坦的这一文学叙事填补了自传体式经验性报道中有关纳粹当局如何对待女性求救者的空白。小说描述了纳粹对女性身体的侵犯，以及给她们施加的心理负担，并暗示女性通常只有牺牲肉体，才能解救被拘留的丈夫。

从返家后的特奥多尔与伊丽莎白之间的对话中不难发现，他对妻子的牺牲一无所知，并相信从集中营获释之后，纳粹的恐怖统治也会很快结束。他对伊丽莎白说道："离开德国，我们的德国？就因为一帮迟早会失去政权的流氓？永不！"(Wagenstein, 2010:80)他还强调说："同事们、朋友们和这房子怎么办？我们要弃之不顾然后逃走吗？"(81)对话中展现出来的特奥多尔的内心世界与卡普兰的社会心理学发现相吻合，即让被德奥社会高度同化且以事业为重的犹太男性放弃他们在故土的社会地位和中产阶段身份，是极为困难的。

小说中，伊丽莎白通过指出德国犹太人的险恶处境，最终说服犹豫不决

---

① 小说《别了，上海》的保加利亚语原版于2004年出版。安盖尔·瓦根斯坦是保加利亚犹太小说家、编剧和纪录片制片人。他生于1922年，在二战期间作为反法西斯抵抗运动的游击队员在保加利亚参与战争。战后，他在莫斯科学习电影戏剧。他拍摄的电影《斯特恩》入围1959年的戛纳电影节竞赛单元，并获得评审团大奖。瓦根斯坦还是1989年保加利亚巨变的推动者之一。小说《别了，上海》主要讲述了大屠杀期间避难地上海数名犹太难民的个人命运。小说叙述的重点为德国艺术家夫妇伊丽莎白·魏斯贝格和特奥多尔·魏斯贝格的家庭悲剧，以及年轻的德国犹太裔女演员希尔德·布劳恩的间谍活动。布劳恩在金发碧眼的雅利安人外表下可以很好地伪装自己，并通过偶然的机会获得了纳粹德国驻上海总领事馆秘书的工作。她在工作场所秘密拍摄机密信息文件，并将其转发给国际反法西斯组织。在她的身份暴露之后，与纳粹分子结盟的日本人对她进行了残忍而漫长的严刑拷问，但她至死都没有透露有关该组织的任何信息。在小说中，布劳恩被塑造为英勇的犹太女性殉道者。同名德译本于2010年出版，本章采用该译本开展研究。

的特奥多尔逃亡上海。当特奥多尔以妻子是信奉天主教的"帝国德国人"为由，要求她留在德国继续正常的生活和工作，不要跟随他奔赴前途渺茫的流亡生活时，伊丽莎白用《圣经》做出回应。她拿起《旧约》，翻到《路得记》，并从中读了以下经文："不要催我回去不跟随你。你往哪里去，我也往那里去；你在哪里住宿，我也在那里住宿；你的国就是我的国，你的神就是我的神。你在哪里死，我也在那里死，又葬在那里。除非死能使你我相离，不然，愿耶和华重重地降罚与我。"(83)

这一虚构的场景将女主人公的决定置于宗教传统的宏大视域中，演绎了一段交融文化性记忆的运作机制。《旧约》对犹太人和基督徒均为具有约束力的文本，为其共同的文化遗产。因此，尽管犹太教和基督教因在历史上被分裂而拥有不同的信仰，但《旧约》在此成为两个族群交融性记忆的纽带。这意味着，伊丽莎白视自己与犹太丈夫在肉体和精神上的联系是不可在尘世间撤销或分割的。她对丈夫的忠诚超越了纳粹的种族意识形态和不同的宗教信仰。

与犹太女性不同的是，就当时的政治环境而言，许多非犹太女性更难坚守对丈夫的忠贞。① 一方面，非犹太女性在自己的祖国没有遭受迫害；另一方面，纳粹不仅在欧洲勒令她们离婚，在上海亦然。结合亲历者的记述，恩巴赫和赖特尔指出，即使在上海，德国领事馆仍然向雅利安女性施压，试图说服她们与犹太丈夫离婚，并承诺给予物质支持，提供整洁的住所（Embacher & Reiter, 2000:141）。德国学者弗赖艾森将此行径评价为"狡诈的诱饵"和"有效的施压手段"（Freyeisen, 2000:454）。纳粹的迫害制度奖励不忠与自私的行为，该制度造成了重视亲情和家庭等传统价值观的沦丧。逃往上海的大多数雅利安女性抵制住了这种充斥着纳粹种族意识形态的企图。② 这些关于忠贞的非犹太血统女性难民的故事如此非凡，以至于它们在犹太人流亡上海的

---

① 根据维也纳犹太难民陶西奇的说法，大多数天主教女性最终宁愿留在家园，并选择离婚（参见 Tausig, 2007:144）。

② "上海隔都"设立后，约有 150 名雅利安女性与犹太丈夫离婚（Kranzler, 1988:495-496）。作为一种生存策略，这使她们能够继续养活自己和丈夫。否则，根据日本方面的公告，每名嫁给"无国籍难民"的妇女都必须搬进隔都（Freyeisen, 2000:460）。在"假离婚"后，她们一方面得到了纳粹的物质支持，另一方面又能够在隔都和上海其他地区间自由出入，以便为丈夫获取食品等基本生活物资。

小说作品之中,比犹太女性难民的故事更为频繁地被书写。

例如,非犹太血统女性难民与在上海的纳粹分子之间的冲突在克莱谢尔的小说《上海,远在何方》和洪素珊的儿童小说《用筷子吃蛋糕》中被重构。《上海,远在何方》中的捷克斯洛伐克新教徒艾米·罗森鲍姆[1]和《用筷子吃蛋糕》中的德国新教徒玛丽安娜·芬克尔施泰因为了维护家庭,拒绝接受纳粹分子不道德的离婚要求。这两位女性的形象体现了非犹太血统女性难民的英勇和操守。这些特征通过其在流亡自传和小说等记忆文学中的建构和循环传播,使得"女性作为忠诚而勇敢的救助者"成为一种强有力且具有生命力的女性叙事。

流亡女性的生存能力

针对纳粹时期流亡美国和巴勒斯坦女性开展的研究(参见 Quack,1995;Kliner-Fruck,1995)表明,女性难民比男性难民更能为了生存而奋斗,且更擅长适应新环境。流亡家庭生存的重担常常压在女性肩上。这一现象被位于纽约的德国犹太人月刊《建设》(„AUFBAU")在 1940 年 3 月版的社论中解释如下:

> 如果一个女性流亡者体力允许的话,她可以在家政工作和一些无需培训学习的工种中轻松赚得几美元,而不必像男性流亡者一样,四处寻觅各种区分度较高的工种(起初他们总是如此),还提出更高的周薪要求(也因此更难找到工作)。(Klapdor,1993:20)

根据海克·克拉普多尔(Heike Klapdor)的说法,私人家庭中的清洁女工或家庭佣人的工作符合传统的角色分配,正如"女性对家庭的责任也与传统相匹配一样"(20)。对于大多数流亡女性而言,"面对危机之时,她们更容易顾全大局,创造生存所需的最基本的条件,而不是深陷身份动摇时的绝望"(26)。

---

① 文学人物艾米·罗森鲍姆的原型为捷克斯洛伐克同时代的历史亲历者艾米·罗森鲍姆(Amy Rosenbaum),历史上的罗森鲍姆像其他流亡者一样,在战争结束后应位于伦敦的维也纳犹太人大屠杀图书馆(The Wiener Holocaust Library)的要求,留下宣誓声明(Walter,2010:24)。该声明在克莱谢尔的小说中被提及:"德国领事馆要求我与丈夫分开并离婚。如果我申请离婚,他们保证在'法租界'中为我提供公寓和其他物质支持,但我拒绝了。"(Krechel,2009:180)文字下方还有她毫无畏惧的亲笔签名。

对此，恩巴赫和赖特尔也指出："由于与男性相比，女性的身份大多不由职业活动和成就决定，因而女性更有可能接受无需培训的工作，从而获得'生存的保证'，且不必为此彻底质疑自己的身份认同。"（Embacher & Reiter,2000:135）

上述社会经济学和社会心理学研究的结果也适用于纳粹时期发生在上海的流亡事件。务实能干的女性流亡者们从家庭主妇的任务范围出发，开始从事家政女佣、清洁女工、面包师、裁缝、厨师和办公室秘书等职业。相反，许多曾经是律师、学者、艺术家、商人和办公室职员的犹太男性却很少能够在上海继续从事以前的职业。造成这种情况的原因有两个：第一，当时上海的社会文化、经济和法律条件与欧洲不同，且彼时失业率很高。第二，许多人因在集中营被羞辱的经历而精神萎靡。他们常常不愿意委身从事工厂工人、夜间值班员或港口劳力等低薪工作，或者他们的身体状况也不允许其从事这种对体力要求较高的工作，因为这样的工作意味着社会阶层的降级。[①] 与女性相比，逃亡和流亡对男性而言是"生活历程中一次极端的断裂和明显的中断……，尤其是当他们长时间无法从事其惯常领域的工作时。他们一直以来对自我和角色的理解，即他们的身份认同，因此（至少暂时性地）遭受严重质疑"（135）。

上述情况导致了性别角色的改变和传统性别等级的逆转。在上海，许多女性成为流亡家庭的赡养者，工作和家务的重担同时落在了她们身上。除了照顾孩子和丈夫、料理日常生活外，她们还被迫努力工作，以维持家庭生计。陶西奇自传性的流亡故事提喻式地展现了许多女性"通过施展家庭主妇的持家之道，能够在紧急情况下调动起出人意料的资源和力量，并以润物细无声的方式确保自身、丈夫和家庭的存续"（137）。

陶西奇抵达上海后，立即登记为面包师，并很快被一家奥地利餐馆雇用。为了证明自己的专业能力，她在配料不足的情况下，依然能烘焙出地道的维也纳式苹果馅饼，赢得了众人认可。在中国市场上采购原材料对陶西奇来说

---

① 但需强调的是，并非所有从事上述专业领域的犹太男性难民都失业了。例如，米尔贝格尔的父亲、曾在美因河畔法兰克福经商的赫尔曼·克里普斯（Hermann Krips）就在上海做起了鸡蛋经销商（Mühlberger,2006:31）。此外，在上海的犹太流亡者中还有少数医生、工匠和面包师，他们能够更容易地在流亡地继续从事他们的职业以养家糊口。更多有关当时上海难民的职业和工作的信息参见 Hoss（2000:103-132）。

是一个巨大的挑战。因为很多食材(如皮蛋、豆腐、整鱼和豆浆)对于难民来说是非常陌生的,不仅如此,像牛奶、各类奶制品(如奶油、酸奶、奶酪)和火腿等欧洲人餐桌上的主要食品也很难找到。市场上无数的乞丐与小偷也给他们带来了不小的麻烦,另外,采购中的种种困难还在于不同寻常的中国式讨价还价及语言交流障碍。对此,陶西奇在自传中着墨不多,其他同时代的亲历者多有记述。尽管存在各方面的采购困难,但陶西奇因感受到了"亲爱的上帝"的感召才继续从事这项职业,她如下描述了面粉的揉捏过程:"我像魔术师一样揉捏着面团并用力敲打面团,使其很快像橡皮球一样在桌面上来回跳动,表面光滑如丝绸。……我似乎感受到亲爱的上帝亲自用他的手参与其中。"(Tausig,2007:100)她充分发挥自身的创造性才干,为逐渐壮大的顾客群烹饪出更多的维也纳式菜肴。当陶西奇就职的餐厅因为隔都的设立而被迫关闭,她也因失业而即将陷入绝境时,她还是用最后一笔积蓄买了一个篮子,用来给顾客送货。此后,她和丈夫一起受亚美尼亚商人之托,在"上海隔都"经营了一家咖啡甜点店,直至她的丈夫在隔都中病逝。

恩巴赫和赖特尔指出:"对女性而言,即便面临各种困难,但在移民过程中,她们无论是在生活方式还是自我认识上,仍可保持一定的连续性。"(Embacher & Reiter,2000:135)陶西奇便是其中一位具有代表性的女性。她烘焙出来的苹果馅饼体现了她保持不变的饮食习惯,这显示出她与故土的紧密联系和对自我文化身份的认可(参见 Liu,2012:351)。陶西奇的创造性才能和似乎用之不竭的精力,也在克莱谢尔的小说《上海,远在何方》中得以呈现。小说通过图像化的还原,详细地描写了"魔术师"陶西奇如何以出色的手艺,烘焙出她在上海的第一只苹果馅饼(参见 Krechel,2009:29-35)。另外,为了突出她丰富的创意性,小说还虚构化叙述了她后来如何凭借着创造力和热情,烘烤出独具一格的"陶西奇小蛋糕"(144-145)。但是,一场火灾导致餐厅被毁,她的梦想最终没能实现。

女性难民的创新力也在儿童小说《用筷子吃蛋糕》中被演绎成一个令人印象深刻的女性叙事母题。小说中,玛丽安娜与她的丈夫及孩子必须搬进"上海隔都"内的一个小房间。为了保护仅存的一点隐私,玛丽安娜缝了两块窗帘并悬挂起来,以此将空间分为了父母房、儿童房和盥洗角落。由于在上海很难买到胸罩,她便不仅为年幼的女儿英格,还为女儿的同学们量身缝制胸罩,借此也为家庭增加了额外收入。全知叙述者从英格的孩童视角出发,对玛丽安娜的付出给予了积极评价："英格真的不得不佩服她的母亲。在特殊情况下,玛丽安娜·芬克尔施泰因竟能迸发出如此惊人的能量和坚不可摧的乐观精神。"(Hornfeck,2012:215)

与之相反,在自传和小说记忆中,上海的犹太男性们则被描述为"流亡的过程中的沉重负担"。① 陶西奇身为律师的丈夫和许多其他知识分子一样,在上海因找不到工作而倍感羞辱。上海冬冷夏热的潮湿气候也令其身体每况愈下。他们的儿子在1938年借助英国当局实施的"儿童运输"营救行动逃往英国。骨肉分离的境遇加之他在经济和日常生活中都依赖妻子的事实,都令其濒临崩溃。然而,夫妇二人"尽管角色发生了不寻常的逆转,但仍然保持着异常紧密和谐的关系"(Embacher & Reiter,2000:137)。

陶西奇对于在沪经历的回忆清晰地展现了这种颠倒的两性关系中的依赖关系,以及心理、社会和经济层面上女性地位的上升与男性地位的相对下降。丈夫的内心世界在陶西奇的记述中鲜有涉及。克莱谢尔在其小说中则通过全知讲述视角将其虚构化地呈现出来:

> 陶西奇先生无声无息地沮丧了,没有人需要他。而他却如此苦涩地需要他的妻子……陶西奇先生十分愤怒,伤心过度。他倒下了,永远都不会恢复健康了,也不再有足够的勇气下决心恢复健康。妻子带回来的小蛋糕,他掰成如同鸟食一般大小的小块吃。它们使他回想起某种不用多想就可以享用的东西。那时候,思考与活命还相去甚远,还没有相互衔接起来。(克莱谢尔,2013:33)

这一段思想活动虚拟性地洞察了她丈夫的心理状态,他困于家中完全依赖妻子,自己社会地位尽失的现状,因此感到自身无用而处于半瘫痪状态。他无法排解内心的焦虑与沮丧,而他的妻子则能通过与外界的职业性或私人接触缓解低落的情绪。小蛋糕也令他念起在故土的美好生活。一名律师职业性的殚精竭虑并无益于他在上海的生存,反而给他带来了诸如迟钝之类的心因性症状。相反,陶西奇则凭借她永不停歇的干劲和在流亡中被激发的力

---

① 伊尔默拉·冯·德·吕娥(Irmela von der Lühe)在她的论文《〈男人常常是沉重的、忘恩负义的负担〉:流亡中的女性——流亡研究中的女性》(1996)中分别从妇女和性别史、文化学和文学视角出发,研究在纳粹时代男性如何沦为流亡中女性的负担,以及由此形成的新型性别关系。

量,克服了生存的障碍,并照顾她日渐虚弱的丈夫。这样的女性力量在原来维也纳中产阶级的日常生活中是没有机会得到施展的。

《用筷子吃蛋糕》也从英格的青少年视角描绘了父亲的虚弱和茫然。英格的父亲威廉·芬克尔施泰因抵达上海后,虽立即开始在"公共租界"的一家奥地利糕点店中打工,但他因将女儿和信仰新教的非犹太妻子带到上海,而产生了强烈的内疚感和羞愧感。当被迫迁入隔都而不得不放弃工作后,他变得越来越绝望和颓废,继而依赖妻子和孩子的照顾。针对犹太丈夫的自传式记忆及此类记忆在小说媒介中的再度媒介化显示,传统的"强势和弱势性别"观念和中欧地区家庭的父权结构正在发生改变。此外,男性流亡者过高的比例和女性流亡者备受追捧的持家能力,也成为上海犹太难民中两性主导关系逆转的重要原因之一。

陶西奇在自传中写道,丈夫去世后,由于难民的性别比例失调加上她出色的持家能力,众多追求者纷至沓来:"他们按照以下顺序依次出现:牙医、裁缝、书商、媒人和妇科医生"(Tausig,2007:144)。一位来自斯图加特的寡居牙医的年幼儿子想要一位可以为他烤蜂蜇蛋糕(Bienenstich)的"妈妈",陶西奇对他们颇有好感。但念着自己的儿子,她拒绝了牙医的求婚。由妻子或母亲烤制的蜂蜇蛋糕或苹果馅饼,使男性难民想起了心爱的故乡,女性难民"给流离失所者带去慰藉,并给人在此处重建失去的家园的幻觉"(Liu,2012:351)。埃内斯特·博尔内曼(Ernest Bornemann)对"女性作为流亡中的家园"这一记忆形象做出了如下评论:

> 一位爱着且被爱的女性伴侣对于一位在流亡中辛苦工作、从事政治活动且每日饱受贫穷和绝望威胁的男性的意义,要比对于一位安稳度日的中产阶级男士的意义来说大得多。流亡中的爱体现在每天不断在爱人身上发现家园之所在。在对方的记忆中,那座失去的城市仿佛继续存在,从未真正消失过。(Bornemann,1981:54)

女性通过身体上的陪伴与家务的料理,弥补了男性流亡者物质和精神层面的损失(参见 von der Lühe,1996:55)。他们来自相同生存空间和文化环境,共享关于过去的记忆。女性在穷困潦倒和流离失所的恶劣生活条件下操持日常家务,维持着中欧家庭的生活方式,这给予陌生环境中的丈夫们故土般的归属感。

综上所述,女性流亡者在持家方面展现出的出色的生存能力、毅力、创造力和灵活性使"女性英雄主义"成为犹太人流亡上海的自传和文学记忆中一类重要的女性叙事。但并非所有女性都能承受流亡带来的沉重负担。

女性作为悲剧性人物

恩巴赫和赖特尔指出:"面对几乎失控的生活状况,流亡女性常常患上心因性疾病和抑郁症。"(Embacher & Reiter,2000:137)上海犹太难民的极度贫困和战争期间不稳定的经济状况也导致了部分女性道德观和价值观的变化。相关的自传和访谈中反复提到犹太女性为了生存和赚钱养家而沦落风尘的故事。(143)"人们会读到德国学者的妻子是如何卖淫的,或是德国牙科技术员如何每天陪伴妻子到妓院工作,然后再去接她回家。"(144)有些已婚或是单身的女性成为有钱有势的日本人、中国人和战后美军士兵的陪酒女或情人。① 在异国他乡从头开始对许多夫妻而言都是艰辛的考验(143-144)。

上述历史背景被融入了小说《别了,上海》对于女主人公伊丽莎白·魏斯贝格个体和家庭悲剧的文学演绎之中。曾经在世界各地工作的女高音歌唱家伊丽莎白·魏斯贝格不得不在流亡上海时以当钢琴和德语老师谋生,而她的丈夫——享誉欧洲的小提琴家特奥多尔·魏斯贝格②——则在一个富有的塞法迪犹太人家当园丁,以此来赚取微薄的收入。他们起初栖身于一个犹太难民所,忍受着那里肮脏、混乱、嘈杂和毫无隐私的群居生活,随后在虹口区

---

① 马克·西格尔贝格在流亡上海期间写作和排演的犹太戏剧《陌生的土地》讲述了一名流亡女性为了使其丈夫能重返医生岗位,选择去当女服务生,最终成为一名当地人的情妇的故事(参见 Freyeisen,2000:416)。该戏剧以此表达了"流亡者在应对问题丛生的异乡日常生活和欧洲民众的传统价值观时如走钢索般举步维艰"(416)的主题。更多有关犹太人流亡上海戏剧的信息参见菲利普的著作《流动剧场都算不上:上海流亡戏剧(1939—1947)》。

② 特奥多尔·魏斯贝格的历史原型可能是来自柏林的犹太小提琴家阿尔弗雷德·维滕贝格(Alfred Wittenberg)。维滕贝格流亡上海时,曾教导过许多后来为人们所熟知的中国音乐家,从战后直到 1953 年去世之前一直担任上海音乐学院教授。中国作家何宁创作的小说《米拉尼的小提琴》讲述了一位德国犹太小提琴家在二战期间流亡上海,与中国学生建立深厚的友谊,和他们并肩与日本法西斯展开斗争的故事。小说的情节在很大程度上亦近似维滕贝格的流亡故事。

的一间狭窄的房屋中度日。为此,特奥多尔不断向他的非犹太妻子道歉,而这非但没有减轻反而加重了伊丽莎白的心理负担。在雇主家庭的一次庆祝活动上,特奥多尔与一名纳粹官员发生了争执,使夫妇二人均失去了工作,伊丽莎白不得不在晚上去酒吧当歌手。出于安全考虑,特奥多尔会接妻子下班。在酒吧里,她巧妙地保护自己,回避好色客人的接近。酒吧的中国老板曾在醉酒时试图性骚扰伊丽莎白,伊丽莎白极力反抗而未使其得逞。他愤怒地扇了她一耳光,辱骂她为"德国妓女"后离去。伊丽莎白悲愤地将一个香水瓶扔向镜中的自己,并哀怨地吼道:"一面破镜子!"她大声说:"七年不幸的爱情! 难道还要再忍受七年吗?"(Wagenstein,2010:305)事后她仍需上台表演,在穿鞋时一只受惊的老鼠从左鞋中窜出,撞到她的脚踝,她惊恐地尖叫和抽泣着。不久后,人们发现她已上吊身亡。

小说通过塑造伊丽莎白这一命运悲惨的女性形象,向读者展现了流亡可能带来的毁灭性后果,以及众多流亡女性所面临的绝望处境。与许多以难民身份来到上海的家庭主妇不同,伊丽莎白作为一名杰出的艺术家,由于其社会地位的急剧下降,遭受了严重的身份断层和缺失。她在此前职业生涯中所享有的尊重,与纳粹军官和酒吧老板对她身体和人格施加的侮辱形成鲜明对比。小说中还对比了她在德累斯顿居住的宽敞别墅与上海的临时住所,在故居里她习惯每天洗澡两次,而临时住所里既没有厕所,也没有自来水。故土的财富、秩序和洁净与上海的贫困、混乱和肮脏形成的巨大反差,凸显了流亡生活带给伊丽莎白的屈辱和无奈。

伊丽莎白不堪忍受流亡中的悲惨境遇,放弃了对爱情的信仰。她在自杀前的独白中提到的那面破碎的镜子,象征了极端情况下流亡者命运的残缺和心理的脆弱。伊丽莎白失去了继续为家庭奋斗的希望和力量。那只致命的老鼠不仅象征着上海恶劣的卫生状况,也作为欧洲集体记忆中黑死病的传播媒介象征了伊丽莎白的毁灭。

小说通过伊丽莎白这一人物角色,亦展现了悲惨的社会和家庭处境给流亡上海的众多非犹太女性带去的双重精神负担:纳粹对"混血婚姻"私人家庭领域的粗暴干涉,以及犹太丈夫因非犹太妻子随同流亡而产生的罪恶感给她们带来的心理压力。小说《别了,上海》在虚构与事实、创作与真实、个人命运与历史框架之间切换自如,部分女性难民(包括犹太人和非犹太人)作为陪酒女或妓女的经历,以及上海恶劣的生活条件(例如糟糕的卫生状况和逼仄的居住条件）等历史事实被辅以虚构的情节（例如女主人公是一位女高音歌唱家），被整合到伊丽莎白的故事中。小说将流亡上海的魏斯贝格一家的悲剧嵌入宏大的历史框架之中，使之具有较高的可信度，并能引起读者的共情。与女性英雄主义叙事相反，《别了，上海》塑造了悲剧性的女性叙事。

第八章 儿童和青少年叙事：
《用筷子吃蛋糕》中的越界者

　　不少犹太儿童和青少年随同父母到上海避难。此外，1939 年至 1946 年，在上海共出生了 418 名犹太难民儿童（Kranzler，1988：605）。1944 年 11 月，"上海隔都"的犹太居民人数为 14245 名，其中 1171 名为 15 岁以下儿童（606）。在关于犹太人流亡上海的众多记忆媒介中，这一未成年流亡群体的具体生活状况也时常被描绘。一些亲历者在他们的自传中回忆了在上海流亡时期的童年时光和青春期，例如 I. 贝蒂·格雷本施科夫（I. Betty Grebenschikoff）的《曾经我的名字是萨拉》（1993）、托比亚斯的《陌生天堂：一个犹太人在战时上海的童年》、艾斯费尔德的《流亡中国——我在上海和南京的岁月》、培根的《上海日记》和米尔贝格尔的《出生在上海：作为移民的孩子》。

　　除了自传外，其他记忆体裁中的儿童和青少年叙事也对"犹太人流亡上海"文化记忆的构建做出了贡献。由中国画家吴林创作的绘本小说《犹太女孩在上海》（2010）及其改编的同名动画电影（2010）展现了在上海流亡的一名犹太女孩与一名上海本地男孩之间的友谊，以及他们对日军侵华势力共同展开的抵抗。洪素珊的德语小说《用筷子吃蛋糕》和沃霍夫的德语小说《南京路》均讲述了一名德国犹太女孩在上海流亡的经历。本章将着重探究《用筷子吃蛋糕》对"犹太人流亡上海"文学记忆文化的贡献。

　　这部小说以大量的篇幅和现实主义手法描绘了小说主人公英格在上海度过的童年和青春期。该小说一方面运用了全知叙述视角，另一方面通过儿童或青少年的内聚焦视角讲述大部分情节。战争与政治的话题在故事叙述背景中展开，流亡的历史也在主人公身上被个性化和浓缩化地展现。该小说重点刻画了英格的社会化过程及其在国际大都市上海的身份认同构建，突出了她的内心世界，多样化地展现了她的情感、经历和想象。这部儿童小说简明易懂，别具一格，带有大量的对话和对人物思想活动的描述，再配上清晰的叙述者评论，成为德国儿童文学院评定的 2012 年 7 月月度儿童小说。①

在该儿童小说中，年少的英格对流亡生活的感知与她父母截然不同。从历史上来看，对于大多数成年难民而言，远东陌生文化中的日常生活与他们在欧洲的经历迥然不同。上海夏季闷热，冬季寒冷，对难民的身体适应能力提出了很高的要求；贫困、肮脏的生活条件令许多流亡者感到震惊。这些因素共同导致在沪大多数犹太难民仍然对其故国文化保持认同，而不去适应当地环境，并在战后选择移民他国。总体而言，针对纳粹时期逃亡美国或英国等目的国的犹太流亡者在当地的同化过程，以及交融文化性混杂身份认同形成的研究已有较多，但上述主题在流亡上海的研究中几乎未曾出现。②

犹太儿童和青少年看待流亡的视角与成年人的视角形成了鲜明对比，这一差异体现在例如米尔贝格尔作为亲历者的回忆中。米尔贝格尔出生于上海的一户犹太难民家庭，书中如下展现她对流亡生活的看法：

> 我非常好奇，孩童时期我就对周遭发生的事情非常感兴趣。那些陌生的环境、亚热带的气候、夏天的湿热或冬天里没有暖气的严寒，都没有像困扰他们那样困扰过我。
>
> 我不想家，也没有对留在德国的家人过于担忧。（Mühlberger, 2006:29）

米尔贝格尔记得，小时候的自己一方面对流亡中的陌生环境表现出更加浓厚的兴趣，另一方面也没有像成年犹太难民那样怀有思乡情绪。恩巴赫和赖特尔研究了许多在上海度过童年和青春期的时代亲历者的记述后得出结论，

---

① 颁奖辞中的获奖理由为："上海对于英格的犹太家庭来说是最后的避难地。这一部成长小说富有情感地讲述了英格从女孩到年轻女性的艰辛成长道路。求知欲与开放的态度帮助她在新环境中找到了家园感。"（http://mls. provinz. bz. it/~mail-list/html/biblio-list/2012-06/pdfufNCQGiTiv. pdf，于 2013 年 6 月 26 日访问）。颁奖辞中亦出现了"最后的避难地"这一记忆母题，表明了其在"犹太人流亡上海"记忆文化中的中心地位。

② 关于流亡文学研究中的"文化适应过程"（Akkulturation）概念，参见 Becker & Krause（2010）；关于在流亡研究中"混杂性"（Hybridität）、"第三空间"（Dritter Raum）及交融文化性等后殖民术语的论述，参见 Krohn, Rotermund, Winkler & Koepke（2009）和 Krohn, Rotermund, Winckler & Koepke（2007）。

在上海这个多元文化共存的大都市,儿童和青少年与他们在经济上和心理上都承受重压的父母不同,他们带着愉悦、自由和自信成长。(Embacher & Reiter,2000:139-140)同样,洪素珊的小说也描述了流亡上海的儿童和青少年的好奇心、归属感、对生活的热爱和独立自主的性格,而英格的父母流亡到作为"过境站"或"等待大厅"的上海,却经历了背井离乡的苦楚。

在舒曼的双重传记《最后的避难地:上海》中,犹太主人公索卡尔的身份具有多元性和差异性,处于中西文化的重合地带(参见本书第六章)。而洪素珊的小说也刻画了青少年主人公英格经历的交融文化性混杂身份认同的发展过程。作为日耳曼学者和汉学家,洪素珊在小说的儿童和青少年叙事中呈现出对两种文化的精辟见解。[1] 标题《用筷子吃蛋糕》就预示了小说的交融文化性主题,书中通过描写英格的思想活动,阐明了标题的内涵:

> 用筷子吃蛋糕——这一景象从她脑海一闪而过。这样一幅奇特的图景概括了中国和西方的生活方式,成为他们新生活的迷人之处。她想起了伊娜(Ina),以及她们在勃兰登堡一起练习如何用筷子吃完爸爸做的酥松蛋糕的情景。[2] ……英格来到这座命中注定的城市,在这丰富多彩的国际化的生活方式中,在汉语及其优美而神秘的笔画中,感到宾至如归。(Hornfeck,2012:205-206)

"用筷子吃蛋糕"这一交融文化性隐喻是一种浓缩的记忆图像[3],小说借由英格的经验世界,广泛地呈现了各类中德文化元素的相遇与交融。作为中心情节要素,这部小说描绘了敢于冒险和进取的英格如何迅速融入中国社

---

[1] 洪素珊还翻译过几本关于中国历史、文学、美食和医学的非小说类书籍。2007年,她获得了德国贝克出版社(Verlag C. H. Beck)的翻译奖。

[2] 洪素珊的第二本小说《用筷子吃蛋糕》可看成她第一本小说《来自中国的伊娜》(2007)的姊妹篇。《来自中国的伊娜》讲述了中国女孩伊娜于1937年至1944年在勃兰登堡的日常生活和文化适应过程。伊娜的父亲将7岁的女儿从日本占领的上海送到勃兰登堡,交给他的朋友冯·施泰尼茨一家,以确保她在战争时期的安全。在勃兰登堡,伊娜与犹太女孩英格成了好朋友。伊娜向好奇的英格分享了许多关于中国及其文化和语言的知识。但欧洲的战火很快波及了她们的生活,英格和她的父母不得不于1938年逃离纳粹德国并流亡上海。

[3] 此外,小说中的文化交融维度也体现在文化相遇的意义上,并在书的封面上被可视化。封面上有一个扎着辫子的金发女孩的背影,她面对着老上海满是人力车和中国商店的街景。

会,因而中国文化的元素表征在这部作品中扮演着重要角色。该儿童小说增进了德语未成年读者群[①]对中国文化的了解,促进了文化交流,履行了教化功能。小说将中国生肖加入章节标题中,例如"双重生活:上海 1939——兔年"(Doppelleben: Shanghai 1939—Jahr des Hasen)和"被遗弃:上海 1943——羊年"(Rausgeschmissen: Shanghai 1943—Jahr der Ziege)。这借鉴了培根的自传《上海日记》。这本日记将流亡年份按照中国十二生肖的时间排序,并作为章节标题,例如第四章"1939 年 9 月 4 日至 1940 年 1 月:龙年"(September 1939 to January 1940:The Year of the Dragon)。洪素珊的小说不仅将生肖用作章节标题中的年份信息说明,而且还将人物的命运与生肖的特点进行了匹配。[②] 它将生肖这一中国传统文化中重要的时间观与欧洲犹太女孩的流亡经历相结合,在儿童小说这一媒介中完成了一种交融文化性的转译过程。[③]

　　上述例子还表明,这部小说不仅具有交融文化性特征,而且还处于多元媒介性网络之中。小说的参考书目中包含许多历史著作、自传和小说[④],它们都在小说文本中留下了印记。作者在致谢词中写道,她对难民流亡时所经历的事件及其生活状况的了解,要归功于众多亲历者的讲述,其中不仅包括自传,还包括她与一些在沪犹太人的私人对话。根据以上说法,对于上述信息来源进行再度媒介化,有助于提高小说中历史叙述的真实性,并提高英格及

---

① 这部青少年小说不仅面向未成年读者,也面向成年读者。不同年龄层的阅读群体可以同时了解中国的文化,以及犹太人流亡上海的历史进程。

② "被遗弃:上海 1943——羊年"的开头写道:"与此同时,温顺的山羊接过了十二生肖的管辖权,英格早已习惯于将相应年份发生的事件归因于中国生肖运势。看似无害的兔年却给欧洲带来了战争,在龙年她进了不讨人喜欢的学校,蛇年招来了日本人,……但可怜的动物也无能为力。……政治剥削和折磨同类,却又是人类创造出来的。"(Hornfeck,2012:196)小说将十二生肖与历史事件进行对比,批判了人类战争。

③ 该小说的附录包含中国农历从 1928 年 1 月 23 日至 1948 年 2 月 9 日的相应星象图和十二生肖等信息,德语读者可借此了解中国文化中的时间观。该附录履行了附加的教育功能。

④ 所有接下来提及的涉及犹太人流亡上海的记忆媒介作品,也都出现在了小说的参考书目当中。

其家人的虚构故事对于犹太难民命运的代表性。[1]

　　小说主要刻画了主人公在流亡地的成长经历与身份建构过程。英格的成长历程和她在中国的见闻作为小说的两条中心叙事脉络，主要通过描写她与父母、朋友和社会环境之间的互动展开。小说中的儿童和青少年叙事涵盖了离家出走、友情、对上海的归属感、交融文化性混杂身份，以及攻击性和暴力[2]等主题。上述主题触及了儿童和青少年阶段的部分重要特征和普遍问题。接下来，本章将探讨中德文化形式的相互渗透、交叉与碰撞如何在小说的儿童和青少年叙事中被交融文化性地呈现，窥探小说如何展现英格的文化交融性混杂身份。此外，本章还将探究小说如何通过预置媒介化和再度媒介化的表征实践开展上述叙事，履行儿童和青少年文学体裁的教育功能，丰富有关流亡的文学记忆文化。

离家出走者

　　在小说中，英格被描绘成她家庭中的离家出走者，面对父母时极尽叛逆。她的犹太父亲威廉在勃兰登堡拥有一家糕点店，她的母亲玛丽安娜是一位信仰新教的家庭主妇。抵达上海后，威廉在菲德勒经营的一家面包店工作。菲德勒先生来自奥地利，而他的太太来自中国，他们还在"公共租界"拥有一家咖啡馆。当英格的父母在上海感到不自在和沮丧时，英格对上海的日常生活却不带成见，充满好奇。在英格眼中，她的父母过分拘泥于德国小市民阶层的社会规范和惯例。

　　例如，玛丽安娜极其注重整洁和卫生，讨厌上海的污秽和臭味，害怕公寓里的虫子和老鼠。小说中的全知叙述者写道："她觉得这一切都非常可怕，时常哭哭啼啼，几乎没有踏出后院保护区半步。"（Hornfeck，2012：103）与之相

---

① 洪素珊在小说的致谢词中提到，虽然英格是纯粹的虚构人物，"但芬克尔施泰因家族所遭遇的事情却可能是真实发生过的类似事件。在那几年里，约有1.8万名德国和奥地利犹太人在上海避难，其中包括许多孩子。英格可能就是其中之一。"（Hornfeck，2012：373）

② 曼弗雷德·马夸特(Manfred Marquardt)概述了有着问题导向的儿童书籍中最为重要的主题和内容。据他介绍，除了离家出走、友情、对上海的归属感、交融文化性混杂身份，以及攻击性和暴力等主题之外，这些书籍还涉及疾病、残疾、死亡、第三世界、政治、社会政策等(Marquardt，2007：118-131)。

反,英格却热衷于找寻上海这一城市中的新鲜事物,例如当地的动物。在英格试图向妈妈解释中国的老鼠与欧洲黑家鼠之间的区别时,玛丽安娜悲伤地喊道:"别说你那些老旧的中国格言了,把这动物从我脖子上挪开。……你根本无法想象,让一个德国的家庭主妇住在这样一个洞里,在这样一座城市中,意味着什么!"(102)英格对于母亲无休止的哀叹的反应体现在一段细腻的心理描写中:"如果作为一名德国家庭主妇的事实让你无法在国外去经历激动人心的冒险,那宁愿就不做这类人。"(102)抱有偏见、羞于交往且不懂灵活变通的母亲与有着极强求知欲、喜欢社交且适应性极强的英格构成了对立面。对于流亡生活的不同态度导致英格在成长过程中与她不堪重负的母亲产生了隔阂。

菲德勒太太拥有一个经典的中文名字"晓春",她打算邀请芬克尔施泰因一家人来家里共度春节。英格向父母转达邀请时,一家人又发生了争执。英格的父亲不想接受邀请,因为他不想将私生活和工作混为一谈。英格的母亲也认为,农历新年就像圣诞节一样,是家庭的庆祝活动,因此应该和家人待在一起。加上她也不想麻烦晓春,况且还害怕中餐中出现"奇奇怪怪的东西"(121)。英格的反应通过自由间接引语被表达出来,她认为他们"没有一点好奇心或是进取心……这实在令人绝望"(122)。令她母亲感到惊讶的是,英格接受了中国普遍流传的一种想法,即如果她的家人不接受邀请,就会让菲德勒夫妇丢面子。英格还批评父母未融入中国文化:"如果你们继续这样下去,就永远不会在中国找到归属感。"(122)最终,英格代表她的家人独自前往菲德勒夫妇家赴约。

在这一场景中,小说展现了中德价值观、思维模式和行为规范之间的对立与冲突。由于其坦诚且开朗的个性,英格似乎比她的父母更能赢得读者的好感,读者更易与英格产生认同感。芬克尔施泰因夫妇则被塑造成典型的成年难民,他们遵循其故国文化的行为准则,不愿了解中国文化并融入中国人的生活。① 小说巧妙地从儿童视角出发,在情节和对话中淋漓尽致地展现了中国人的好客之道,并批判了典型的德国小市民式的思维定式。小说以此避

---

① 芬克尔施泰因夫人的原型可能是乌尔苏拉·培根的母亲。培根在其自传《上海日记》中追忆说,她的母亲有段时间也反对自己与中国人接触,甚至拒绝接受任何"异国宗教的影响"(Bacon,2004:207)。

免了直白的说教，激发德语读者反思英格父母的行为方式，并加深他们对中德在行为规范和价值观等方面的文化差异的理解。

小说中展现了一幅全新的童年和青春期图景，其特征在于儿童和青少年相较于成年人更具独立性和适应性。英格的母亲难以适应在街市购物，因此，英格接手了这项任务，并迅速学会了如何通过掂量挑选出最佳的蔬菜和水果，然后再用中文讨价还价。在英格看来，她能借此体验到街道和市场上熙熙攘攘的氛围，闻到小吃摊和茅坑的气味，感受到城市的喧嚣和生机。这座城市取代了家庭，成为英格社会学习①的场所。她的父母秉持的生活准则对她几乎没有影响。英格在流亡上海期间得以摆脱家庭教育的影响，很大程度上要归功于她与晓春及其儿子西蒙·菲德勒之间的友谊。

友　情

英格与晓春和西蒙之间的友情最终发展成近乎家人般的感情，并对她形成交融文化性混杂身份产生了重要影响。向德语目标读者群体宣传中国文化这一目的，也在该书对友情的刻画中扮演了重要角色。

芬克尔施泰因一家向菲德勒一家租借了他们咖啡馆背后楼栋中的两个房间。作为邻居，英格和菲德勒一家之间经常碰面。晓春人如其名，总是令人"如沐春风"，感到温暖与愉悦。她还教英格说中文，介绍了中文声调②的特点及汉字构成。小说淋漓尽致地展现了中文的魅力，以致英格"完全为笔画着迷，它并没有透露任何声音形式，而只透露其含义"(158)。小说用这种方式向德语读者群发出了热忱的邀请，号召他们向与印欧语系相去甚远的中文敞开怀抱，鼓励年轻的读者群体去学习这门语言。③ 小说作者对于中文的热爱和对中德界限的跨越，在取名字这件事上可见一斑。晓春为英格取了一个中文名，叫方英格，寓意模范、杰出且有原则。西蒙的教名为"半龙"④，这源自他的一半中国血统，同时他还因为头发稀疏而有了"三毛"这个中文昵称。他

---

① 有关流亡中的城市研究参见 Krohn, Rotermund, Winckler, Wojak & Koepke(2002)。
② 该小说的附录中还有对于汉语音调的进一步讲解。
③ 这一诉求可能在儿童和青少年身上更容易实现，因为相较于成年人，他们能够更加容易且快速地学习一门新语言。
④ 龙中国古代皇帝和中华民族的象征，该昵称体现了作者传播中华文化的用意。

给英格取了一个中文昵称"鸭头"。由于拥有了中文名字和昵称,英格也相应地具有了对中国文化的身份认同。小说以此来表现她在新环境中的社会融合。

出生在上海的三毛为英格塑造了一个积极的认同形象,他不仅教她中文,还传授她佛法和中国功夫的基本功。三毛的原型可追溯到《上海日记》中知识渊博的出家人袁林(音译)。袁林的父亲来自中国,而母亲来自英国。袁林曾在牛津大学学习,然后回到中国。因此,他对西方文化和东方文化都十分熟悉,并向培根介绍了许多关于道教、佛教和西方哲学的知识。他为培根在上海打开了学习中国文化的大门,对她的心智发展产生了重大影响。在流亡的交融文化性记忆中,这一人物关系成为重要的叙事结构和强有力的记忆形式。在洪素珊这一交融文化性的记忆小说中,亦设置了三毛这样一位同时熟悉两个文化领域的欧亚混血儿作为文化介绍人。必须承认的是,在历史情境中很少有难民与中国人进行深层次的交流,这一点得到了同时代亲历者米尔贝格尔的证实(参见 Mühlberger,2006:44)。培根也回忆道:"我们的中国邻居很少关注我们,都是各走各的。"(Bacon,2004:227)

在这部小说中,三毛在两种文化中长大,较英格年长几岁,扮演了像袁林一样的榜样角色。他用德语和中文向英格介绍了这座城市和当地人的生活。这一人物关系使英格融入中国社会变为可能,并促使其通过文化对话逐渐形成交融文化性混杂身份,同时也为德语读者群提供大量有关中国文化的信息。

英格与来自斯图加特的同龄难民马克斯之间的友谊同样值得关注,这段友谊也极大地促进了英格社会能力的发展。他们相识于开往上海的邮轮上。马克斯在"上海隔都"居留期间失去了父亲,因此必须独自养活整个家庭。而英格的父亲在移居隔都后,也无法再去"公共租界"从事烘焙工作。由于英格有一半德国血统,她的德意志第三帝国儿童护照得以保留,并能随意出入隔都。她利用这点优势和擅长与人打交道的能力,与她的商业伙伴马克斯一起合作。她在城市的其他区域采购猪肝、香肠等食物,以及日常必备的药品,并与马克斯一道将它们运送到犹太难民手中。在这一过程中,英格不仅成长为一个有能力和实干精神的青少年,而且还成为"两个世界之间的信使"(Hornfeck,2012:254)。当战争期间西药匮乏时,她也为犹太人居住区的居民运送中药。犹太家庭主妇宁愿信任这位"金发送货员",也不愿与当地佣人

143

讨论她们的身体疾病，或去中药房开些药(253)。小说通过对犹太难民购买中药的虚构描述，令文化交融性过程不再局限于英格与当地人之间的交流，也发生在物质和现实层面。这位具备跨文化交流能力的、积极主动且精力充沛的金发"文化使者"也使中医造福了隔都里的犹太居民。

　　小说通过塑造英格与马克斯的合作，创造了一种观念开放、乐于合作，以及在流亡与战争中自主自决的儿童和青少年人物类型。这一勇敢无畏的人物类型可以追溯到德语儿童文学史上埃里希·克斯特纳(Erich Kästner)被广为阅读的系列儿童作品，例如《埃米尔与侦探》(1929)。克斯特纳批判了见诸于 19 世纪和 20 世纪初儿童文学中顺从听话的理想孩童形象，并构建了一种独立勤勉、乐于合作的全新孩童形象(Kaminski,1994:78)。[1] 洪素珊在其流亡小说中演绎了克斯特纳笔下的这一类孩童形象，富有想象力地洞察到流亡不仅意味着苦难和流离失所，对于特定个人和群体来说，也可意味着启发与激励。没有在上海的流亡经历，类似英格这样的犹太女孩几乎没有机会如此深度地与中文和中国文化打交道。她如此年少就成长为一名具备出色商业头脑和过人创意的文化传播者，要归功于流亡带来的契机。

　　在一些历史案例中，流亡也被证明是犹太难民的创新源泉。犹太流亡艺术家布洛赫和希夫受流亡经验的启发，创作出许多关于上海流亡的宝贵艺术作品(参见本书第五章)，著名的流亡刊物《黄报》在很大程度上也基于这段交融文化性经历而诞生。[2]

对上海的归属感与交融文化性混杂身份

　　英格能发展出对上海的归属感及其交融文化性混杂身份，归因于她在上海与周围环境的互动。小说中的这一儿童和青少年叙事受到了作者在台湾

---

① 关于克斯特纳儿童文学的全球影响和国际接受度参见 Dolle-Weinkauff & Ewers
(2002)。

② 霍斯特·埃娃(Horst Eva)曾在谈及流亡可能对文学和艺术创作带去的启示和积极经验时指出："在两种文化之间的生活尤其会成为艺术家们生存可能性的主议题。"(Horst,1999:18)帕帕内克解释说，流亡可以为不同的文化形式和身份开辟新视角和新视野，从而激发创造潜能(Papanek,1999)。论文《流亡的炼金术：流亡作为创造性的驱动》(Schreckenberger,2005)也提出了对这一观点颇具启发性的其他见解。

地区的生活经历的影响。大学毕业后,洪素珊在台湾大学担任德语语言文学专业的讲师,并如此回忆了这段时光:

> 他们的兴趣、好奇心、乐于助人和热情好客,以及当你讲中文时他们展现出来的开放的态度,这些都令我印象深刻。还有,那里充满着旺盛的精力和活力。当然,这也可能使欧洲的"高鼻梁"们感到不安,即如果一个人展现出过分的兴趣、过多的好奇心与过分的关心,而没有给予他人足够的私人空间,也就没有隐私可言了。中国有个形容词叫"热闹",直译是"热和喧闹"。我们"高鼻梁"并不总是将这二者的结合与愉悦的感受联系在一起,但也不存在"文化休克"。你会满怀热情地融入这样的行事方式中,尤其当你此前花了很长时间研究这个国家的语言和文化之后。①

　　结合自己在中国的生活经历,洪素珊还对小说主人公在上海的经历进行了多层面的记忆叙述。一方面,英格享受着菲德勒一家的热情款待和关怀,以及上海活力四射、热火朝天的喧嚣。她不再去专为外国社区保留的公园,因为那里"没有中国人打太极拳,没有商人卖茶叶蛋或糖果,也没有孩子放风筝"(Hornfeck,2012:173)。她欣赏中国人的日常生活,因为"到处都有东西可以大口咀嚼"(324)。② 另一方面,英格因为她那金色的辫子、白皙的皮肤和惹人注目的外表,总能在人群中引起关注甚至轰动。但是,英格也认为过多的关注会令她感到负担。例如,当她乘船去黄浦江的东侧时,就被中国乘客提了许多问题,于是很快失去了耐心(参见 172-174)。在一个公共厕所中,两名好奇的中国妇女注视着眼前这位即将在水泥便道中小便的金发女孩,这也让英格感到尴尬(参见 254-255)。

　　小说中还谈到了英格与中国邻居之间的文化冲突,例如英格与王姓一家人的矛盾。王家在迁入隔都后,将自己公寓的一层出租给芬克尔施泰因一家。英格对王家人的邋遢习惯和脏话连篇十分厌恶。王家的长辈老王喜欢

---

① http://www.magazin.dtv.de/index.php/hintergrund/2010/10/14/ina-aus-china/,于 2013 年 7 月 13 日访问。

② 这里暗示了一个历史事实,即中国人被禁止进入位于"公共租界"黄浦江畔的上海最古老的公园——黄浦公园。这座公园象征着西方列强在上海的殖民特权地位。小说中英格厌恶该公园的情节批判了西方殖民者的特权。

"先清嗓子,然后大声将喉咙深处咳出的痰吐进痰盂中"(220)。有一次,英格餐后在走廊上冲洗碗碟,王家后辈中最年长的孩子透过公寓的门看着她,还以为英格不懂中文,因此大声地对其他年幼的兄弟姐妹喊道:"洋鬼子洗碗喽。"(220)英格气愤地回应道:"没错,洋鬼子在洗碗,你还是先把你的鼻涕擤干净再说吧!"(220)结果,这个男孩将食指放在鼻翼处,对准英格的脚擤出鼻涕。

这一场景展示了当地糟糕的卫生条件,以及本地居民对于外国邻居令人不快的好奇心。居住于此的中国家庭大多来自中国下层阶级,未必有良好的生活习惯和交际礼仪。表达仇外心理的"洋鬼子"概念可归咎于许多中国人对西方殖民统治者的反感,以及在中国人眼中西方人惹人注目的外表。"洋鬼子"这一最初具有否定含义的称呼,随着时间的流逝,在中国本土语言中逐渐失去了其原有的否定语义。再后来,这个中文词汇更多表达了中国人对西方人的陌生感受和对中西方人群的明确区分,而不再表达对西方人的不满。"洋鬼子"的称呼并不代表这名中国男孩不喜欢英格,而是表达了他对这位充满异国风情的外国同龄伙伴的好奇心。但由于其传统含义是负面的,因此像英格这样的外籍人士可能会对此感到不悦。由此可见,许多中国邻居遵循原有的思维模式和先入之见,没有将隔都中的犹太居民与在沪的其他西方人区别开来,只是简单将其划定为陌生的、无法接近的外来者。

这段描述也与《上海日记》中的情节相互呼应。《上海日记》中写道,中国居民认为犹太邻居是难以理解、令人不悦和无法接近的:"他们早就得出结论,认为他们口中的 nakoning[①] 是陌生、怪异的,其散发的体味也是不好闻的。"(Bacon,2004:227)借助对于英格在中国社会环境中多重经历的呈现,这部小说融入了对于上海的全面报道,在体现中国文化魅力的同时,也展现了犹太难民在上海的遭遇。这种多声部的记忆画面并非一味鼓吹某种文化,而是赋予该小说一种万花筒般的、并非过于偏向某方的叙述形态。

尽管小说对于流亡地上海也有各种各样的负面呈现,但仍持有积极态度。这在小说结尾的两次对话中表现得尤为明显。战后,英格的父母打算离开这座对他们无论从语言、文化还是居民而言都依然陌生的城市,移民到北美洲或澳大利亚。因此,他们试图说服女儿一起移民。然而,已经成年的英格

---

① nakoning 在上海方言里意为"外国人"。

坚持自己的决定,选择继续留在中国,以便进一步学习中国的语言和文化,投身于增进中外交流的事业中。因此,她向震惊的父母敞开心扉:"但是我,……并没有来错地方,我就是属于这里。"(Hornfeck,2012:313)她继续坚定地说:"上海就是我的城市。我住在这里的时间几乎和在勃兰登堡州一样长。"(314)

在英格告知三毛自己的决定后,三毛却说他在上海是个"四不像"(328)。他认为自己"非鱼非肉"(328),处于一种"既非一也非"的状态,既不是五五开,也不是完全同一,而是永远处于过渡或者交叉地带。中国人不知道应该如何与他相处,这让他感到不安。他在这两个国家都感觉自己像个外国人,因为他在哪一边都缺失了一半(330)。鉴于自身的痛苦经历,三毛提醒英格:"尽管如此,你将永远是这里的外国人,无论是叫你 waiguoren 还是 nakoning,只要人们一看见你的外国人长相,你都仍是一个外来者。"(328)小说在此处也表现了一名年轻的犹太难民在上海尝试融入当地社会时可能会遭遇到的重重困难。即使是来自本地的混血人物三毛,在不被周围环境认可的情况下,也无法定位自己的身份认同。三毛被区别化对待的经历清楚地展现了大多数难民在上海成为局外人这一事实,这不仅源于他们对陌生文化的排斥,在一定程度上也来自于不少本地人对他们保持的距离感。

但是,三毛提出的警告并不影响英格做出留在上海的决定。英格视之为一种丰富的人生经历,可以体验两种语言和文化,并将它们结合起来。她还觉得三毛的样貌最吸引人①,因为他就好比中国神话中麒麟这样的"混血"物种。相反,三毛却认为英格是"一个完完全全的德国女孩"(329),这遭到了她言辞激烈的反对:"你要搞清楚,即便根据德国种族法,我也算混血——而且是一等混血。……你难道没意识到我和那个民族已经有问题了吗?因此,无论如何,我已不属于那里了。但也不可能属于袋鼠国。"(329)

这两个关键场景展现了英格的交融文化性混杂身份。作为一个"混合体"的双重主体,英格处于一种中间状态,跨越了义化边界,将不同的文化元素,例如德语和汉语、德国和中国的习惯等融为一体。在某些方面,英格个体身份中的中国成分甚至胜过她的德国或西方成分。这一点从例如英格对于上海的亲近感中便可见一斑,毕竟她在这里完成了自己的社会化过程。她认

147

---

① 女性青春期被设计为小说中另一个重要的儿童和青少年叙事。书中描述了英格对三毛的感情、她与马克斯的第一次性体验,以及母亲为她量身定制的胸罩。

为自己的家乡是上海，而不是出生地勃兰登堡，更不是她父母所期望的移民目的地。

对人物英格的文学化虚构是对许多西方记忆媒介中历史再现的一种反向媒介化。除了极少数的例外情况①，几乎所有难民都在战后从上海这一中转地移民到西方。大多数关于欧洲犹太人流亡上海的西方记忆文学都体现了欧洲中心主义的视角。例如，在克莱谢尔的小说《上海，远在何方》中，中国人物角色被边缘化且几乎不发声（参见本书第二章）；瓦根斯坦的小说《别了，上海》也很少关注中国文化，其中只有少量的中国配角出现，有的还是阴险的反派人物；卡恩的小说《上海犹太城》虽通过描绘中国配角人物凤喜的生活，提出了较为深刻的关于中国文化的见解，但凤喜却作为屈服于殖民秩序与父权统治的"第三世界女性"，被浪漫化地刻画为受害者。尽管卡恩的作品涉及了中国文化，但还是从欧洲视角出发对东方主义加以描绘（参见本书第六章）。转折点出现在舒曼的双重传记《最后的避难地：上海》中。对于舒曼来说，两个人物的传记故事以及中国和奥地利的文化均占据同等重要的地位，他没有给予其中一方更多关注或对某一方相对做出更高评价（参见本书第六章）。而在小说《用筷子吃蛋糕》中，对中国文化元素的主题化演绎则占据了更为重要的地位。这部小说的主要记忆功能并非传播中国文化或批评德国或西方文化，而在于改变西方关于该流亡的文学记忆文化中占据主导地位的欧洲中心主义描写范式，并挖掘文化交往与文化冲突中人物的心智模式与其对行为的影响。借助儿童和青少年视角，《用筷子吃蛋糕》建构了一个完全有别于成人流亡世界的虚构性版本，丰富了有关犹太人流亡上海的德语文学记忆文化。

攻击性和暴力

小说中另一类主要的儿童和青少年叙事则是英格在战争状态下所遭遇的攻击性与暴力对待，以及两者对她心理状态的影响。小说中这一叙事基于培根的自传《上海日记》，同时受到儿童和青少年文学应具有教育意义这一体裁传统的预置媒介化影响。

①　例如，柏林小提琴家维滕贝格选择留在上海，并在上海音乐学院任教直至去世。

小说详细描述了尚未成年的英格在充斥着战争暴力的历史境况中的情感状态,例如被迫迁往隔都期间,以及 1945 年夏天美国轰炸该地区①之后。此外,培根自传中的创伤回忆也在该小说中被再度媒介化。培根讲述了她在夜晚回家途中差点被喝醉酒的日本士兵强暴的事件。她用柔术的招式攻击了对方的喉结并杀死了他,从而成功地保护了自己(Bacon,2004:189-191)。但是,由于杀了人,她也即刻陷入深深的自责与恐慌之中。这段强暴的情节在洪素珊的小说中被重新设计:英格在黄昏的回家途中,差点被醉酒的日本水手强暴,然而另一位日本水手及时赶来救了她。他摔碎玻璃,分散了醉酒同事的注意力,同时他用德语提醒英格快跑。小说如下描写了英格的思想活动:

> 他为什么会为她这么做?他为什么对她讲德语?他从哪里学的?他去过德国吗?他有德国朋友吗?德国人或许曾经帮过他吗?……她侥幸逃过强暴,可能只是因为另外一个人在某个时候,在某种情况下出于人道主义的帮助。现在,英格明白了,人性和善良并非单纯的商品交换。其中可能存在更大的关联和更多的因由。(280)

此处向年轻的读者们传达了一项道德信息,即人性和善良不受制于"以物易物"这一原则,而是普遍的价值观和人际交往的原则。成功获救的情节描写暗示,人性和善良可以对抗暴力。英格猜想,或许是某次文化交往的经历促使这位救助者挺身而出。而这一猜想暗示了全世界各民族间的相互理解和交流使人性和善良成为可能。

培根差点被强暴的场景在洪素珊儿童小说中的再度媒介化和意义解读,作为儿童和青少年文学传统的教育功能被预置媒介化。②儿童和青少年文学所具备的这种教化和教育功能在 12 世纪该体裁诞生之初,就被证明为该体裁及其结构的建构性元素。随着时间的流逝,历经启蒙运动和浪漫主义思潮直至今日,这一体裁将焦点转移到文学美学意义中的娱乐特征上,并更加重

---

① 几乎所有涉及上海流亡的记忆媒介都再现了这一惨烈的事件,以纪念二战对在沪犹太难民所带来的灾难性后果。

② 2010 年,主要面向年轻观众的中国动画电影《犹太女孩在上海》也以类似的方式重构了强暴这一主题。德国犹太女孩瑞娜在上海的街头差点惨遭三名日本人强暴,但这一暴行最终被一名日本高官的养子及时制止。这种类似的情节设计也向电影所面向的年轻观众群体传达了"善良必将战胜邪恶"的理念。

视描绘儿童的自主性、想象力和情感世界。同时,社会化功能意味着传递道德价值,传授基本知识和基本行为准则,以及为儿童和青少年迎接成年生活做好准备,因而在儿童和青少年文学中仍然扮演着不容小觑的角色(Kümmerling-Meibauer,2012:34-83)。

　　洪素珊小说对培根自传体作品中暴力经历的引用也体现了该体裁传统的"预置媒介化效果"(prämediatisierende)。培根还在自传中描述了上海人遗弃女婴的现象。由于战争期间的物资匮乏和中国封建意识中的重男轻女传统,许多女婴出生后就被父母抛弃。她们通常被竹席捆着扔进街边的垃圾桶,紧接着就被城市清洁工运走。根据培根的回忆,有一天,她听到垃圾桶里传来柔弱的啼哭声。她对这种残忍的行为做出了如下反应:"哦,亲爱的上帝!怎么办啊?我知道佛祖的教义(救了人就该照顾到底),但我更想遵循另一条法则——生命的价值和意义如此珍贵。"(Bacon,2004:223)在她从垃圾桶中救出新生女婴之前,女婴的阿妈①出现了,并用上海洋泾浜英语②劝阻道:"不能要这个没有价值的女孩儿。难道你想当妈妈吗?你还没有丈夫,你要独自赡养这个孩子。你把婴儿放回去,现在就放。阿妈疯了。"(224)培根不顾警告,还是将女婴送到了医院接受治疗。据称,这名女婴在接受治疗后被送进了上海的一家葡萄牙孤儿院。后来,当培根向她的阿妈讲述这名女婴的命运时,阿妈再次劝道:"你发誓,你永远不要,永远都不要去找那个女婴。佛祖会保佑这个女婴。你不要给佛祖添乱。"(225)

　　培根的上述义举也在《用筷子吃蛋糕》中被再度媒介化,洪素珊审视和反思了培根和她阿妈对于佛法尚有偏颇的理解,并对这一情节进行了改写,从而为读者理解佛教教义提供了不同的视角。在小说中,英格也听到垃圾桶里传来女婴的小声呜咽。紧接着,小说以自由间接引语的形式,展现了英格的思想世界:

---

① 　在当时的上海话中,年长的本地女性保姆被称为"阿妈"。

② 　上海洋泾浜英语(Pidgin-English)是在上海外国人和上海本地人之间发展而成的一种口头语言。布克斯鲍姆如下解释了上海洋泾浜英语:"这是汉语和欧洲语言之间一种大胆的语法混合,其中英语占主导地位。就语法而言,洋泾浜(Pidgin)却极像中文:动词不变位,过去和将来的时态通过插入'已经'和'明天'等词来构成。因此,每位在沪外国人都可以理解并说出'My already want chee walkee'(我本想散步去)。"(Buxbaum,2008:29-30)

　　在对待来福①这件事上，三毛曾告诫英格，一个人一旦接纳了一个生命，就必须对它承担永久的责任。难道这就是如此多的中国人看到路边这样一个被竹席裸裸包裹着的婴儿，却把目光转向别处的原因吗？那些不听佛祖告诫的人，就必须自己成为救世主。但是，在这样必须为生存而奋斗的时期，几乎没有人能承担得起这种责任。（Hornfeck，2012：256）

　　这段自由间接引语清晰地传达了以下信息：根据佛教的教义，如果你救了一个人，就必须永远照顾他。然而，在战争的极端情况下，许多中国人认为将其他生命接纳进本就苦苦挣扎的家庭是不可能的。小说从而清楚地阐明了当时上海居民所处的历史困境。西方读者如此便能意识到战争时期的中国人需为生存苦苦挣扎，从而理解这一看似不人道的行为背后的动机。

　　小说还描述了英格将女婴秘密地放在了"由佛祖直接管辖"（257）的一座佛教寺庙的长凳上。她在那里对着观音菩萨说道："毕竟有那么多双可以帮助她的双手……我没法把她带回家。因此，请让尼姑们留下她，照顾她。"（257-258）然后，"她最后一次轻抚孩子丝般顺滑的黑发，走出了佛寺"（258）。培根阿妈口中的"佛祖会保佑这个女婴"似乎是一种消极的自我辩解，而在小说《用筷子吃蛋糕》中，英格对此的理解却指引其做出了积极的营救行为。全知叙述者描绘了一个充满爱心和负责任的女孩形象，使其成为年轻读者的榜样。洪素珊的小说通过刻画英格内心虔诚的佛教信仰，使西方读者了解佛教中慈悲为怀和救助他者的主张。

　　在小说《用筷子吃蛋糕》中，英格的行为既是对培根救助行为的肯定性的再度媒介化，也是对佛教伦理的一次转折性的积极呈现，两者均被儿童和青少年文学体裁所特有的教育模式所预置媒介化。这部交融文化性儿童小说对于年轻德语读者来说通俗易懂，使他们有了适合其年龄段的了解该段流亡历史的渠道，并激励他们去认识和接触其他的文化形式②。通过对流亡中暴

① "来福"是英格养的一条狗。
② 弗兰克·舒尔策-恩格勒（Frank Schulze-Engler）指出："交融文化问题在教学法和教师培训方面也扮演着重要角色。特别是在有着明显多元文化烙印的城市中，教师和学生更加需要面对……不同国家的生活方式间的种种矛盾。"（Schulze-Engler，2006：50）

力和攻击性遭遇的重构,小说亦向年轻读者传达了在应对此类遭遇时所应具备的交融文化性社会价值观。该儿童小说通过将这一历史事件塑造成富有教化价值的记忆对象,将流亡地上海展现为一个有助于犹太儿童获得多重视角和全新视野的成长场所,从而丰富了有关犹太人流亡上海的文学记忆文化。

结　语　"犹太人流亡上海"作为
世界主义式文学记忆文化的对象

　　来自不同国家和群体有关犹太人流亡上海的文学作品虽然都有着自身的记忆诉求,但又相互参照、借鉴和交融,因此该历史事件的文学记忆文化在多元媒介性的记忆框架下呈现出清晰的世界主义特征。一方面,各类文学记忆话语存在一定的差异性,例如在上海犹太难民自传文学和德美"犹太人流亡上海"文学的相关记忆文化中,这一段流亡史被描绘为"小人物""在世界尽头"尝尽艰辛的流亡史,以区别于托马斯·曼、爱因斯坦、阿多诺等人流亡欧美等国的经历,上海被追忆为"最后的避难地"和"中转站"。与之相比,中国"犹太人流亡上海"文学的记忆文化则侧重强调"中国人民友好地接纳了走投无路的犹太难民,并与之互帮互惠,和谐共处","共同抗击了日本侵略者",同时回忆了两个民族(包括和此前已旅居上海的塞法迪和阿什肯纳兹犹太人)在文化上的互通有无。另一方面,下列有关犹太人流亡上海的文学记忆话语跨越了国家、民族、语言、文化和时代的界限被着重展现,并成为世界性文学记忆话语。第一,上海作为纳粹时期为数不多的避难地和救济地的特殊状态成为该历史最有影响力的记忆话语。它指涉和批判了当时其他国家的冷漠和"共同作案"的身份,因此杉原千亩的义举作为特殊个例,在日本和西方相关文学记忆文化中作为战时人道主义和正义的象征成为重点记忆的对象。第二,上海犹太难民作为纳粹统治和日本军国主义的双重受害者,在遭受磨难、屈辱和贫困时,体现了顽强的生存意志和适应能力,并在流亡地致力于维护文化身份认同。左翼犹太难民则和中国共产党党员及其他民众联合开展了抗击日军的斗争。第三,各类传记和小说作品对难民自传体作品中涉及和中国居民互动的回忆进行了改编和升华,并塑造了多个具有交融文化性身份认同的文学人物形象。中犹人民在恋人、战友、同事和邻里关系的框架下交往,展现和反思了中犹和中欧文化形式的邂逅、交流、冲突和交融。

上述三类世界性文学记忆话语在中国的相关文学和媒介记忆话语中均得到了较为充分的表达和发展,从而促进了中国记忆话语的全球化。近些年来,中国"犹太人流亡上海"的历史记忆话语对欧美相关记忆文化产生了一定影响。上海犹太难民博物馆自设立以来,一直在世界各国举办巡展,进一步推动该历史事件升级为世界主义的记忆题材,成为中国、德国、奥地利、以色列等国历史记忆和政治记忆的连接点,以及国内外纪念犹太人大屠杀和中国抗日战争的纽带。

在中西方文学的记忆文化中,流亡上海成了一个跨越国界的世界主义象征符号,象征着人权的侵犯和维护,纪念了二战时期受害者对军国主义和法西斯主义的斗争和反抗。通过研究二战时期文学中的"犹太人流亡上海"多元媒介性和交融性的各类记忆文化,有助于实现中国抗日战争与世界反法西斯战争、南京大屠杀和犹太人大屠杀等纪念主题的对接,从而向国际社会揭露中国人民的抗日战争与世界各国人民的正义战争存在着共同的苦难记忆与革命信仰,都是世界反法西斯战争的重要组成部分,中国人民的顽强抵抗阻止了日本军国主义独霸亚洲的企图。这有利于促进中华民族与犹太民族等世界其他民族共同分享抗战记忆、民族精神和发展历程,向世界宣扬一种全新的反战记忆伦理观——追求正义、和平、发展、关爱和合作,推动各国建立和维护共同的历史记忆、人道主义价值观,以及稳定的全球秩序。

在当今时代,虽然全球经济高速增长,但贫富差距不断拉大,宗教极端主义和恐怖主义泛滥,战乱频发,随之产生的难民问题成为国际社会关注的焦点。本书对上海作为当时"最后的避难地"的特殊地位等议题的探讨有助于进一步反思战争史和难民问题,宣扬人权保护、社会公平公正及和谐世界等人类精神文明,发展社会主义核心价值观,杜绝犹太人大屠杀、南京大屠杀等种族大屠杀和其他各类"反人类罪行"的再次发生,推动各国共同建立和维护公平公正的国际秩序,构建人类命运共同体。通过宣扬犹太人流亡上海的这段历史,推动相关文学和其他各类记忆文化的进一步发展,亦有利于增进中犹和中西方的历史交流和文化理解,加深中国同德国、以色列等国的政治互信,促进中华民族与其他各民族的友好交往和对话,共同构建和谐世界。

参考文献

一、原始文献

文献选集

Eber，Irene. *Voices from Shanghai：Jewish Exiles in Wartime China*. Chicago：University of Chicago Press，2008.

Philipp，Michael & Seywald，Wilfried. *„ Die Masken fallen" — „ Fremde Erde"：Zwei Dramen aus der Emigration nach Shanghai 1939—1947，Hans Schubert，Mark Siegelberg*. Hamburg：Hamburger Arbeitsstelle für Deutsche Exilliteratur，1996.

Storfer，Adolf Josef. *Gelbe Post：Ostasiatisch illustrierte Halbmonatsschrift*. Heft 1-7. Wien：Turia＋Kant，2000.

传 记

Bacon，Ursula. *Shanghai Diary：A Young Girl's Journey from Hitler's Hate to War-Torn China*. Milwaukie：M Press，2004.

Dreifuß，Alfred. *Ensemblespiel des Lebens*. Berlin：Buchverlag der Morgen，1985.

Eisfelder，Horst Peter. *Chinese Exile：My Years in Shanghai and Nanking*. Caulfield South：Markor Jewish Community Library，2003.

Ganor，Solly. *Light One Candle：A Survivor's Tale from Lithuania to Jerusalem*. New York：Kodansha USA Publishing，Inc，1995.

Grebenschikoff，I. Betty. *Once My Name was Sara：A Memoir*. New Jersey：Cape Printing，1993.

Heppner, Ernest. *Shanghai Refuge : A Memoir of the World War II Jewish Ghetto*. Lincoln: University of Nebraska Press, 1993.

Kaplan, Vivian Jeanette. *Von Wien nach Shanghai : Die Geschichte einer jüdischen Familie*. München: Deutscher Taschenbuch Verlag, 2006.

Kisch, Egon Erwin. *China geheim*. Berlin: Aufbau Verlag, 1950.

Mühlberger, Sonja. *Geboren in Shanghai als Kind von Emigranten*. Berlin: Hentrich & Hentrich Verlag, 2006.

Robitscher-Hahn, Magdalena. *Im Geiste Yanans : Dr. Robitscher-Hahn in Briefen, Gedichten und Selbstzeugnissen*. Frankfurt am Main: China-Studien-und Verlagsgesellschaft, 1980.

Rosenfeld, Jakob. *Ich kannte sie alle : Das Tagebuch des chinesischen Generals Jakob Rosenfeld*. Wien: Löcker, 2001.

Ross, James. *Escape to Shanghai : A Jewish Community in China*. New York: Maxwell Macmillan International, 1994.

Rubin, Evelyn Pike. *Ghetto Shanghai*. New York: Shengold Publishers, 1993.

Schomann, Stephan. *Letzte Zuflucht Shanghai : Die Liebesgeschichte von Robert Reuven Sokal und Julie Chenchu Yang*. München: Heyne Verlag, 2008.

Sugihara, Yukiko. *Visas for Life*. San Francisco: Edu-Comm Plus, 1995.

Tausig, Franziska. *Shanghai Passage : Flucht und Exil einer Wienerin*. Wien: Verlag für Gesellschaftskritik, 2007.

Tobias, Sigmund. *Strange Haven : A Jewish Childhood in Wartime Shanghai*. Urbana: University of Illinois Press, 1999.

Weiss, Ruth. *Am Rande der Geschichte : Mein Leben in China*. Osnabrück: Zeller-Verlag, 1999.

舒曼.最后的避难地：上海——索卡尔和杨珍珠的爱情故事.李士勋,译.北京：人民文学出版社,2010.

历史学著作

Buxbaum, Elisabeth. *Transit Shanghai : Ein Leben im Exil*. Wien: Edition Steinbauer 2008.

Eber, Irene. *Wartime Shanghai and the Jewish Refugees from Central Europe :*

Survival，*Co-Existence*，*and Identity in a Multi-Ethnic City*. Berlin：de Gruyter，2012.

Freyeisen，Astrid. *Shanghai und die Politik des Dritten Reiches*. Würzburg：Königshausen ﹠ Neumann，2000.

Hochstadt，Steve. *Exodus to Shanghai：Stories of Escape from the Third Reich*. Basingstoke：Palgrave Macmilan，2012.

Hochstadt，Steve. *Shanghai — Geschichten：Die jüdische Flucht nach China*. Berlin：Hentrich ﹠ Hentrich，2007.

Kaneko，Martin. *Die Judenpolitik der japanischen Kriegsregierung*. Berlin：Metropol，2008.

Kranzler，David. *Japanese*，*Nazis and Jews：The Jewish Refugee Community of Shanghai*，*1938—1945*. Hoboken：KTAV Publishing House，1988.

Maul，Heinz Eberhard. *Warum Japan keine Juden verfolgte：Die Judenpolitik des Kaiserreiches Japan während der Zeit des Nationalsozialismus（1933—1945）*. München：Iudicium，2007.

Ristaino，Marcia. *Port of Last Resort：The Diaspora Communities of Shanghai*. Standford：Stanford University Press，2001.

潘光.艰苦岁月的难忘记忆：来华犹太难民回忆录.北京：时事出版社，2015.

潘光.来华犹太难民研究（1933—1945）：史论、理论与模式.上海：上海交通大学出版社，2017a.

潘光.来华犹太难民资料档案精编（四卷本）.上海：上海交通大学出版社，2017b.

潘光.犹太人在上海.上海：上海画报出版社，2005.

王健.上海犹太人社会生活史.上海：上海辞书出版社，2008.

王健.逃亡与拯救——二战中的犹太难民与上海.上海：上海交通大学出版社，2016.

虚构性叙事文本

Cuba，Marion. *Shanghai Legacy*. New York：Celadon Books，2005.

Hinzelmann，Hans Heinz. *Chinesen und fremde Teufel：Der Roman von den fünftausendjährigen Geheimninssen in China*. Hamm：G. Grote Verlag，1950.

Hornfeck，Susanne. *Ina aus China*. München：Deutscher Taschenbuch Verlag，2007.

157

Hornfeck，Susanne. *Torte mit Stäbchen : Eine Jugend in Shanghai*. München：Deutscher Taschenbuch Verlag，2012.

Kahn，Michèle. *Shanghai*. Berlin：Ullstein，1999.

Kahn，Michèle. *Shanghaï-La-Juive*. Paris：Flammarion，1997.

Kästner，Erich. *Emil und die Detektive*. Berlin：Williams & Co，1929.

Kneucker，Alfred W. *Zuflucht Shanghai : Aus den Erlebnissen eines österreichischen Arztes in der Emigration 1938—1945*. Wien：Novographic，1984.

Krechel，Ursula. *Shanghai fern von wo*. Wien：Jung und Jung，2009.

Mohr，Max. *Das Einhorn : Mit Briefen Max Mohrs aus Shanghai，1934—1937*. Bonn：Weidle Verlag，1997.

Rozan，S. J. *The Shanghai Moon*. New York：Minotaur Books，2009.

Tokayer，Marvin & Swartz，Mary. *The Fugu Plan : The Untold Story of the Japanese and Jews during World War II*. London：Paddington Press LTD，1979.

Vicki，Baum. *Hotel Shanghai*. Amsterdam：Quaerido，1939.

Voorhoeve，Anne C. *Nanking Road*. Ravensburg：Ravensburger Buchverlag，2013.

Wagenstein，Angel. *Leb wohl，Shanghai*. München：Edition Elke Heidenreich，2010.

贝拉.魔咒钢琴.上海：上海人民出版社，2007.

何宁.米拉尼的小提琴.北京：中国文联出版社，2005.

克莱谢尔.上海，远在何方.韩瑞祥，译.北京：人民文学出版社，2013.

徐永谦.梦上海酒吧.上海：上海人民出版社，2005.

严歌苓.寄居者.北京：新星出版社，2009.

音频和图像资料

Hoster，Barbara，Malek，Roman & Wenzel-Teuber，Katharina. *Holzschnitte＝Mu ke chi＝Woodcuts : Shanghai 1940—1949*. Nettetal：Steyler Verlag，1997.

Kaminsky，Gerd. *China gemalt : Chinesische Zeitgeschichte in Bildern Friedrich Schiffs*. Wien：Europa Verlag，1983.

Mohr，Max. *Briefe aus Shanghai und das Einhorn*. München：Winter & Winter

GmbH，2007.

Savatage. Chance. In Savatage. *Handful of Rain*. New York：Warner Elektra Atlantic,1994.

吴林. 犹太女孩在上海. 上海：上海文艺出版社，2010.

电 影

A Place to Save Your Life. Directed by Karen Shopsowitz. Montreith Inn Productions，1992 (Canada).

Die Flucht nach Shanghai. Directed by Lutz Mahlerwein. Norddeutscher Rundfunk，1982 (Germany).

Escape to the Rising Sun－Survivre à Shanghai. Directed by Diane Perelsztejn. Les Films de la Mémoire，1990 (Belgium).

Exil Shanghai. Directed by Ulrike Ottinger. Tranfax Film Productions & Shanghai Film Studio，1997 (Germany & Israel).

Flucht nach Shanghai：Als Fotograf im Ghetto. Directed by Dietmar Schulz. Zweites Deutsches Fernsehen，2005 (Germany).

Schindler's List. Directed by Steven Spielberg. Universal Pictures，1993 (USA).

Shanghai. Directed by Mikael Håfström. Phoenix Pictures，2010 (USA).

Shanghai Ghetto. Directed by Dana Janklowicz-Mann & Amir Mann. Menemsha Entertainment，2002 (USA).

Sugihara：Conspiracy of Kindness. Directed by Robert Kirk. Creative Production Group，2000 (USA).

The Last Refuge：The Story of Jewish Refugees in Shanghai. Directed by Xiaohong Cheng & Noriko Sawada. Ergo Media Inc.，2004 (USA).

The Visas That Saved Lives. Directed by Katsumi Ohyama. Fuji Television Network，Inc.，1992 (Japan).

Visas and Virtue. Directed by Chris Tashima. Cedar Grove Productions，1997 (USA).

Wir haben vergessen zurückzuziehen. Directed by Fatih Akin. Fidelis Mager，2001 (Germany).

Zuflucht in Shanghai－The Port of Last Resort. Directed by Joan Grossman & Paul Rosdy. Pinball Films，1998 (Austria & USA).

159

逃亡上海. 导演：陈丹青. 中国电影合作制片公司,1999.

犹太女孩在上海. 导演：王根发. 上海美术电影制片厂,2010.

二、研究文献

Arendt，Hannah. *The Origins of Totalitarianism*. New York：Schocken Books，
    1951.

Assmann，Aleida. *Der lange Schatten der Vergangenheit：Erinnerungskultur
    und Geschichtspolitik*. München：Beck，2006.

Assmann，Aleida. *Erinnerungsräume：Formen und Wandlungen des kulturellen
    Gedächtnisses*. München：Beck，2010.

Assmann，Aleida. Im Zwischenraum zwischen Geschichte und Gedächtnis：
    Bemerkungen zu Pierre Noras Lieux de Mémoire. In Francois，Etienne.
    *Lieux de Mémoire = Erinnerungsorte：D'un Modèle Francais à un Projet
    Allemand*. Berlin：Centre Mare Bloch，1996：19-27.

Assmann，Jan. *Das kulturelle Gedächtnis：Schrift，Erinnerung und politische
    Identität in frühen Hochkulturen*. München：Beck，2007.

Bachtin，Michail M. *Formen der Zeit im Roman：Untersuchungen zur
    historischen Poetik*. Frankfurt am Main：Fischer Verlag，1989.

Becker，Sabine & Krause，Robert. Exil ohne Rückkehr：Literatur als Medium der
    Akkulturation nach 1933. In ders. & ders. *Exil ohne Rückkehr：Literatur
    als Medium der Akkulturation nach 1933*. München：edition text+
    kritik，2010.

Benz，Wolfgang. *Das Exil der kleinen Leute：Alltagserfahrungen deutscher
    Juden in der Emigration*. München：Beck，1991.

Bornemann，Ernest. Vom freiwilligen Exil. In Engelmann，Bernd. *Literatur des
    Exils：Eine P. E. N. — Dokumentation*. München：Goldmann，1981：49-60.

Castro Varela，María di Mar & Dhawan，Nikita. *Postkoloniale Theorie：eine
    kritische Einführung*. Bielefeld：Transcript，2005.

Cesaire，Aime. *Discourse on Colonialism*. Translated by Joan Pinkham. New
    York：Discourse on Colonialism，1972.

Chang，Shoou-Huey. *Jüdische Kultur im chinesischen Exil：Eine Studie zu Rose*

Shoshana Kahans jiddischem Tagebuch „In Fajer un Flamen" (mit einer Teiledition). Taipei: Kaun Tang International Publications, 2010.

Chen, Junsong. Jewish settlement in Shanghai during WWII in fiction and other media of cultural memory. In *Partial Answers : Journal of Literature and the History of Ideas*, 2021, 1(19): 171-188.

Dolle-Weinkauff, Bernd & Ewers, Hans-Heino unter Mitarbeit mit Ute Dettmar. *Erich Kästners weltweite Wirkung als Kinderschriftsteller : Studien zur internationalen Rezeption des kinderliterarischen Werks.* Frankfurt am Main: Peter Lang, 2002.

Embacher, Helga & Reiter, Margit. Geschlechterbeziehungen in Extremsituationen: Österreichische und deutsche Frauen im Shanghai der dreißiger und vierzieger Jahre. In Armbrüster, Georg, Kohlstruck, Michael & Mühlberger, Sonja. *Exil Shanghai : Jüdisches Leben in der Emigration.* Berlin: Hentrich & Hentrich, 2000: 133-146.

Erll, Astrid. *Gedächtnisromane : Literatur über den Ersten Weltkrieg als Medium englischer und deutscher Erinnerungskulturen in den 1920er Jahren.* Trier: WVT, 2003.

Erll, Astrid. *Kollektives Gedächtnis und Erinnerungskulturen : Eine Einführung.* Stuttgart: Metzler, 2011a.

Erll, Astrid. Medium des kollektiven Gedächtnisses: Ein in (erinnerungs-) kulturwissenschaftlicher Kompaktbegriff. In Erll, Astrid & Nünning, Ansgar unter Mitarbeit von Hanne Birk, Birgit Neumann und Patrick Schmidt. *Medien des kollektiven Gedächtnisses : Konstruktivität — Historizität — Kulturspezifität.* Berlin: de Gruyter, 2004: 3-22.

Erll, Astrid. Narratology and cultural memory studies. In Heinen, Sandra & Sommer, Roy. *Narratology in the Age of Cross-Disciplinary Narrative Research.* Berlin: de Gruyter, 2009: 212-227.

Erll, Astrid. Odysseus' Reisen: Remediation und transkulturelle Erinnerung. In Klein, Sonja, Liska, Vivian, Solibakke, Karl & Witte, Bernd. *Gedächtnisstrategien und Medien im interkulturellen Dialog.* Würzburg: Königshausen & Neumann, 2011b: 125-144.

Erll, Astrid. *Prämediation-Remediation : Repräsentation des indischen Aufstands in*

161

imperialen und post—kolonialen Medienkulturen（von 1857 bis zur Gegenwart）. Trier：WVT，2007.

Erll，Astrid &. Wodianka，Stefanie. Einleitung：Phänomenologie und Methodologie des Erinnerungsfilms. In ders. &. ders. *Film und kulturelle Erinnerung：Plurimediale Konstellationen*. New York：de Gruyter，2008：1-20.

Gilroy，Paul. *The Black Atlantic：Modernity and Double Consciousness*. Cambridge：Harvard University Press，1993.

Haibl，Michaela. *Zerrbild als Stereotyp；Visuelle Darstellungen von Juden zwischen 1850 und 1900*. Berlin：Metropol Verlag，2000.

Horst，Eva. Identität und Exil：Konzeptionelle Überlegungen zur 7—Tagung „Frauen im Exil：Sprache—Identität—Kultur". In Krohn，Claus-Dieter，Rotermund，Erwin，Winckler，Lutz &. Koepke，Wulf. *Exilforschung：Ein internationales Jahrbuch；Sprache—Identität—Kultur：Frauen im Exil*. Band 17. München：edition text+kritik，1999：10-23.

Hoss，Christiane. Abenteurer：Wer waren die Shanghai-Flüchtlinge aus Mitteleuropa? In Armbrüster，Georg，Kohlstruck，Michael &. Mühlberger，Sonja. *Exil Shanghai：Jüdisches Leben in der Emigration*. Berlin：Hentrich &. Hentrich，2000：103-132.

Jestrabek，Ulrike. *Deutschsprachige jüdische Autoren in der Auseinandersetzung mit dem Exilland China*. Reutlingen-Heidenheim：Verlag Freiheitsbaum，2013.

Kaminski，Winfred. *Einführung in die Kinder- und Jugendliteratur：literarische Phantasie und gesellschaftliche Wirklichkeit*. Weinheim：Juventa-Verlag，1994.

Kaplan，Marion A. *Between Dignity and Despair：Jewish Life in Nazi Germany*. New York：Oxford University Press，1998.

Kaplan，Marion A. Jewish women in Nazi Germany：Daily life，daily struggles，1933—1939. In *Feminist Studies*，1990，3(16)：579-606.

Kase，Hideaki. Jews in Japan. In *Chuo-Koron*，1971，86(6)：234-247.

Klapdor，Heike. Überlebensstrategie statt Lebensentwurf：Frauen in der Emigration. In Krohn，Claus-Dieter，Winckler，Lutz &. Rotermund，Erwin. *Exilforschung：Ein internationales Jahrbuch：Exilforschungen im historischen Prozess*. Band 21. München：edition text+kritik，1993：12-23.

Kliner-Fruck, Martina. „Es ging ja ums Überleben“: Jüdische Frauen zwischen Nazi-Deutschland, Emigration nach Palästina und ihrer Rückkehr. Frankfurt: Campus Verlag, 1995.

Koch, Elke. Trauer und Identität: Inszenierungen von Emotionen in der deutschen Literatur des Mittelalters. Berlin: de Gruyter, 2006.

Körte, Mona. Judenfiguren in der Literatur: Shylock, Ewiger Jude, Jud Süß. In Benz, Wolfgang. Der Hass gegen die Juden. Berlin: Metropol Verlag, 2008: 83-102.

Kroh, Jens & Lang, Anne. Erinnerungsorte. In Gudehaus, Christian, Eichenberg, Ariane & Welzer, Harald. Gedächtnis und Erinnerung: Ein interdisziplinäres Handbuch. Stuttgart: Metzler, 2010: 184-188.

Krohn, Claus-Dieter, Rotermund, Erwin, Winckler, Lutz & Koepke, Wulf. Exilforschung: Ein internationales Jahrbuch: Exil, Entwurzelung, Hybridität. Band 27. München: edition text+kritik, 2009.

Krohn, Claus-Dieter, Rotermund, Erwin, Winckler, Lutz & Koepke, Wulf. Exilforschung: Ein internationales Jahrbuch: Frauen und Exil. Zwischen Anpassung und Selbstbehauptung. Band 11. München: edition text+kritik, 1993.

Krohn, Claus-Dieter, Rotermund, Erwin, Winckler, Lutz & Koepke, Wulf. Exilforschung: Ein internationales Jahrbuch: Sprache — Identität — Kultur. Frauen im Exil. Band 17. München: edition text+kritik, 1999.

Krohn, Claus-Dieter, Rotermund, Erwin, Winckler, Lutz & Koepke, Wulf unter Mitarbeit von Michaela Enderle-Ristori. Exilforschung: Ein internationales Jahrbuch: Übersetzung als transkultureller Prozess. Band 25. München: edition text+kritik, 2007.

Krohn, Claus-Dieter, Rotermund, Erwin, Winckler, Lutz, Wojak, Irmtrud & Koepke, Wulf. Exilforschung: Ein internationales Jahrbuch: Metropolen des Exils. Band 20. München: edition text+kritik, 2002.

Kümmerling-Meibauer, Bettina. Kinder- und Jugendliteratur: Eine Einführung. Darmstadt: WBG, 2012.

Levine, Hillel. In Search of Sugihara: The Elusive Japanese Diplomat Who Risked His Life to Rescue 10,000 Jews from the Holocaust. New York:

The Free Press, 1996.

Liu, Wei. Die literarische Darstellung im Kampf gegen das Vergessen—Über das jüdische Exil in Shanghai am Beispiel von Susanne Hornfecks Roman „Torte mit Stäbchen, eine Jugend in Schanghai". In Zhang, Yushu, Thomé, Horst, Wei, Maoping, Zhu, Jianhua & Braungart, Georg. *Literaturstrasse*. Band 15. Würzburg: Königshausen & Neumann, 2014: 43-54.

Liu, Wei. Shanghai als Schlupfloch der Anderen— über Ursula Krechels Roman *Shanghai fern von wo*. In Zhang, Yushu, Thomé, Horst, Wei, Maoping, Zhu, Jianhua & Braungart, Georg. *Literaturstraße*. Band 13. Würzburg: Königshausen & Neumann, 2012: 345-356.

Marquardt, Manfred. *Einführung in die Kinder- und Jugendliteratur*. Troisdorf: Bildungsverlag EINS, Stam, 2007.

Neumann, Birgit. Literarische Inszenierungen und Interventionen: Mediale Erinnerungskonkurrenz in Guy Vanderhaeghes *The Englishman's Boy* und Michael Ondaatjes *Running in the Family*. In Erll, Astrid & Nünning, Ansgar unter Mitarbeit von Hanne Birk, Birgit Neumann und Patrick Schmidt. *Medien des kollektiven Gedächtnisses: Konstruktivität— Historizität— Kulturspezifität*. Berlin: de Gruyter, 2004: 195-215.

Neumann, Birgit. Literatur, Erinnerung, Identität. In Erll, Astrid & Nünning, Ansgar, mit Birk, Hanne & Neumann, Neumann. *Gedächtniskonzepte der Literaturwissenschaft: Theoretische Grundlegung und Anwendungsperspektiven*. Berlin: de Gruyter, 2005: 149-178.

Nishioka, Akane. Jüdisches Exil aus japanischer Perspektive am Beispiel zeitgenössischer Zeitungsberichte und der Fotoserie „Die vertriebenen Juden". In Pekar, Thomas. *Flucht und Rettung: Exil im japanischen Herrschaftsbereich (1933—1945)*. Berlin: Metropol, 2011: 132-145.

Nora, Pierre. *Erinnerungsorte Frankreichs*. München: Beck, 2005.

Nünning, Ansgar. *Von historiographischer Fiktion zu historiographischer Metafiktion. Bd. 1: Theorie, Typologie und Poetik des historischen Romans*. Trier: WVT, 1995.

Öhlschläger, Claudia. Körper und Gedächtnis, Körpergedächtnis und Literatur. In Gudehaus, Christian, Eichenberg, Ariane & Welzer, Harald. *Gedächtnis und Erinnerung* : *Ein interdiszipinäres Handbuch*. Stuttgart: Metzler, 2010: 241-245.

Papanek, Hanna. Reflexionen über Exil und Identität, Staat und Menschenrechte. In Krohn, Claus-Dieter, Rotermund, Erwin, Winckler, Lutz & Koepke, Wulf. *Exilforschung* : *Ein internationales Jahrbuch* : *Sprache— Identität— Kultur*. *Frauen im Exil*. Band 17. München: edition text+kritik, 1999: 24-37.

Pekar, Thomas. *Flucht und Rettung* : *Exil im japanischen Herrschaftsbereich (1933—1945)*. Berlin: Metropol, 2011.

Pfister, Manfred. Performativität. In Nünning, Ansgar. *Metzler Lexikon* : *Literatur- und Kulturtheorie*. *Ansätze — Personen — Grundbegriffe*. Stuttgart: Metzler, 2001: 496-498.

Philipp, Michael. *Nicht einmal einen Thespiskarren* : *Exiltheater in Shanghai 1939—1947*. Hamburg: Hamburger Arbeitsstelle für Deutsche Exilliteratur, 1996.

Posner, Roland. Kultursemiotik. In Nünning, Ansgar & Nünning, Vera. *Konzepte der Kulturwissenschaft* : *Theoretische Grundlagen — Ansätze — Perspektiven*. Stuttgart: Metzler, 2008: 39-72.

Quack, Sibylle. *Zuflucht Amerika* : *Zur Sozialgeschichte der Emigration deutsch-jüdischer Frauen in die USA*. Bonn: Verlag J. H. W. Dietz Nachfolger, 1995.

Rigney, Ann. The dynamics of remembrance: Texts between monumentality and morphing. In Erll, Astrid & Nünning, Ansgar. *Cultural Memory Studies* : *An International and Interdisciplinary Handbook*. Berlin: de Gruyter, 2008:345-353.

Rigney, Ann. The many lives of Ivanhoe. In Tilmans, Karin, Van Vree, Frank & Winter, Jay. *Performing the Past* : *Memory*, *History*, *and Identity in Modern Europe*. Amsterdam: Amsterdam University Press, 2010: 207-233.

Ruchatz, Jens. Fotografische Gedächtnisse: Ein Panorama medienwissenschaftler Fragestellungen. In Erll, Astrid & Nünning, Ansgar unter Mitarbeit von Hanne Birk, Birgit Neumann und Patrick Schmidt. *Medien des kollektiven Gedächtnisses* : *Konstruktivität — Historizität— Kulturspezifität*. Berlin: de

Gruyter，2004：83-104.

Schmidt，Patrick. Zwischen Medien und Topoi：Die *Lieux de mémoire* und die Medialität des kulturellen Gedächtnisses. In Erll，Astrid & Nünning，Ansgar unter Mitarbeit von Hanne Birk，Birgit Neumann und Patrick Schmidt. *Medien des kollektiven Gedächtnisses：Konstruktivität — Historizität — Kulturspezifität.* Berlin：de Gruyter，2004：25-43.

Schmidt，Siegfried J. *Kalte Faszination：Medien，Kultur，Wissenschaft in der Mediengesellschaft.* Weilerswist：Velbrück Wissenschaft，2000.

Schreckenberger，Helga. *Die Alchemie des Exils：Exil als schöpferischer Impuls.* Wien：Verlag Edition Praesens，2005.

Schulze-Engler，Frank. „Von 'nter' zu 'Trans'：Gesellschaftliche，kulturelle und literarische Übergänge". In Antor，Heinz. *Inter- und Transkulturelle Studien：Theoretische Grundlagen und interdisziplinäre Praxis.* Heidelberg：Winter，2006：41-53.

Schulze-Engler，Frank & Spiller，Roland. Transkulturelle Literaturen in einer globalisierten Welt — Ehemalige Kolonialsprachen im Wandel：Afrikanische Identitätsfindung jenseits des „geheimnisvollen Anderen". In *Forschung Frankfurt*，2006：2-3，22-26.

Schwarz，Ernst. *Stein des Anstoßes：Gedichte. Mit einem Interview，geführt von Paul Wiens.* Berlin：Rütten und Loening，1978.

Schwikart，Georg. *Tod und Trauer in den Weltreligionen.* Kevelaer：Lahn-Verlag，2007.

Tai，Hue Tam Ho. Rememberd realms：Pierre Nora and French national memory. In *American Historical Review*，2001，106(3)：906-922.

Von der Lühe，Irmela. „Und der Mann war oft eine schwere，undankbare Last. "Frauen im Exil — Frauen in der Exilforschung. In Krohn，Claus-Dieter，Rotermund，Erwin，Winckler，Lutz & Koepke，Wulf. *Exilforschung：Ein internationales Jahrbuch：Rückblick und Perspektiven.* Band 14. München：edition text+kritik，1996：44-61.

Walter，Henrike. Märchen，Mythen und Montage：Ursula Krechels Roman *Shanghai fern von wo* als Mosaik von Bedeutung. In Koch，Edita & Walter，Henrike. *Exil：Forschung，Erkenntnisse，Ergebnisse — Exil 1933 bis 1945，*

166

2010(2)：21-36.

Weißbach, Judith. *Exilerinnerungen deutschsprachiger Juden an Shanghai 1938—1949*. Heidelberg：Winter，2017.

Welsch，Wolfgang. Transkulturalität：Zur veränderten Verfassung heutiger Kulturen. In Schneider, Irmela & Thomson, Christian W. *Hybridkultur：Medien，Netze，Künste*. Köln：Wieland，1997：67-90.

White，Hayden. *Metahistory：The Historical Imagination in Nineteenth-Century Europe*. Baltimore：Johns Hospkins UP，1973.

White，Hayden. *The Content of the Form：Narrative Discourse and Historical Representation*. Baltimore：Johns Hopkins UP，1987.

Xu，Fangfang. *„Auch Shanghai hatte sich sehr verändert "：Der Wandel des Shanghai-Bildes in der deutschsprachigen Literatur 1898—1949*. Würzburg：Ergon，2015.

Yamamoto，Takashi. Die japanische Politik gegenüber Juden von 1933 bis 1938. In Pekar, Thomas. *Flucht und Rettung：Exil im japanischen Herrschaftsbereich（1933—1945）*. Berlin：Metropol，2011：88-97.

Zhang，Fan. Shanghai als literarischer Raum in Vicki Baums *Hotel Shanghai*. In Feng，Yalin u. a. *Literaturstraße*. Band 16. Würzburg：K&N，2016：141-152.

陈民,任亚楠.创伤的城市书写——《上海,远在何方?》的空间建构.东北亚外语研究,2020,8(3):15-19.

高晓倩.上海流亡犹太戏剧与文化身份建构.中国比较文学,2017(1):131-145.

高晓倩.上海犹太难民自传中的文化记忆与身份策略.人文杂志,2018(4):69-77.

高晓倩.文化记忆理论视域中的犹太传统——兼论上海犹太难民自传的记忆结构.人文杂志,2020(10):86-92.

陆薇.混杂性.国外理论动态,2006(5):60-61.

陶家俊.身份认同//赵一凡,等.西方文论关键词.北京:外语教学与研究出版社,2006:465-474.

邢佳闻.犹太难民的上海记忆.档案春秋,2013(4)：46-48.

张艳华,王健.空间·故事·上海犹太人:提篮桥的过去与现在.南京:译林出版社,2011.

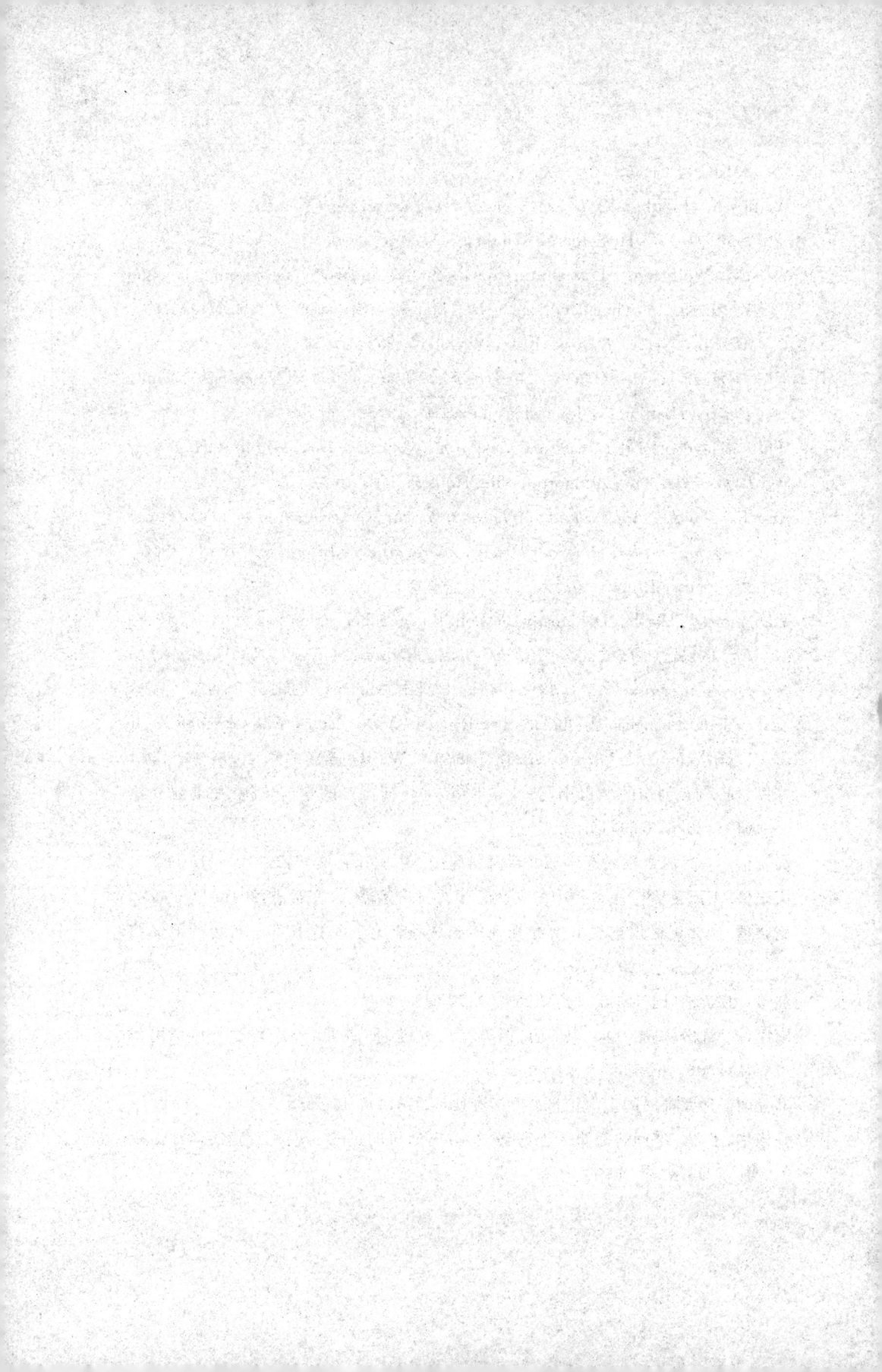